KB272731

천년지로

천년지로 2

홍정환 新무협 판타지 소설

초판 1쇄 찍은 날 § 2003년 2월 20일
초판 1쇄 펴낸 날 § 2003년 2월 28일

지은이 § 홍정환
펴낸이 § 서경석

편집장 § 문혜영
편집책임 § 장상수
편집 § 박영주 · 김희정 · 유경화
마케팅 § 정필 · 강양원 · 이선구 · 김규진 · 홍현경
펴낸곳 § 도서출판 청어람
등록번호 § 제1081-1-89호
등록일자 § 1999. 5. 31
어람번호 § 제2-0187호

주소 § 경기도 부천시 원미구 심곡1동 350-1 남성B/D 3F (우) 420-011
전화 § 032-656-4452 팩스 § 032-656-4453
http://www.chungeoram.com
E-mail § eoram99@chollian.net

ⓒ 홍정환, 2003

값 7,500원

ISBN 89-5505-619-2 (SET)
ISBN 89-5505-621-4 04810

※ 파본은 본사나 구입하신 서점에서 교환하여 드립니다.
※ 저자와 협의하여 인지를 붙이지 않습니다.

홍정환 新무협 판타지 소설 /千/年/之/路

천년지로

2

사비팔산(四飛八散 : 사방으로 날리어 이리 저리 흩어지고)

도서출판 청어람

목
차

사비팔산(四飛八散) : 사방으로 날리어 이리저리 흩어지고…

1장 우연은 기연을 낳고… / 7

2장 풍운(風雲)의 시작 / 26

3장 흥! 고수께서 납시었군요 / 42

4장 소림사(少林寺) 〈1〉 / 72

5장 소림사(少林寺) 〈2〉 / 100

6장 아유가빈(我有嘉賓:우리에게 아름다운 손님 있나니…) / 128

7장 반야(般若)를 얻다 / 158

8장 찾는 이 / 186

9장 오리무중(五里霧中) / 209

10장 검에는 눈이 없고 매에는 장사가 없다 / 232

1. 우연은 기연을 낳고…

한여름 정오의 태양은 매우 강렬한 빛을 발한다.

그러나 그 강렬한 태양 광선도 나무가 지나치게 많이 자란 숲 속 깊은 곳에는 도달하지 못했다.

굵은 나무는 거의 보이지 않고 쓸모없이 키만 큰 나무가 빽빽하게 자란 숲 속.

장대 같은 나무들이 뿌리박고 있는 붉은 땅 위에 동글동글하게 생긴 무엇인가가 놓여 있다.

그것은 사람의 머리였다.

풀어헤쳐 산발이 된 머리칼과 입가에 말라붙은 핏자국은 창백한 안색과 함께 음산한 느낌을 주었다.

머리에 붙어 있는 눈알이 깜빡인다.

입술도 조금씩 움직이는 것이 뭔가 할 말이 있다는 듯한 표정이다.

머리만으로도 사람이 살아 있을 수 있다는 말인가?

하기야 참수형을 집행하는 망나니들의 이야기를 들어보면 이따금 몸통에서 떨어지고 나서도 한참 동안 눈알을 굴리거나 입을 열어 말을 하는 머리통이 있다고도 한다.

"흐음."

머리통 앞에 누군가가 나타났다.

"아직 짐승한테 먹히지는 않았군."

푸르뎅뎅한 얼굴을 한 알몸의 괴인─자칭 초목수호신군─은 입맛을 쩝쩝 다시며 중얼거렸다.

땅 위에 놓여 있던 머리는 두 눈을 부릅뜨고 그를 쳐다보았다.

"원하는 게 뭐요?"

머리… 의 입이 열렸다.

괴인의 눈이 휘둥그레졌다.

"오, 벌써 그 정도로 기운이 돌아오다니… 과연 본좌의 안목은 틀림이 없다니깐."

괴인은 히죽히죽 웃으며 등을 돌렸다.

"죽이려면 빨리 죽일 것이지 왜 이렇게 내버려 두는 거요?!"

머리는 크게 소리를 질렀지만 괴인은 콧노래를 흥얼거리며 가볍게 대꾸하고 사라져 버렸다.

"늑대새끼야, 본좌가 직접 네 몸을 치료해 주고 싶다만 본좌도 만만치 않은 독상을 입었으니 잠시 기다리거라. 본좌의 상세가 회복되면 너를 완전히 고쳐 주마!"

목 아래가 완전히 땅속에 묻힌 연진우는 별 도리 없이 사라지는 괴인의 뒷모습을 바라볼 수밖에 없었다.

괴인의 신위는 대단했다.

아니, 끔찍했다.

전신이 독기로 시커멓게 변색되고 모공에서 썩은 냄새가 풀풀 풍기는 데도 아랑곳하지 않고 두 주먹을 휘두르는 그의 모습은 인간의 것이 아니었다.

그의 몸에서 풍겨 나오는 기도가 도저히 정면으로 상대할 것이 아님을 깨달은 구설은 빠른 발놀림으로 그의 공격권에서 벗어나 다음 공격을 기다렸다.

구설에게는 확신이 있었다.

괴인이 비록 지금은 선불 맞은 멧돼지처럼 날뛰고 있지만 얼마 가지 않을 것이라는 확신 말이다.

그리고 그가 그런 확신을 품고 있는 가장 큰 이유는 자신의 손을 단련하는 데 사용한 독 때문이었다.

괴인이 당한 독은 독 중에서도 악랄하기로 유명한 부시독(腐屍毒)을 가공하여 흡수한 것이었다.

자연적으로 생기는 독 중에서 장독(瘴毒:습하고 더운 지역에서 동식물의 시신이 썩어서 생기는 독)만한 것은 없고, 장독 중에서도 사람의 시체가 썩은 것은 해독할 방법도 없다고 했다.

더군다나 그가 사용한 것은 자연의 부시독을 정제하여 한층 강한 독성을 가진 것이었기 때문에 비전의 심법이 아니었다면 단련은커녕 냄새를 맡는 것만으로도 장기가 녹아내릴 정도였다.

'아직까지는 어찌어찌 버티고 있다만 한 번 더 공격당한다면 얼마나 더 버틸라구.'

구설은 핏빛 눈알을 굴리며 괴인의 공격을 기다렸다.

손의 사정거리 안에 들어오면 재빨리 상처를 입히고 빠지는 작전을 한 번 더 구사하려고 기다리고 있는 것이다.

아니나 다를까, 괴인이 구설의 코앞에 다가왔다.

구설은 내심 쾌재를 부르며 왼손 중지를 내밀었다.

치익—

괴인의 가슴팍에 동그란 구멍이 생겼다.

구멍에서는 연기가 모락모락 피어올랐다.

작전이 절반은 성공한 것을 깨달은 구설은 몸을 굴리며 빠져나왔다. 강호인들은 그것을 나려타곤(懶驢打滾)의 수법이라고 하며 무사로서 써서는 안 될 수치스러운 초식이라고 하지만 지금 구설에게 그런 것은 중요하지 않았다. 어차피 상대는 죽을 것이고 그가 땅을 굴렀는지 하늘을 날았는지는 다른 사람들이 알 도리가 없을 것이기 때문이다.

무사히 괴인에게서 거리를 확보한 구설은 문득 이상한 생각이 머리를 스치고 지나가는 것을 느꼈다.

현재의 철조 구설을 아는 사람도 적지만 지금의 모습과 과거의 모습을 동시에 아는 사람은 더욱 적었다.

하지만 그중에서도 한 사람만큼은 그의 신상 내력에 대해 시시콜콜한 것까지 모두 알고 있다. 그의 무공 내력에 대한 것까지 모두…….

그 한 사람은 젊은 시절부터 구설과 함께하던 무영은편 등성호였다.

구설의 장기가 무엇인지, 그리고 구설의 양손이 머금고 있는 독이 얼마나 무서운지 알고 있는 등성호가 공포에 질려 도망쳤다.

그것은 절대 구설이 알고 있던 등성호의 모습이 아니었다.

"왜?"

구설의 마음속에 있던 의문이 소리가 되어 입 밖으로 나오는 데는 아주 짧은 시간이면 충분했다.

그리고 그 짧은 시간 동안에 다시 코앞으로 다가온 괴인은 두터운 손바닥으로 장력을 날렸다.

"격공장(隔空掌)!"

부상이 아니었다면 연진우는 벌떡 일어났을 것이다.

벽공장(劈空掌)은 허공으로 기를 발출해 상대를 공격하는 상승의 무공으로 흔히들 장풍(掌風)이라고도 부르는 것이다. 소위 말하는 절정의 고수들이 사용하는 무공이다.

하지만 격공장은 한층 더 뛰어난 것으로 시전자가 원하는 임의의 지점에서 힘을 터뜨리는 고도의 기술이었다. 예전에 형량보가 보여준 시범을 직접 보지 않았다면 실제로 존재하는 것인지조차도 의심하였을지 모르는 상승의 절학이 괴인의 손에서 펼쳐졌다.

물론 괴인의 기도가 범인의 그것과는 차원이 다르다는 것은 알았지만 격공장까지 펼치리라고는 상상도 하지 못하였다.

구설의 놀라움은 연진우의 놀라움보다 몇 배는 더했다.

그냥 장풍이라고만 해도 놀라운데 괴인의 격공장에 섞여 있는 독특한 내력은 더욱 놀라운 것이었다.

한 가닥의 두터운 바람 속에서 제각기 다른 기운이 뿜어져 나와 경맥을 봉쇄하다니…….

'달아나야 해!'

그제야 구설은 등성호의 말을 듣지 않은 것을 후회했다.

그는 주춤주춤 뒷걸음질쳤다.

지금이라도 달아나야 했다.

가장 늦었다고 생각될 때가 가장 빠를 때라는 말도 있지 않던가.

구설은 괴인이 심후한 내력으로 독을 억누르고 있는 것을 깨달으며 그가 독과 싸우느라 공력을 분산시키고 있는 지금이 아니라면 결코 달아날 기회가 없다는 것을 뒤늦게나마 깨달았다.

하지만…

발걸음이 떨어지지 않았다.

괴인의 장력 속에 섞여 있던 기운이 혈도를 막아버려서였다.

우드득!

머리와 몸통이 이별하는 것은 순간이었다.

괴인은 얼굴을 잔뜩 찡그렸다.

결가부좌도, 반가부좌도 아닌 어정쩡한 자세로 다리를 이리저리 꼬고 앉아 있는 괴인의 모습은 마치 천축의 유가술(踰跏術:요가)을 수행하는 것처럼 보였다.

그는 오만상을 찡그리며 계속해서 끙끙거리다가 길게 한숨을 토해냈다.

"이놈아, 그놈이 쓴 독이 대체 뭐길래 이렇게 독하단 말이냐? 본좌의 본신 공력으로도 배출 불가능한 독이 있다는 소리는 들어본 적이 없다."

한숨을 쉬며 토해낸 괴인의 불평을 받아준 것은 몸뚱어리는 땅속에 두고 얼굴만 내밀고 있는 연진우였다.

"내가 그것을 어찌 알겠소. 어서 나나 꺼내주시오."

"어허, 그놈 참! 본좌가 너의 부상을 고쳐 주겠다고 하지 않더냐. 너는 잠자코 가만히 있거라. 옳지, 이럴 게 아니라……."

괴인은 말을 하다 말고 무슨 생각이 떠올랐는지 맨손으로 구덩이를 파기 시작했다.

잔돌 하나 없이 부드러운 흙으로 이루어져 있는 땅이기는 했지만 그래도 비바람과 짐승의 발에 다져진 땅바닥을 파헤치는 괴인의 손놀림은 쟁기 든 농부의 손놀림보다 더욱 능숙하고 빨랐다.

연진우는 옆에서 구덩이를 파고 있는 괴인의 움직임을 흥미로운 눈으로 바라보았다.

심상치 않은 내력(來歷)을 지녔을 것이 틀림없는 저 괴인이 무슨 일을 꾸미고 있는지 관심이 일기 시작한 것이다.

시간이 얼마 지나지 않아 순식간에 거대한 구덩이를 판 괴인은 구덩이 옆에 수북하게 쌓인 흙더미를 보고 만족한 듯 입맛을 쩝쩝 다셨다.

"본좌의 말을 잘 듣거라!"

괴인은 갑자기 엄숙한 표정으로 연진우를 바라보았다.

"원래는 본좌의 독기를 모두 몰아낸 다음 너를 치료해 주려고 했으나 생각이 바뀌었다. 번거롭게 이것저것 할 것 없이 너에게 흙[土]의 기운을 모으는 법을 가르쳐 줄 테니 본좌가 하는 것을 보고 잘 따라해 보거라."

말을 마친 괴인은 연진우의 대답을 기다리지도 않고 다짜고짜 법문을 암송했다.

연진우는 놀랍고 당황스러웠지만 일단은 귓전에 들려오는 괴인의 목소리를 암기하는 데 최선을 다했다. 다행히도 법문은 그리 길지 않아 외우는 데는 큰 어려움이 없었다. 하지만 법문을 묵상하면 할수록 커져 가는 의문이 있었다.

'이것으로 무엇을 한단 말인가? 토(土)의 기운을 모은다고는 하나 어떤 식으로 기운을 모으고 몸 안에 가둔단 말인가?'

괴인은 법문을 한 번 암송한 후에 대답도 기다리지 않고 흙구덩이 속으로 뛰어들어 갔다. 그리고 양손으로 옆에 쌓여 있던 흙을 끌어 모아 스스로를 묻더니 마침내 양팔마저 땅속에 집어넣고 몸을 가볍게 떨었다.

"으흠……."

헛기침 소리와 함께 가볍게 몸을 한번 떨자 괴인은 옆에 있는 연진우와 똑같은 모습으로 반매장되었다.

그러나 연진우가 두 눈을 멀뚱히 뜨고 자신을 바라보고 있는 것과는 달리 그는 눈을 지그시 감고 천천히 숨을 내쉬었다.

그뿐이었다.

흙 속에 몸을 묻어둔 채로 가만히 숨을 쉬고 있는 것 말고는 별다른 움직임이 없었다.

하지만 시간이 조금 지나자 연진우는 괴인의 숨 쉬기가 매우 독특한 것을 깨닫고 놀란 표정을 지었다.

'이럴 수가! 저자는 숨을 내쉬기만 할 뿐 들이쉬지를 않는다. 어떻게 사람이 저렇게 할 수 있단 말인가?

하지만 그것은 엄연한 사실이었다.

그것도 잠시 동안이 아닌 거의 일각(一刻:15분)이 넘도록 들숨없이 날숨만 쉬고 있는 것이었다.

괴인의 모습에 놀라고 있던 연진우는 다시 한 번 놀라게 되었다.

그가 묻혀 있는 곳의 흙이 시커멓게 변해가고 있는 것이다.

"독이 배출되는 것인가?"

자기도 모르게 입 밖으로 소리 내어 중얼거린 연진우. 갑자기 괴인이 소리를 빽 질렀다.

"이놈아, 나는 신경 쓰지 말고 너나 하란 말이다! 이 넓은 강호에 본좌의 신공을 배우고 싶어하는 놈들이 얼마나 많은데 이런 천금 같은 기회를 그냥 놓치려 한단 말이냐?"

연진우는 소스라치게 놀랐다.

모든 상황을 종합하여 보았을 때 괴인은 어떤 독특한 상승 내공을 운공하고 있는 것이 틀림없었다.

이런 상승의 내가공부를 연마할 때는 작은 방해로도 큰 위험이 될 수 있기 때문에 가장 믿을 만한 사람에게 호법을 맡기고 스스로도 몸가짐을 조심해야 한다는 것 정도는 삼척동자도 아는 사실이다.

그런데 놀랍게도 괴인은 저렇게 소리를 지르면서도 아무 이상 없이 계속 숨을 내쉬고 있는 것이었다.

"대단하구나."

조그맣게 중얼거린 연진우는 눈을 감으며 길게 한숨을 내뱉었다.

머리 속으로 괴인이 일러준 구결을 떠올려 보았다.

정확하게 모든 자구(字句)의 의미는 알 수 없었지만 더없이 유현(幽玄)한 현기(玄機)가 담겨 있는 것이 느껴지는 법문이었다. 하지만 그것만으로는 괴인이 보여주고 있는 저런 독특한 호흡을 할 수가 없었다. 아무리 생각해 보아도 그 법문에는 가장 중요한 무언가가 빠지고 없었다.

실상 괴인이 일러준 것은 현문 정종의 내가심법으로 그것은 도가의 최상승 공부 중 하나였다.

하나 이 심법 전체를 모두 전하고자 한다면 사흘 밤낮으로 법문을 알려주어도 외울 이가 몇 되지 않을 만큼 방대한 분량의 심법이기도 했다.

아니, 법문 자체의 길이는 문제도 아니었다. 그 안에 포함되어 있는 심오한 의미를 해석하고 깨닫는 데 걸리는 시간까지 포함하자면 몇 년이 걸려도 모자랄 형편이었다.

괴인이 전해준 것은 전체의 법문 중에서도 지극히 일부분이었다. 하지만 그것도 도가의 기본공을 알지 못한다면 그저 뜬구름 잡는 소리로 끝나고 말 그런 부분이었다.

연진우가 무엇을 어떻게 해야 할지 갈피를 잡지 못하고 있는 데 역한 냄새가 그의 코를 찔렀다.

치지지직—

귀를 기울이지 않으면 도저히 들을 수 없는 미세한 소리도 함께 다가왔다.

처음에는 냄새, 그 다음은 소리, 이번에는 살이 타 들어갈 것 같은 뜨거운 느낌이 피부를 덮었다.

"으……."

눈을 뜨지 않아도 왜 이런 일이 일어났는지 알 수 있었다.

구설에게서도 이와 비슷한 냄새가 났었기 때문이다.

내력으로 손 안에 잘 갈무리해 두었기 때문에 이 정도로 심하지는 않았지만 분명히 그에게서 나던 냄새와 같은 것이었다.

괴인이 예의 독특한 공력으로 독기를 방출하고 있는 것이다.

그리고 그 독기는 점점 주변으로 퍼져 땅을 변색시키고 나무를 죽게 하고 있었다.

연진우는 정신을 잃을 지경이었다.

불에 데인 듯한 화끈거리는 느낌과 수만 마리의 개미가 물어뜯는 것처럼 따갑고 간지러운 느낌이 쉴 새 없이 교차되는 가운데 당장이라도 의식의 끈을 놓아버리고 싶었다.

하지만 그는 초인적인 인내력으로 정신을 차렸다. 그리고는 지금까지 묵상하던 법문을 던져 버리고 자신에게 가장 익숙한 혼원기공을 일으켰다.

"욱!"

땅 위에 드러난 연진우의 입에서 핏물이 흘러나왔다.

온몸의 뼈가 골절되고 내장이 뒤흔들린 상태에서 무리하게 공력을 일으키자 몸이 거부 반응을 보인 것이다.

이러한 상황은 내공을 수련하는 데 가장 위험한 단계로 몸에 무리가 가지 않도록 조금씩 공력을 순환시키든가 수행이 깊은 사람의 도움을 받아 진기를 도인해야 한다. 그러지 않는다면 독기에 저항하기는커녕 주화입마로 죽을 수도 있는 상황이었다.

그러나 연진우는 상황을 자각하지 못하고 계속해서 혼원기공에 박차를 가했다.

"악!"

연진우는 검붉은 핏물을 분수처럼 토해냈다.

그리고 지금껏 간신히 버텨오던 의식의 끈이 끊어져 버렸다.

자유롭다. 그리고 포근하다.

태어나서 처음으로 이런 포근함을 느꼈다.

꿈에서도 만나본 적이 없는 어머니의 품이 이런 느낌일까?

말로 표현할 수 없는 따듯함이 연진우를 포근하게 감싸안았다.

그는 그 따스함 속으로 끝없이 가라앉았다.

연진우는 천천히 눈을 떴다.

입가와 턱 아래는 몇 번이나 토한 핏물이 시커멓게 말라붙어 있지만 눈가에는 기이한 서기(瑞氣)가 어려 있다.

어느새 그의 호흡도 날숨만으로 계속되고 있었다.

아니, 분명히 숨을 들이쉬고는 있었다.

들이쉬기는 하지만 전신의 모공(毛孔)으로 들이쉬고 있었다.

괴인이 코와 입으로 숨을 들이쉬지 않는 이유도 바로 그것이었다. 전신의 모공으로 자연스럽게 들숨을 쉬고 있는데 굳이 코와 입을 사용할 이유가 있겠는가.

연진우는 다시 눈을 감았다.

모공으로 들숨을 쉬며 입으로 날숨 쉬기를 계속하자 놀라운 현상이 벌어지기 시작했다.

처음에는 모공으로 들어오는 공기의 양이 미약하였는데 점차 모공이 확장되면서 독특한 종류의 진기가 함께 흘러들어 오기 시작한 것이다.

이것이 괴인이 말하던 토(土)의 기운이라는 것을 깨달은 그는 당황하지 않고 법문에서 말하던 대로 진기를 이끌었다.

모공으로 스며들어 온 토기(土氣)는 단전(丹田)으로 모여들었다.

일정량 이상의 진기가 단전으로 모여들자 단전이 가득 찬 느낌이 들었지만 토기는 끊임없이 몸 안으로 흘러들어 왔다.

연진우는 단전이 깨어질 듯 아파오는 것을 느끼고는 호흡을 멈추려 하였으나 진기의 흐름은 멈추지 않았고 단전은 더욱 많은 기로 포화 상태가 되었다.

하지만 진기는 끊임없이 단전으로 모여들었고 더 이상 진기를 모아둘래야 모아둘 수 없을 정도가 되자 서서히 움직이기 시작했다.

　기운의 흐름은 처음에 몸으로 흘러들어 올 때처럼 시작은 미약했으나 시간이 갈수록 점차 굵어졌다.

　독맥(督脈)을 타고 등허리를 거슬러 올라가는 진기의 흐름은 막힘이 없었다. 중추(中樞)와 대추(大椎)에서 약간의 저항을 받기는 했지만 단전에부터 올라오는 기운은 끊임이 없어서 잠시의 멈칫거림으로 그치고 말았다.

　짐짓 긴장했던 백회(白會)는 그나마 간간이 느껴지던 약간의 저항마저도 느껴지지 않아 오히려 놀라울 따름이었다.

　연진우의 몸을 관통하고 있는 진기는 계속해서 전진했다.

　상완(上脘), 수분(水分), 석문(石門)을 지나 임맥(任脈)마저 단숨에 관통하고도 멈출 줄 몰랐다.

　모공에서는 계속해서 토기가 몰려들어 오고 있었고 단전으로 모인 토기는 다시 몸 안의 흐름에 합류하였다.

　임독양맥의 타통만 해도 보통 일이 아닌데 임독양맥을 무리없이 통하고도 아직 여력이 남은 것이다.

　연진우는 내친김에 남은 육맥과 십이정경(十二正經)마저 남김없이 관통하리라 마음먹고 진기의 흐름을 유도하기 시작했다.

　"야, 이놈아!"

　괴인의 고함 소리가 귓전을 때리자 깜짝 놀란 연진우의 모공 호흡(毛孔呼吸)이 중단되었다. 그리고 그와 동시에 진기의 유입도 중단되었다.

　연진우는 아쉬운 표정으로 눈을 떴다. 조금만 더, 조금만 더 그 상태가 계속되었으면 어마어마한 성취를 이룰 수 있을지도 모를 일이었기 때문이다.

　하지만 지금 얻은 것만으로도 이전에는 꿈도 꾸지 못할 엄청난 수준에 이르렀다는 것을 알 수 있었다.

연진우는 못내 아쉬운 표정을 지었지만 이내 아쉬움을 떨쳐 버리려 고개를 좌우로 흔들었다.

"본좌가 내려준 가르침에 감사할 생각은 않고 계속 본전을 뽑고 있어? 에라, 이 도둑놈아!"

괴인은 계속해서 소리를 질렀다.

하지만 연진우는 말없이 빙그레 웃으며 몸 안을 순환하는 진기의 흐름을 안정시켰다.

"나와!"

괴인의 짤막한 한마디.

그 말에 부스럭거리며 땅을 헤치고 나오는 연진우.

땅 위로 올라온 연진우는 깜짝 놀랐다.

분명히 처음 땅에 묻힐 때만 해도 전신이 성한 곳이 없었는데 어느새 내외상이 깨끗하게 나아버린 것이다. 조금 전 거의 무아지경에서 수련한 기공(奇功)의 위력이었다.

하지만 놀랄 이유는 그것 말고도 두 가지나 더 있었다.

첫째 이유는 자신의 몰골이 괴인의 몰골과 가히 다르지 않게 변해 버렸다는 것이다.

비록 찢어지고 피에 젖은 옷이기는 했으나 그래도 옷이라고 걸치고 있던 것이 다 삭아 없어지고 넝마 조각 몇 개만 몸에 아슬아슬하게 매달려 있으니 기가 찰 노릇이었다.

그리고 두 번째로 놀란 것은 그렇게 몸에 붙어 있는 넝마 조각에서 일곱 빛깔의 광채가 영롱한 구슬이 하나 나왔기 때문이다.

머리를 굴려 곰곰이 생각해 보니 옷이 삭은 것은 괴인의 몸에서 배출된 독기 때문이었고 독기를 견디기 위해 억지로 혼원기공을 운기하다 정신을 잃었을 때 느낀 따듯한 기운은 바로―유무용이 준―칠채보원주(七彩補元珠)의 기운이었다는 것을 알 수 있었다.

연진우는 몸의 상태가 이전과는 판이하게 다르다는 것을 느꼈다.

옆을 스치고 지나가는 바람과 숲 속의 나무들 속에 깃들어 있는 생명력이 마치 자신의 그것처럼 생생하게 느껴졌다.

몸 안을 흐르던 굵은 진기의 줄기는 그의 전신에 새로운 힘을 충만하게 채워주었다.

이것은 심법을 알려준 괴인도 예상하지 못한 것으로 처음에 그저 토기를 모아 부상을 치료하도록 하려는 의도로 전해준 법문이 엄청난 복이 되어 연진우에게 다가온 것이다.

괴인은 연진우가 도가의 기본공을 모른다는 생각은 하지도 못한 채 자신이 아는 것 중 채기법(採氣法)의 부분만을 약간 알려주었다. 그러나 도가의 심법에 대해 무지한 상태이던 연진우는 법문을 듣고도 아무것도 하지 못했다.

마침 그 순간 그가 자신의 몸에 있던 부시독을 배출하기 시작하자 독기의 공격을 받기 시작한 연진우는 억지로 혼원기공을 끌어올려 그에 대응하려 했다. 하지만 성치 않은 몸으로 무리하게 운기하자 결국 기절하고 말았었다.

그러나 한번 발동된 혼원기공은 의식이 있든 없든 계속해서 연진우의 몸 안에서 움직였고, 괴인이 일러준 법문과 결합되어 부지중에 토기를 흡수하도록 만들었다.

또한 칠채보원주의 신통력은 연진우를 그 강력한 독 기운으로부터 보호하면서 정신이 돌아오도록 하였고 의식을 되찾은 연진우에게 흡수

된 힘은 혼원기공의 움직임을 따라 단전을 채우고 이른바 생사현관이라 불리는 임독양맥을 타통시켜 버렸다.

이 모든 과정은 연진우가 오래도록 수련해 온 혼원기공과 괴인이 일러준 오행채기법(五行採氣法)—실상은 토기(土氣) 채기법이라고 해야 하겠지만—그리고 유무용이 형량보에게서 돌려받았다가 다시 연진우에게 준 칠채보원주가 모두 있었기에 가능한 것이다.

특별히 혼원기공이 괴인의 법문과 그렇게 잘 융합될 수 있었던 것은 이들 양대 기공이 호흡을 통해 하단전에 기를 쌓으며 공력을 축적하는 보통의 내공심법들과 다른 점이 있기 때문이었다.

혼원기공은 백회혈로 우주의 기운을 받아들이면서 단전에 기를 쌓는 기공이고 괴인의 공력은 모공으로 흙의 기운을 받아들여 단전에 기를 쌓는 기공이라는 공통점이 있는 것이다.

결국 괴인은 자신의 의도와는 전혀 상관 없이 연진우에게 큰 복연(福緣)을 안겨준 셈이 되어버렸다.

그는 심드렁한 표정으로 연진우를 바라보았다.

그 앞에 연진우가 마주 섰다.

완전 나체의 상처투성이 중년 사내와 나체에 가까운 젊은이가 나란히 서 있었다.

"감사합니다."

연진우의 눈은 별처럼 빛나고 있었다. 보는 사람을 주눅 들게 하는 그런 빛이 아니라 부드럽고 친근한 기운이 담긴 빛을 발하고 있었다.

괴인은 흠칫 놀란 표정이다. 갑자기 공손해진 연진우의 말투가 뜻밖이었을까, 아니면 예상을 뛰어넘는 성취에 놀란 것일까?

"내가 뭘 가르쳐 준 거야?"

그러나 그는 이내 표정을 싹 바꿨다.

"고마운 줄 알다니 완전히 막돼먹은 놈은 아니구나. 하지만 아직도 예의가 부족하다."

쩌렁쩌렁한 목소리에 나뭇가지가 흔들리고 새들이 날아올랐다.

그러나 연진우의 눈은 여전히 부드럽게 빛나고 있었다.

"어떻게 하면 되겠습니까?"

괴인은 잠시 동안 벙어리처럼 서 있었다.

불꽃처럼 강렬한 광채로 빛나는 그의 눈과 별빛처럼 서늘한 기운을 풍기는 연진우의 눈이 마주쳤다.

"흐음……."

괴인은 길게 숨을 내뱉으며 뒤로 돌아섰다.

그는 손가락을 뻗어 어른 한 명이 간신히 얼싸안을 수 있을 정도 굵기의 나무를 가리켰다.

"잘 봐라!"

그는 주먹을 불끈 쥐어 천천히 앞으로 내밀었다.

연진우의 눈이 커졌다.

느낄 수 있었다.

이전에는 상상도 할 수 없었던 느낌이 온몸을 휘감았다.

눈에 보이지 않는 거대한 흐름이 느껴졌다.

아니, 눈으로 보는 것보다 더 생생하고 정확하게 느낄 수 있었다.

공간에 가득한 대자연의 기운이 그의 몸으로 빨려들어 가는 것이 생생하게 느껴졌다. 붓을 주며 그리라고 해도 할 수 있을 정도였다.

몸으로 흘러들어 간 기운은 몸 안에서 또 하나의 힘과 합쳐져 거대한 흐름을 이루었다.

그 흐름은 천천히 내지르는 주먹 끝에서 나선형으로 회전하며 허공 속을 전진했다.

터엉—

나무 안에서 길게 울리는 소리가 났다.

괴인이 손짓했다. 나무 가까이로 가보라는 뜻이었다.

하지만 굳이 나무 곁에 가지 않아도 연진우는 무슨 일이 일어났는지 알 수 있었다.

나선형으로 회전하며 전진하던 기의 흐름이 나무의 내부를 완전히 휘저어놓으며 그런 소리를 내었다는 것을 말이다.

연진우는 천천히 발걸음을 옮겼다.

그리고 손을 들어 나무를 슬쩍 밀었다.

투두둑—

나무는 껍질이 찢어지며 맥없이 옆으로 쓰러져 버렸다.

예상했던 대로 나무의 내부는 텅 비어 있었다.

연진우의 등줄기로 식은땀이 흘러내렸다.

권경으로 백 보 밖의 바위를 파괴한다는 소림사의 백보신권이라도 저 정도는 할 수 없을 것이다.

겉은 멀쩡한데 속은 완전히 가루가 되어버린 나무.

괴인이 겨눈 것이 나무가 아니라 사람이었다면……?

등줄기로 흐르는 땀은 멈추지 않았다.

"봤냐?"

연진우는 묵묵히 고개를 끄덕였다.

"할 수 있겠냐?"

지극히 자연스러운 말투의 질문이었다.

그토록 어마어마한 기술을 단 한 번 보고 따라할 수 있겠냐는 질문
이 가당키나 한 것일까?

하지만 연진우는 이번에도 고개를 끄덕였다.

왜 그랬는지는 자신도 모른다. 임독양맥이 타통되어 심오한 내력을
소유하게는 되었지만 그것만으로 가능한 일은 절대 아니었다.

"해봐라."

괴인이 손가락질을 하는 것은 아까와 비슷한 굵기의 나무였다.

연진우는 천천히 심호흡을 했다.

머리가 기억하고 있는 것이 아닌 몸이 기억하고 있는 기의 흐름을
떠올려 보았다. 생사현관(生死玄關)이라고도 불리는 임독양맥이 열린
직후부터 하늘과 땅에 가득한 기의 흐름을 느낄 수 있었다.

2. 풍운(風雲)의 시작

"홍 시주, 얼마나 더 가야 한단 말이오?"

"글쎄올습니다. 이제까지 온 것만큼만 더 가면 될 듯합니다."

홍염은 가볍게 미소 지으며 허공(虛空)의 말에 답했다.

지금은 구파일방의 성세가 예전만 못하다.

구파일방이 정의맹에 지나치게 힘을 실어주다가 오히려 거꾸로 눈치를 살피게 되었다.

소림, 무당, 공동의 삼대문파를 제외한 대부분의 문파는 제 목소리를 내지 못한 채 정의맹주인 언극린의 말에—보다 정확히 말하자면 정의맹의 두뇌인 구양승(歐陽丞)의 말에—따라 움직이고 있었다.

그러나 무인들이 어디 통제받는 것을 달가워하는 사람이던가.

처음에는 전륜궁이라는 정체 모를 집단에 대응하기 위해 맹을 세웠고 힘을 실어주었다. 하지만 전륜궁이 이렇다 할 행동을 전혀 보여주지 않는데도 굳이 정의맹이라는 단체를 존속할 필요가 있겠는가 하는 이야기가 조심스럽게 나오기 시작했다.

물론 그런 생각을 마음에 품고 있다고 아무나 이야기할 수 있는 것은 아니다.

이야기는 그나마 자기 소리를 내던 삼대문파에서 먼저 흘러나오기 시작했다. 그리고 유무용이 세운 신창문도 삼대문파와 같은 노선을 밟고 있다는 이야기가 공공연하게 떠돌았다.

지금 함께 걷고 있는 두 사람은 소림 제일의 후기지수로 주목받고 있는 허공과 신창문주 유무용의 대제자인 홍염이었다.

두 사람 모두 정의맹과 그리 매끄러운 관계를 맺고 있지 않은 문파의 젊은이들이다.

그들이 가고 있는 곳은 어디일까? 그리고 왜 가는 것일까?

고개를 좌우로 까딱거리는 허공, 홍염을 본다.

"그나저나 정말로 이해가 되지 않는구려. 팽가의 소가주라면 말이 소가주이지 웬만한 가문의 가주보다 더 강한 사람이었잖소. 그런 그가……."

"강호에 사는 사람들에겐 언제든지 있을 수 있는 일이지요."

홍염은 걸음을 멈추지 않은 채 짤막하게 대답했다.

지금 그에겐 다른 사람의 의문을 일일이 해소시켜 줄 마음의 여유가 없었다.

간략하다 못해 정나미가 떨어지는 짧은 대답과 씁쓸한 미소.

홍염이 할 수 있는 유일한 것이었다.

"이렇게 오라고 해서 미안하오."

깨끗한 얼굴과 달리 창궁 진인의 목소리는 혼탁하기 짝이 없다. 젊은 시절에 누군가와 다투다 성대를 크게 다친 적이 있다고 한다.

누굴까?

유무용을 만나기 전만 해도 불패의 검객으로 이름을 날렸던 그에게 그런 부상을 입힌 사람이…….

"아닙니다."

홍염은 고개를 숙인 채 창궁 진인의 이야기를 기다렸다.

창궁 진인은 그를 물끄러미 응시했다.

단 한 점의 빈틈도 찾아보기 힘들 정도로 절제된 자세를 보여주는 젊은이다. 사람들은 함차와의 비무에서 승리한 원인을 함차의 방심과 운이 따라준 것이라 말했지만 꼭 그렇지만은 않을 것이란 생각이 들었다.

"정의맹에서 재미있는 이야기를 들었소."

느릿하면서도 탁한 목소리다. 듣고 있는 사람을 질식시킬 것 같은 묵직함도 함께 담겨져 있다.

홍염은 고개를 들어 창궁 진인의 얼굴을 바라보았다.

주름살 하나 없는 팽팽한 피부에 깨끗하게 정리한 은빛의 머리칼. 평생 동안 도가(道家)에 적을 두고 몸과 마음을 단련한 사람임을 쉽게 알 수 있는 얼굴이다.

그중에서도 그의 눈동자는 갓 태어난 아기의 그것처럼 맑고 선명하다. 그 눈동자를 정면으로 바라본 홍염은 한순간 의식이 멍해지는 느낌이 들었다.

창궁 진인의 얼굴에 미소가 떠올랐다.

'이 녀석도 아니다.'

함차를 꺾고 무림에 적지 않은 명성을 얻었다는 이야기를 들었을 때도 별로 걱정되지 않던 녀석이었다.

직접 만나보니 확신할 수 있었다.

잘 만들어진 무인이기는 하다. 그러나 그것뿐이었다.

세 제자의 얼굴을 차례로 떠올려 보았다. 그리고 하나씩 지워보았다.

다행히 맘에 드는 녀석이 하나 있기는 했다.

미소 띤 얼굴로 홍염을 바라보던 창궁 진인은 천천히 질문을 던졌다.

"교수십이타(巧手十二打)를 아는지?"

홍염은 눈을 크게 떴다.

물론 알고 있다. 젊은 무림인들 중에서 교수십이타를 알아볼 수 있는 몇 안 되는 사람 중 하나가 바로 홍염이다.

"예, 알고 있습니다."

창궁 진인은 느릿느릿하게 말을 이었다.

"하북팽가의 소가주가 교수십이타에 죽임을 당했소."

갑자기 귓속에서 뭔가가 윙 하고 울리는 느낌이 들었다.

단단한 물건에 뒤통수를 얻어맞은 것 같은 느낌도 들었다.

팽가의 소가주?

도절(刀絶) 팽련서(彭漣曙)?

무공광으로 유명한 사람이다.

가주가 되면 무공을 수련할 시간이 줄어든다는 이유만으로 나이 사십이 넘도록 소가주의 자리에 만족하고 있는 사람이다.

이미 팽가의 오호단문도(五虎斷門刀)를 대성한 그를 해칠 수 있는 사람이라면……?

교수십이타를 아는 사람, 그중에서도 팽련서를 해칠 수 있을 만큼 강한 사람을 떠올리는 것은 어려운 일이 아니다.

그들에게는 그만한 일을 충분히 할 수 있는 힘이 있다.

하지만 그들이 그랬을 것이라는 생각은 절대로 들지 않았다.

"아마도 홍 소협은 교수십이타를 익힌 사람이 누구인지도 알고 있을 테지요?"

"그렇습니다."

홍염은 힘없이 고개를 끄덕였다.

탁한 목소리가 귓전에 울렸다.

"다른 사람을 보낼까 했지만 아무래도 이번 일에는 홍 소협이 적임인 것 같아서 직접 유 장문께 부탁을 드렸소. 월아산에 한 번 다녀와 주어야겠소."

뭔가 이상하게 흘러가고 있다.

과거에 무슨 사연이 있었는지는 모르나 형량보와 소림사가 껄끄러운 사이라는 것은 알고 있었다.

그런데 지금 홍염은 소림사의 무승(武僧) 하나와 함께 월아산으로 가고 있었다.

무림명가의 후계자가 형량보의 무공에 죽은 까닭을 알아보기 위해서 말이다.

"사부님께서는 어떻게 생각하시는 것일까?"

홍염은 혼잣말을 했다.

유무용도 창궁 진인에게 이야기를 전해 들었을 것이다. 그렇기 때문에 대제자를 선뜻 보내준 것이리라.

설마 사부도 형량보나 한상욱 중 한 사람이 팽련서를 죽였다고 생각
하는 것일까?

머리 속이 다시 복잡해진다.

고개를 힘차게 털어낸 홍염은 천천히 생각을 정리했다.

일단 자신이 아는 두 사람 중 하나가 범인일 것이라고 가정해 보았다.

신창문의 개파대연이 있은 지 넉 달이 지났다.

황산에 왔던 한상욱 사제가 팽가로 갔을 가능성.

월아산에 있던 형량보가 팽가로 갔을 가능성.

그러나 생각은 거기서 막혔다.

동기(動機)가 보이지 않았다. 왜, 도대체 무슨 이유로 팽가의 인물을,
그것도 가주나 다름없는 인물을 죽여야 했는지가 설명 되지 않는다.

그리고 만에 하나 그들이 범인이라면 어떻게 할 것인가?

손을 써서 그들을 제압한다?

어림도 없는 소리다. 처음부터 형량보는 논 외로 친다 하더라도 한
상욱을 어떻게 한단 말인가? 드러난 명성을 얻은 사람은 아니지만 자
신의 사부에 필적하는 무공을 가진 사람이 아닌가.

일단은 가서 알아볼 따름이다.

비록 교수십이타를 전수받은 사람이 한상욱뿐이라고 하였으나 혹시
또 아는가? 오랜 시간 동안 형량보 옆에 머물러 있던 또 다른 사람이
한두 자락 배워갔을는지…….

*　　　　　*　　　　　*

어둠이 깔린 월아산의 한 자락.

어둠 속을 걷는 그림자가 하나 있다.

그림자는 일정한 속도로 쉬지 않고 움직였다. 그믐이 다 되어 달빛 한 점 없는 어두운 길이지만 그의 걸음은 약간의 망설임도, 주저함도 없었다.

한참 동안 산길을 헤치던 그림자가 걸음을 늦추었다.

그림자가 도착한 곳은 분지(盆地) 형으로 푹 파인 곳이었다. 그것도 이렇게 작은 산에 있는 것이 이상하게 여겨질 만큼 은밀한 지형이었다.

그리 넓지 않은 평지에는 오두막 세 채가 서 있다. 그곳에 도착하고 나서야 걸음을 멈추는 그림자.

그림자를 향해 다가오는 무언가가 있다.

수십 개? 수백 개? 엄청난 숫자의 빛이 무더기로 그림자에게 몰려왔다.

그러나 그림자는 당황하지 않았다.

빛무리에 대항하려고 하지도 않았다.

그가 움직이지 않고 가만히 있자 빛의 덩어리들은 그를 스쳐 그대로 지나가 버렸다.

어둠 속에서 잠시 드러난 그림자의 모습.

오른쪽 어깨에 나비 문신이 새겨진 남자.

알몸의 청년 연진우였다.

연진우는 자신의 몸을 스치고 지나가는 것들을 잠시 쳐다봤다.

개똥벌레[丹良]!

꽁무니에서 빛을 발산하는 개똥벌레 무리들이었다.

간혹 한밤중에 개똥벌레를 보고 놀라서 기절하는 사람들이 있기도 했다. 지독한 긴장 속에서 자신을 혹사시켜 오던 사람들은 어둠 속의 희끄무레한 빛무리가 공포스러울지도…….

개똥벌레 무리들이 저편으로 사라져 가는 것을 확인한 연진우는 천천히 그가 원래 기거하던 오두막으로 걸어갔다.

어두운 오두막 안, 어둠 속을 더듬거리며 부싯돌을 찾았다.

딱! 딱!

어둠 속을 밝히는 불빛.

원래는 송진이 찐득하게 엉겨 붙어 있던 관솔가지였지만 이젠 바싹 말라붙은 나무토막이 되어 어둠을 밝혀주고 있다.

연진우는 여벌의 옷을 찾아 입었다. 입문하던 날 한상욱이 입으라고 주었던 백의다. 그동안 꺼내본 적도 없던 옷을 다시 꺼내 입자 기분이 묘했다.

옷을 갈아입은 그는 느린 걸음으로 형량보의 오두막을 향했다.

시간이 늦긴 했지만 해야 할 말이 몇 가지 있었다.

돌아왔다는 인사, 그동안 겪은 일, 할 말은 많다.

오두막의 문 앞에 도착한 연진우, 크게 숨을 들이쉬고 내쉬며 심호흡을 한다.

문을 두드리려다 멈추기를 몇 번이나 반복했다. 그리곤 마침내 문을 두드렸다.

똑똑똑!

아무런 응답이 없다.

'밤이 깊었으니까…….'

연진우는 그렇게만 생각했다.

돌아갔다가 밝은 날 다시 올까 하는 생각도 들었다.

"흐읍!"

그러나 그는 숨을 크게 들이쉬며 손을 내밀어 문을 두드렸다.

똑똑—

연진우는 멍한 표정으로 앞을 바라보았다.

문을 몇 번이나 두드려도 아무 대답이 없다.

처음에는 조용히 문만 두드렸지만 나중에는 소리 내어 형량보를 불러보기도 했다.

듣지 못했을 리는 없다.

그러나 여전히 오두막 안에서는 아무런 대답도 들려오지 않았다.

'오늘은 그냥 돌아가서 쉬란 뜻인가?'

그런 생각이 들자 피로가 물밀듯이 몰려왔다.

기연을 얻어 공력이 급진전하기는 했지만 어마어마하게 쌓인 심적인 피로는 해소되지 않은 채 남아 있었고 결국 그것이 몸을 다시 피로하게 만들고 있다.

'마지막 한 번…….'

똑똑똑!

"노사님, 진우가 돌아왔습니다."

여전히 대답이 없다.

그제야 연진우는 몸을 돌렸다.

일단은 돌아가서 쉬리라. 내일 아침 일찌감치 인사를 여쭙고 그간 겪은 일을 소상히 아뢰리라.

한 걸음 내디디며 당장은 돌아가는 것이 답이라는 결정을 내리며 두 걸음째에 내일의 일을 생각했다.

그리고 세 걸음째…….

뭔가 이상했다.

한마디로 뭐라고 단정 지어 말할 수는 없지만 뭔가 이상했다.

익숙하게 느껴왔던 형 노사의 기(氣)가 느껴지지 않았다.

동일한 혼원기공을 연마하고 있기에 언제나 느낄 수 있었던 친밀한 기운이 느껴지지 않는다.

더군다나 예전이었다면 정신이 피로한 상태라 모르고 그냥 지나쳤을지도 모르나 지금은 아니다.

괴인의 독특한 내공심법과 혼원기공이 결합되면서 연진우는 이전에 가지지 못했던 뛰어난 감각을 가지게 되었다. 아니, 감각이라기보다는 천지만물이 가지고 있는 기(氣)의 형(形)을 읽어낼 수 있는 직관적인 능력이라고 하는 것이 더 정확한 표현일 듯하다. 표현이야 어찌 됐든 연진우는 그런 능력을 얻었다.

"정말로 비어 있다. 대답하지 않는 것이 아니라 아무도 없어서 대답할 수가 없는 것이다."

멍한 표정으로 중얼거리던 연진우는 휙 소리가 나도록 세차게 뒤돌아섰다. 그리고 공손한 자세로 조용히 문을 열었다.

'이쯤이었던가?'

어둠 속에서 대충 가늠하여 무언가를 붙잡은 연진우. 검정색의 두꺼운 헝겊이다. 헝겊을 휙 잡아당겼다.

"……."

순식간에 눈앞이 환해졌다.

존경스러울 정도로 검소한 생활을 하는 형량보가 가지고 있는 유일한 귀중품이 빛을 발하고 있다. 한 개의 값이 성 하나와 맞먹는다는 주먹만한 야명주(夜明珠)다. 늦은 시간에 글을 읽을 때 사용하라고 누가 선물한 것이라는 데 다른 선물은 다 사양했지만 이것만은 기꺼이 받았다고 한다.

'없다!'

야명주의 빛을 의지해서 사방을 둘러보았다.

침상과 탁자, 의자가 각각 하나씩. 그 이상 아무것도 들여놓지 않았던 형량보 노사의 오두막 풍경은 변함없었다. 그러나 그 풍경을 의미 있게 해주는 존재가 사라지고 없다.

'이 시간에 어디를?'

연진우는 천천히 장내를 둘러보았다. 수상한 기운은 전혀 느껴지지 않는다.

'역시 돌아가야 하나? 응?'

탁자 위에 잠시 얹었던 손끝에 이상한 감촉이 느껴졌다. 먼지 따위가 잔뜩 묻은 것처럼 부석부석했다. 혹시나 해서 다른 것들을 만져 보아도 마찬가지이다. 침상도, 걸상도 모두 먼지가 수북하게 쌓여 있다. 최소한 한 달 이상은 아무도 들어온 적이 없는 것 같았다.

침상 위에 단정하게 정리된 이불과 담요도 먼지투성이다.

행여나 하는 마음에 담요를 들추어보았다.

"으음……."

노란색 표지의 책이 한 권 나왔다.

금강경(金剛經). 해서(楷書)로 단정하게 쓰여진 제목이 눈에 들어왔다.

연진우는 고개를 갸웃거렸다.

본디 형량보가 소림사의 제자였으니 그의 처소에 불경 한두 권 있는 것이야 이상할 것이 없다.

그러나 연진우가 아는 형량보는 침상 위에 읽던 책을 그대로 놓아두는 사람이 아니었다. 그리고 이 금강경은 새 책이었다. 묶은 후에 한두 번밖에 펴보지 않은 것이 확실한 새 책이었다.

눈썹을 가운데 모으고 고개를 이리저리 흔들던 연진우는 금강경을 펼쳐서 넘겨보았다.

툭!

손바닥만한 봉투가 하나 나왔다. 봉투의 겉면에는 소림방장친전(少林方丈親展:소림사 방장 스님이 직접 개봉하라는 뜻)이라는 여섯 글자가 금강경의 글씨와 동일한 서체로 쓰여져 있었다.

그리고 책의 마지막 장에는 '연진우에게 맡긴다' 라는 문구가 쓰여 있었다.

'소림사!'

연진우는 인상을 찡그렸다. 그는 나창옥, 길영 부부가 죽음을 불사하고 전해준 물건을 지키지 못했다. 자신이 그 객잔으로 돌아가지만 않았더라도 천산이살을 만나 반지를 빼앗기고 곤욕을 치르는 일은 없었을 것이다. 하지만 그가 그들 노부부의 마지막 청을 따르지 않고 객잔으로 돌아갔던 이유는 그들의 청을 들어주는 것에 앞서 스승의 생사 여부를 알려고 했던 것이다. 한 치 앞의 일도 알 수 없는 사람인지라 그렇게 생각했던 것인데 이젠 형량보마저 소림 방장에게 보여줄 서찰이 들어 있는 금강경을 연진우에게 남기고 사라졌다.

"소림사로 가야 한단 말인가?"

그는 한숨을 쉬며 중얼거렸다.

한상욱 아래서 자라면서 머리가 여물어질 무렵 운명이라는 것이 있느냐 없느냐 하는 문제를 두고 고민하던 적이 있기도 했다.

사냥꾼의 아들로 태어난 것, 아비를 호환으로 잃고 자신도 죽을 뻔

한 위기에 처한 것, 지나가는 무림인을 통해 생명을 건지고 그의 제자
가 된 것…….

스물두 해. 길지 않은 삶을 살아왔지만 새삼 돌이켜 보니 평범한 사
람의 삶과는 퍽이나 거리가 먼 삶을 살아온 것 같다. 특별히 요 얼마
간의 일은 그가 처음으로 경험하는 위기와 긴장의 연속이었다.

금강경이 구겨졌다. 무의식 중에 손에 힘을 준 모양이다. 연진우는
손에 쥔 금강경을 물끄러미 바라보았다.

"피하지 않겠다!"

나지막이 중얼거리며 아랫입술을 지그시 깨물었다.

형량보는 손수 쓴 금강경의 마지막 장에 '연진우에게 맡긴다'라고
썼다.

그가 준 것이 단순히 한 권의 경전인지 그에 딸린 일까지인지는 알
수 없지만 더 이상은 소극적으로 끌려 다니지 않으리라고 결심했다.
사냥꾼의 아들로 태어나고 싶어서 태어난 것도 아니고 아비를 잃고 싶
다고 잃은 것은 더 더욱 아니었다. 자의 반 타의 반으로 무공을 배우고
황산에 다녀오는 길에 낭패를 당한 것 중 어느 것 하나도 자신의 의지
를 가지고 능동적으로 움직인 것이 없었다.

"더 이상은 끌려 다니지 않겠다."

밤 깊은 산자락. 야명주가 빛을 발하고 있는 형량보의 오두막 안에
는 백의를 단정하게 입은 청년 연진우가 있다. 그의 눈빛은 강한 의지
로 충만해 있었다.

산에서의 새벽은 신비롭다.

높은 곳이기에 평지에서보다 태양의 등장을 먼저 목격할 수 있는 특

권을 가지고 있고 사람의 발길이 드문 곳이기에 더 많은 생명체와 만
날 수 있다.

새소리가 난다. 가만히 듣기만 해도 머리 속이 맑아지는 느낌이 들
그런 소리가 나무 위에서 들려왔다.

후드득—

갑자기 새들이 날아올랐다. 그리고 그곳에는 윤기나는 붉은빛이 무
척이나 탐스러운 여우 한 마리가 달려왔다.

캥!

여우는 잠시 달리던 것을 멈추고 뒤를 돌아보고 짖었다. 여우의 울
음소리가 향한 방향에서는 한 명의 남자가 달려오고 있었다.

캥!

자기 소리가 위협이 되지 않을 거라는 것을 알면서도 여우는 연신
짖어댔다. 비록 덩치는 작지만 육식 동물임이 분명한 놈의 자존심 표
현이었다.

툭툭—

규칙적인 발소리가 들려온다. 새벽의 산을 달리는 남자, 연진우였다.

연진우의 얼굴은 붉게 상기되어 있었다. 얼마 만에 달려보는 길이던
가. 황산 행을 시작하기 전만 하더라도 하루도 거르지 않고 아침마다
달리던 길이었거늘, 지금은 왜 이리 낯설게 느껴지는지……

그 길로 한참 동안 달리던 연진우는 천천히 방향을 돌렸다. 왔던 곳
으로 돌아가는 길이 아니긴 했지만 계속해서 달렸다.

"새벽부터 무슨 지랄이냐?"

초목수호신군은 뚱한 표정으로 연진우를 이리저리 훑어보았다. 백

색 장삼(長衫)을 치렁치렁하게 입은 채로 흙투성이, 땀투성이가 되어가며 산길을 달려오느라 꼴이 말이 아니었다. 하지만 꼴이 이상한 것으로 치자면 그가 백 배는 더했다. 온몸에 털이 숭숭 난 몸뚱이에 천 조각 하나 걸치지 않고 알몸으로 다니는 것만 해도 수상쩍은 눈길을 받아 마땅한데 이제 막 잠에서 깨어난 그는 나무 둥치를 끌어안은 채 졸린 눈을 비비고 있었다. 아니, 처음부터 바닥에 누워 잠을 잔 것이 아니라 나무를 끌어안은 채 서서 잠을 잤던 것이다.

"인사드리러 왔습니다."

"인사?"

인사하러 왔다는 연진우의 말에 초목수호신군은 나무를 끌어안고 있던 손을 풀며 나무에서 한 걸음 물러섰다. 그리곤 한 손으로 덜렁거리는 물건을 툭툭 털며 연진우를 향해 한 발짝씩 걸음을 옮겼다.

"해야 할 일이 있어 산을 떠나려 합니다."

초목수호신군의 몸에서 예의 독특한 기운이 풍겨졌다. 그냥 보면 귀기가 잔뜩 어린 음습한 것이지만 이제와 다시 보니 현문(玄門:깊고 오묘한 이치를 다루는 종교, 문파 등)의 무공을 익힌 것 같기도 하다.

"어디로 갈 것인지 물어보면 가르쳐 줄 테냐?"

연진우는 소리없이 고개만 가로저었다.

초목수호신군의 눈꼬리가 말려 올라갔다.

"그런데 왜 본좌를 찾아온 것이냐?"

"베풀어주신 큰 은혜에 감사하여 인사를 드리는 것입니다."

"은혜라, 하!"

갑자기 깊은 한숨을 쉬며 고개를 떨구는 초목수호신군을 본 연진우는 예상 밖의 반응에 당황했다.

"세상에는 은혜를 모르는 것들이 너무나 많지. 늑대새끼도 아는 걸 모르는 것들이 말이야."

그는 혼자 중얼거리며 몸을 돌려 조금 전까지 끌어안고 있던 나무 아래를 손가락으로 파헤치기 시작했다.

"받아둬! 이놈 없으면 아무리 무공이 높아도 소용없어."

초목수호신군이 던진 시커먼 보퉁이를 받아 든 연진우는 조심스러운 동작으로 내용물을 확인했다.

보퉁이 안에 든 것은 은자였다.

"더 할 말 없으면 가봐."

말을 마친 그는 눈을 감자마자 코를 골기 시작했다.

연진우는 나무를 안고 서 있는 초목수호신군을 향해 정중하게 절을 올리곤 크게 심호흡을 했다. 그리고 다시 달리기 시작했다. 산 아래를 향해……

3. 흥! 고수께서 납시었군요

햇살이 따갑다.

뿐만 아니라 공기도 후덥지근한 것이 끈적끈적한 느낌마저 주었다. 물론 간간이 바람이 불긴 했지만 그것 역시 습기를 가득 머금은 것이라 시원하기는커녕 더 더워지는 것 같았다.

연진우가 걷고 있는 곳은 사람들이 가득한 시장통이었다. 오가는 사람들이 워낙 많아 서로 어깨를 부딪치는 일은 다반사인 곳이다.

하지만 다른 때는 예삿일일지 몰라도 이렇게 무더운 날씨에 다른 사람과 몸이 부딪친다는 것은 아주 불쾌한 일이 될 수 있다.

"야, 임마! 눈을 어디다 두고 다니는 거야?"

검은색 경장(輕裝)을 입은 거한이 소리를 버럭 질렀다. 그래도 보통 사람들이라면 얼굴 한번 붉히고 지나갈 것을 그는 가뜩이나 더운 날씨 때문에 짜증이 나던 차에 한 놈 걸려 잘됐다는 표정을 하며 고함을 치고 있었다.

"실수로 부딪쳤으면 사과를 해야지 어딜 슬쩍 지나가려고 해?!"

거한은 숯검댕이 같은 눈썹을 위아래로 움직이며 소리를 버럭버럭 질렀다. 언뜻 보인 왼쪽 소매에 붉은 글씨로 웅(熊) 자가 수놓여 있었다.

그 옆을 지나가던 사람들은 혀를 끌끌 차면서도 감히 말릴 생각은 하지 않고 그냥 자기들이 가던 길을 갔다.

"이 자식이 그래두……."

하지만 아무리 고함을 질러도 상대가 별 반응을 보이지 않자 화풀이 는커녕 화가 더 났다.

얼굴이 시뻘게진 거한은 숨을 몰아쉬며 눈앞의 백의청년을 째려보 았다.

무슨 예식이나 의식 때나 입을 법한 치렁치렁한 백색 장삼을 턱하니 걸치고 있는 것이나 시커멓게 그을린 얼굴에 무뚝뚝한 표정이 대처에 처음 와본 시골뜨기임이 분명했다.

'한두 대 두들겨도 하소연할 데가 없는 놈이겠지?'

혼자 이리저리 머리를 굴려가며 이 시골뜨기를 어떻게 요리할지 고 민하던 거한은 가장 단순하면서도 확실한 방법을 사용하기로 결정했 다. 그나마도 예전 같으면 이런 고민도 하지 않을 것이었지만 이 흑색 경장을 입고 있는 이상 자랑스러운 혈웅방(血熊幫)의 이름을 생각하지 않을 수 없었다.

"딱 한 대만 맞아라!"

말이 끝나기도 전에 괴인의 머리가 날아들었다. 혈웅방에 입문한 지 겨우 석 달이 되었을 뿐이지만 방 내의 모든 사람들이 그를 귀면금강두(鬼面金剛頭)라고 부르게 해준 비장의 한 수였다.

　연진우는 눈앞의 얼간이가 하는 것을 그냥 보고만 있었다.

　가만히 있어도 무덥고 짜증나는 날씨이건만 이놈은 자기가 먼저 부딪쳐 놓고는 억지를 쓰고 있었다.

　겉으로 드러난 모양새나 말하는 것을 보아하니 이성적이고 합리적인 대화가 불가능하며, 어떤 경우에도 자신의 주장을 반드시 관철시켜야만 직성이 풀리는 그야말로 영락없는 시정잡배였다. 조목조목 잘잘못을 따지려고 들어봐야 아무 소용 없을 듯했다.

　그렇다고 해서 이런 자를 상대로 무공을 쓰기도 뭣했다.

　언젠가 한상욱이 '웬만하면 삼류무사 축에도 끼지 못하는 잡배들과는 손속을 섞지 마라. 무공을 쓸 가치도 없을 뿐더러 괜히 다른 사람들을 위해준답시고 그놈을 손봐줬다간 네가 떠나고 난 후에 주위 사람들에게 더 패악을 부린다' 라는 이야기를 했던 적이 있었기 때문이다.

　이런저런 이유로 연진우가 선택한 것은 거한을 물끄러미 바라보며 가만히 있는 것이었다.

　그리고 그것도 나름대로 재미가 있는 것이, 굵고 짤막하며 시커먼 모양의 숯검댕이 같은 눈썹을 위아래로 움직이는 모습이 마치 무학의 '발이 나아갈 때는 낮아야 하고 뒤로 물러날 때는 높아야 한다[進步宣低 退步要高]' 는 이치와 일맥상통하는 움직임을 보여주고 있었다.

　한참 동안을 그렇게 가만히 서서 눈썹만을 바라보자 상대도 지쳤는지 잠시 연진우를 째려보다가 머리를 날려왔다.

　'박치기라⋯⋯.'

무뚝뚝한 표정으로 그를 바라보던 연진우의 입가에 쓴웃음이 걸렸다.

박치기라면 그에게도 예사로운 기술이 아니었다.

"근접전을 벌일 때 가장 막강한 무기가 뭘까?"

언제나 한상욱의 질문은 직설적이었다. 이리저리 돌리고 머리, 꼬리를 붙여 그럴듯하게 말을 꾸미는 것은 기질적으로 맞지 않았다.

그리고 그는 절대로 연진우가 쉽게 대답할 수 있는 것을 물어보지 않았다.

"어깨[肩頭]입니까?"

대답이 나오자마자 한상욱은 연진우의 코앞에 바싹 붙었다.

"해봐!"

항상 이런 식이다. 예전에 사부님이 몸통 공격에서 어깨의 중요성을 이야기하지 않았느냐 하는 식의 반론이 이루어질 여지는 전혀 없다. 어떻게든 해내면 된다.

그 어떻게든이란 게 결코 쉬운 일이 아니라는 것이 문제기는 하지만……

"지금 뭐 하는 거야?"

너무 가까이에 붙어 서서 어깨 공격을 할래야 할 수 없었다. 물론 상체의 흔들림을 이용해 상대의 몸과 거리를 멀리했다가 좁히며 순간적인 탄력을 줄 수도 있긴 하지만 그것은 어디까지나 자기보다 하수를 상대할 때나 가능한 방법이었다.

한상욱은 자신의 어깨를 연진우에게 착 밀착시키고는 연진우가 몸을 움직이는 대로 함께 움직였다. 마치 최고급의 접착제를 두 사람의 어깨 사이에 발라놓은 것처럼 딱 붙어 있었다. 아무리 빠르게, 혹은 갑자기 느리게 움직여 보아도 한상욱은 원래부터 연진우의 한 지체(肢體)인 것처럼 움직였다.

"이런 거 말고 한 방에 탁 터뜨릴 수 있는 거 생각 안 나냐? 보통 무림인들이 잘 쓰지 않는 방법으로 말야."

한상욱의 한마디에 벼락처럼 스치고 지나간 영감이 있었다.

외부로 드러난 부분 중에 가장 강한 뼈대를 가진 부분.

연진우는 빠른 속도로 머리를 뒤로 젖혔다. 그리고 더 빠르게 한상욱의 콧대를 향해 머리를 내밀었다. 한상욱의 눈에 만족한 빛이 떠올랐다.

그러나…….

'나의 강함으로 상대의 약함을 공격한다.'

모든 무학의 기본인 동시에 싸움의 기본이다.

거한이 날린 박치기도 그 기본을 충실하게 지켜 연진우의 콧대를 노리고 날아왔다. 뒷골목의 싸움에서 수많은 놈들의 얼굴 모양을 귀신 얼굴[鬼面]처럼 흉측스럽게 뭉개 버린 천하무적의 금강두(金剛頭)가 작렬하려는 순간…

연진우는 고개를 살짝 숙였다.

거한의 이마는 연진우의 이마와 정면 충돌했다.

한데 당연히 상당한 속도로 이루어진 이마와 이마의 만남을 뒤따라와야 할 충돌음이 들리지 않았다.

거한의 얼굴은 사색이 되었다.

코에 명중시키지 못하고 이마를 맞춘 것만 해도 귀면금강두라는 그의 명성을 생각하면 이해되지 않는 일이었다. 하지만 그가 놀란 진짜 이유는 자기의 이마가 이 촌뜨기의 이마에 충돌하는 순간 마치 두꺼운 담요 위에 박치기를 한 것 같은 느낌이 들었기 때문이다.

놀란 그는 황급히 머리를 뒤로 젖히려 했지만 어떻게 된 일인지 머리가 상대의 머리에 붙은 그 상태 그대로 떨어지지가 않았다. 낑낑거리며 용을 써보아도 요지부동이었다.

거한의 얼굴이 더욱 시뻘겋게 변했다. 사람들이 수도 없이 오가는 대로변에서 남자 둘이 이마를 맞대고 서 있는 광경을 보여주는 것이 썩 기분 좋은 일은 아닐 것이다.

그는 연진우의 눈을 째려보았다. 동료들도 함부로 쳐다보지 못한다는 살기 어린 눈빛이었지만 연진우는 그 정도 눈빛에는 꿈쩍도 하지 않았다. 설마 하니 시정잡배의 눈빛이 구설의 붉은 눈알보다 섬뜩하랴.

시간이 약 일각 정도 지나자 거한의 온몸은 식은땀으로 흠뻑 젖었다. 더워서 흘리는 땀이었는지 다른 이유로 흘린 땀이었는지는 당사자만이 알 수 있을 것이다.

"헉!"

갑자기 거한의 입에서 외마디 비명 소리가 흘러나왔다.

연진우가 힘을 풀자 갑자기 뒤로 넘어지며 낸 비명 소리였다.

"이 정도도 무공을 쓴 거라고 할 수 있나?"

길바닥에 대(大) 자로 벌렁 드러누운 거한을 바라보며 중얼거리던 연진우는 손바닥을 부채처럼 써서 얼굴을 부치며 원래 가던 길로 걸음을 계속했다.

"정말 덥군."

중원인들은 어느 민족보다 차(茶)를 많이 마시는 민족이다. 그들에게 차는 단순한 기호품이 아닌 필수품이다. 지역마다 조금씩 다르긴 하지만 기름기 많은 음식이 대부분인 중원인들의 식생활에서 차의 중요성은 이루 말할 수 없다. 그래서 집집마다 간소하게나마 차제구(茶諸具:차를 달여 마시는 데에 쓰는 여러 기구)를 갖추어놓고 있으며 사람이 어느 정도 모이는 곳이라면 어김없이 찻집이 있었다.

목마른 연진우가 문을 열고 들어간 곳도 그런 찻집 중의 하나였다.

"무얼로 드릴까요?"

손님이 들어서자마자 재빨리 주문을 받으러 다가온 점소이를 본 연진우는 동전 몇 개를 주며 짤막하게 말했다.

"아무거나 주시오."

점소이는 연진우와 동전을 번갈아 보다가 고개를 좌우로 흔들며 말했다.

"이걸로? 이구, 저기 앉아서 기다려 보시오."

그는 기가 차다는 얼굴을 하고 구석 자리를 가리켰다.

연진우는 가타부타 말없이 점소이가 말한 자리에 앉았다. 낡다 못해 금방이라도 부서질 듯싶은 것이 내다 버리려고 구석에 놓아둔 것 같은 탁자와 의자였다.

쿵!

가뜩이나 부실한 탁자의 다리가 비틀거렸다.

점소이는 찻잔을 거칠게 내려놓으며 말했다.

"손님이 많을 시간이니 후딱 마시고 일어나시구랴."

정체 모를 잎사귀 몇 장이 둥둥 떠다니는 거무스름한 물을 내려놓은 점소이는 문을 열고 들어온 단체 손님을 향해 서둘러 걸음을 옮겼다.

연진우는 쓴웃음을 지으며 찻잔을 들었다.

초목수호신군이 준 은자가 있긴 하지만 아직 돈 쓰는 것에 서툰 연진우는 최대한 절약하며 길을 가고 있었다. 덕분에 이런 식의 푸대접엔 익숙할 대로 익숙해져서 이젠 특별히 분한 마음이 들지도 않았다.

"에구구! 왜 이러십니까?"

"저리 비켜!"

"혈웅방을 뭘로 보는 거야?"

와장창 소리와 함께 점소이의 비명 소리와 '단체 손님'의 목소리가 연이어 들려왔다.

입구 쪽을 쳐다본 연진우는 얼굴을 찡그렸다.

조금 전에 잠시 머리를 맞대고 장난을 쳤었던 거한과 똑같은 흑의 경장을 입은 사내들이 들어왔다.

그들은 찻집 안을 죽 훑어보더니 금세 연진우를 찾아냈다. 실용성과는 거리가 먼—먼지가 너무 많이 묻어서 누르스름하게 보이는—백의를 입은 이십 대 청년을 찾는 일은 그리 어렵지 않았다.

"저 사람이냐?"

먼저 입을 연 것은 일행 네 명 중 가장 왜소한 체격을 가진 사내였다. 그리고 질문에 대답한 사람은 조금 전 연진우에게 낭패를 당한 거한이었다.

"맞습니다, 저놈입니다. 요사스런 마술로 저를……."

"알겠으니 닥치고 있어라."

사내는 거한의 말이 길어질 기미가 보이자 신속하게 말허리를 자르고 연진우를 흘끔거렸다.

'이 멍청한 놈의 말이 모두 사실이라면 저 촌놈이 무공의 고수라는 이야기인데……'

혈웅방이니 뭐니 해서 이름은 거창하지만 실상은 이 일대의 기루와 주루 몇 개를 관리하는 삼류방파다. 멋모르고 강호의 고수들을 건드렸다간 하룻밤 사이에 사라지고 없어질 수도 있는 그렇고 그런 곳이건만 강호의 사정을 모르는 신참이 방의 선배들에게 복수를 부탁한 것이다.

'이것 참 난감하군. 무림고수를 상대로 싸울 수도 없는 노릇이고 위신은 위신대로 세워야 하고……'

고민은 길지 않았다. 사내는 이 바닥에서 지금까지 살아남을 수 있었던 비결이 바로 원만한 대인 관계에 있었다고 자부했다. 자신의 장기를 십분 발휘하면 이번의 위기를 넘기는 것도 전혀 불가능하지만은 않을 것이란 계산이 섰다.

한편 연진우는 그가 멍청히 서서 혼자 웃다가 찡그리다가 하는 것을 가만히 지켜보며 찻물로 짐작되는 액체를 조금씩 홀짝거렸다.

"소생은 혈웅방의 외당 당주 직책을 맡고 있는 익 모(益某)라고 하오. 실례지만 성함이 어떻게 되시는지 여쭈어보아도 되겠소?"

사내는 양손을 모아 앞으로 내뻗으며 자신을 익 아무개라고 소개하고 연진우의 이름을 물어보았다. 고금을 막론하고 의사 소통의 첫걸음은 서로에 대해 아는 것에서부터 시작하는 법이지 않던가.

연진우도 포권했다. 그렇지 않아도 하오문의 사람을 건드린 것이 못내 찜찜하던 차였는데 오히려 상대편에서 이리 정중하게 나오니 다행이다 싶기도 하다.

"월아산에서 온 연진우라고 합니다."

"연?"

"연진우라고 합니다."

"아, 연 대협이셨구려. 잘 알겠소."

사내는 웃는 얼굴로 이야기를 계속했다.

"여기서 이럴 것이 아니라 방주님을 뵈러 갑시다. 비록 우리 혈웅방이 이름없는 작은 문파이기는 하나 우리 지역을 지나가는 고수 분을 대접하지 않고 그냥 보낼 수는 없소."

그가 연신 웃으며 연진우의 소매를 잡아끌자 뒤편에 서 있던 흑의인들의 인상이 묘하게 변했다. 특히 연진우에게 혼이 났던 거한의 얼굴이 이상했다.

"당주님, 저놈은……."

거한이 뭐라고 말을 하려 했지만 사내의 눈짓을 받은 나머지 둘이 서둘러 그의 입을 가로막았다.

그러나 그 두 남자의 안색도 별로 좋지 않았다. 상대가 무림고수라면 당연히 조심조심해서 다루고 얼러서 보내야겠지만 그렇다고 해서 방주를 만나러 가자는 것은 좀 지나쳤다.

"저, 저는 달리 갈 길이……."

갑작스러운 초대에 연진우도 당황하였는지 말을 더듬거렸다.

그러나 사내는 막무가내로 연진우의 소매를 잡아끌며 말했다.

"일단 가시지요. 아무리 바빠도 술 한잔할 시간이 없겠소?"

사내의 완력은 예상외로 강했다. 아무리 방심하여 별 힘을 주고 있지 않았다고 하더라도 조직에서 한자리 차지하는 사람은 뭐가 달라도 다른지 손아귀 힘이나 팔 힘이 보통이 아니었다.

정신이 퍼뜩 돌아왔다. 연진우는 소매를 붙잡고 있는 사내의 손을 떼어내며 또박또박 이야기했다.

"수하에게 실례한 것은 정말 죄송합니다. 저도 방주님을 찾아뵙고 인사드리고 싶지만 가던 길이 바빠서 오늘은 안 되겠습니다. 다음에 기회가 닿으면 꼭 다시 오도록 하겠습니다."

말을 마친 연진우는 몸을 슬쩍 날렸다.

찻집 안에서 그들의 실랑이를 보고 있던 사람들은 입을 딱 벌렸다.

연진우의 몸이 부르르 떨리는 듯하더니 사라져 버렸기 때문이다.

외당 당주라는 사내를 제외한 혈웅방의 세 남자도 놀라기는 매한가지였다. 그들이 언제 그런 상승의 경신법을 본 적이나 있었겠는가?

"이럴 때가 아니지. 어서 방주님을 뵈어야지."

연진우가 사라진 방향만을 멍청하게 보고 있는 수하들은 눈에도 들어오지 않는지 외당 당주는 허겁지겁 찻집을 벗어나 달리기 시작했다.

"틀림없다. 월아산에서 왔다고 했으니 동명이인(同名異人)은 아닐 테고 정의맹에서 찾던 녀석이 확실하다."

그는 방주의 거처를 향해 전력을 다해 달렸다.

"뭐라?"

듣기 거북한 목소리다. 마치 입 안에 뭔가를 잔뜩 물고 말하는 것처럼 발음이 뭉개지고 소리가 먹먹했다.

"정의맹에서 찾던 그놈이 우리 구역에 나타났습니다."

"그 연 머시긴가 하는 놈?"

"예."

혈웅방 외당 당주 익순(益巡)의 표정은 정상이 아니었다. 무엇이 그를 그렇게 흥분하게 만든 것일까?

"그래서 어쩌잔 말이야?"

하지만 익순이 잔뜩 흥분한 반면에 그에게 돌아오는 목소리는 시큰
둥하기 짝이 없었다.

"어쩌자니요? 만약 우리가 그놈을 보고도 아무 말 없이 그냥 보내주
었다는 것을 정의맹에서 알게 되면……."

우리 같은 삼류문파는 일각도 안 되어서 지상에서 영원히 사라져 버
린다라는 말을 하고 싶었지만 차마 방주 앞에서 할 말이 아니었다.

익순은 다시 숨을 가다듬으며 입을 열었다.

"일단 발 빠른 놈으로 보내 정의맹에 놈이 나타났다는 것을 알리고
우리는 우리대로 달아날 길을 막아야 하지 않겠습니까?"

방주는 뚱한 눈빛으로 익순을 바라보았다.

"정의맹에서 그놈을 왜 찾는데?"

"그거야 우리가 어떻게 알겠습니까? 하지만 정의맹의 비위를 거슬
렸다간……."

이번에도 말꼬리를 꿀꺽 삼켜 버렸다.

"직접 보니 어땠어?"

방주는 자기만의 독특한 어조로 짤막하게 물었다.

마음은 급하건만 연거푸 질문을 받느라 바라고 있는 한마디의 지시
를 듣지 못한 익순은 안절부절못하며 대답했다.

"생긴 것을 보아선 이제 갓 스물이 넘은 녀석 같았는데 무공이 대단
한 것 같았습니다. 그날 본 문을 찾아온 그 중 놈보다 나으면 나았지
못하지는 않을 거라고 생각됩니다."

"그럼 그런 놈을 우리 애들이 막을 수 있을까?"

말문이 탁 막혔다.

맞다.

단신으로 갑자기 나타나 백여 명에 이르는 방도들을 곤죽이 되도록 두들기고는 정의맹에서 사람을 찾는 일에 협조하라며 한마디 던지고는 사라진 중 놈. 다른 무공은 모른다 쳐도 경신법 하나만 그 중과 비슷해도 혈웅방의 실력으로 잡는 것은 불가능했다.

"그러면 어떡합니까? 그냥 지나가도록 내버려 둡니까?"

익순은 기어들어 가는 목소리로 힘없이 이야기했다.

"아니, 그건 아니지. 애들 풀어서 미리 길목 다 막으라고 해. 내가 직접 간다."

방주의 자신감 넘치는 말에 익순은 고개를 갸웃거렸다.

정의맹의 사자로 왔던 중이 패악을 부리고 있을 동안에 방주라는 작자는 어디에 처박혀 있었는지 코빼기도 비추지 않고 숨어 있다가 일이 다 끝나고 중이 떠난 후에야 느긋하게 나타났었다.

그런데 이번엔 직접 나서겠다고?

이해가 되지 않는 익순이었다.

방주는 눈빛을 반짝거리며 새끼손톱으로 귀를 후볐다. 잠시 얼굴을 찡그리던 그는 이내 시원한 표정을 지으며 작은 목소리로 중얼거렸다.

"연진우라… 인연은 인연이네."

연진우는 당혹스러운 얼굴로 눈앞의 흑의인들을 보았다.

권법에 주력하느라 경신의 공부가 얕은 것이 후회스러웠다.

사실은 경공술이 약하다기보다 권법이 특별히 뛰어난 것이지만 그 거야 어찌 되었든 지금 중요한 것은 별로 대수롭지 않게 여겨지던 혈 웅방이라는 조직이 제법 일사불란한 면모를 보여주며 연진우의 움직임 을 효율적으로 늦추고 있다는 것이었다.

"이자들이 왜 이러는 거야?"

초대를 거절해서 그런 것인가?

강호에서 가장 밑바닥의 삶을 산다는 삼류문파의 사람들치고 자존심이 강하지 않은 사람이 드물었다. 남은 것이라곤 자존심과 깡다구밖에 없는 사람들의 기분을 상하게 해서 이러는 것일까?

비록 큰 위협은 되지 않았지만 여기저기서 불쑥불쑥 나타나 찰거머리처럼 엉겨붙는 것을 떼어내는 것은 보통 일이 아니었다. 실력을 발휘해서 싹 쓸어버리자니 문제가 커질 것 같고, 그냥 피하자니 끝도 없이 달라붙고… 진퇴양난(進退兩難)이라는 말이 딱 맞아떨어졌다.

"당신이 연진우요?"

정신을 집중하지 않으면 무슨 소린지 알아들을 수 없는 목소리가 날아왔다.

연진우는 목소리의 근원지를 향해 고개를 돌렸다.

왜소한 체격의 외당 당주 익순, 그리고 그보다 더 덩치가 작은 남자가 서 있다. 목소리는—유난히 각진 턱이 눈에 띄는—그 사람에게서 비롯된 것이었다.

"나를 아오?"

질문의 답은 한줄기 바람으로 돌아왔다.

혈웅방주의 장력이 날아든 것이었다.

"헉!"

연진우는 헛바람을 삼키며 상체를 젖혀 장력을 흘려보냈다.

'대단한 공력이다. 하오문도 중에서도 이 정도로 강한 자가 있었단 말인가?'

한편 혈웅방주는 자기대로 놀란 눈빛을 했다.

'내 칠성 공력을 그대로 비껴내다니 그 사이에 대단한 진보가 있었나 보군. 그럼 이건……'

그의 손이 기묘하게 움직였다.

연진우는 크게 놀라 급히 몸을 회전하며 공격권에서 벗어났다.

"이 장법은……"

"아직 기억하고 있군요."

방주는 손에 여유를 두지 않고 계속해서 맹공을 퍼부었다.

옆에서 두 사람의 싸움을 지켜보던 익순은 도저히 믿을 수 없다는 표정으로 그들을 보았다.

'방주의 무공이 이렇게 강했단 말인가? 저 어린 놈의 무공도 대단하지만 방주도 정말 놀랍구나. 그런데 왜 그 중 놈이 왔을 때는 구석에 처박혀 나타나지 않았지?'

익순의 벌어진 입은 다물어질 줄 몰랐다.

공중을 붕붕 날아다니며 장력을 발출하는 것이 평생에 보기 드문 놀라운 구경거리였다. 그저 타고난 완력에 권법 몇 수, 도법 몇 수를 뚝심으로 잘 버무려 큰소리를 치고 다니는 것이 전부였던 삼류문파에 저런 무공을 가진 방주가 있을 것이라고 누가 상상이나 했겠는가?

뿐만 아니었다. 만약 익순에게 어느 정도의 안목이 있었다면 방주와 연진우가 사용하는 장법이 같은 것이라는 사실도 알 수 있었을 것이다.

"당신은 누구요?"

허공에서 몸을 빙글 돌려 땅 위에 착지한 연진우는 목청을 높였다.

"호홋! 아직 멀었어요. 그럼 이걸 받아봐요."

방주는 자세를 바꾸어 주먹을 내뻗었다.

"핫!"

짤막한 기합이 터져 나오는 것과 동시에 주먹이 빛무리처럼 연진우를 덮쳤다. 만약 예전의 연진우였다면 속절없이 당하고 말 위력적인 공격이었다.

하지만 연진우는 이미 과거와는 차원이 다른 경지에 도달해 있었다.

혈웅방주가 그를 몰아붙일 수 있었던 것은 더 이상 괜한 시비를 만들지 않고 싶어한 연진우가 소극적인 자세로 무공을 펼쳤기 때문이다.

연진우는 무수히 날아드는 주먹의 기운을 향해 양손을 뻗어 부드럽게 흔들었다.

빛살같이 날아들던 권경이 한 올 한 올 풀어헤쳐졌다.

방주의 강맹한 공격은 연진우의 부드러운 손놀림에 금세 무력화되었다.

"흥! 고수께서 납시었군요."

그는 코웃음을 치며 물러났다.

"물러가자!"

"예, 예엣?"

물러가자는 방주의 명을 들은 익순은 깜짝 놀라 되물었다. 그에겐 기운의 충돌을 읽어낼 능력이 없는지라 방주가 연진우를 장법으로 몰아붙이던 것만을 보았었다. 일방적으로 이기고 있는데 왜 물러가자는 것인지 이해가 되질 않았다.

"이 정도면 할 만큼 했어. 정의맹에서도 그렇게 알 거야."

연진우는 어리둥절한 표정으로 마지막 말을 마치고 휙 돌아서는 방주의 뒷모습을 쳐다보았다.

"정의맹이라니, 그건 무슨 소리요? 그리고 당신의 무공은……."

방주는 걸음을 멈추고 고개를 뒤로 돌렸다.

“궁금하면 따라와요.”

말을 마치자마자 공중으로 몸을 날려 사라지는 혈웅방주. 대단한 경공술이었다.

익순은 어쩔 줄 몰라 하며 그가 사라진 방향과 연진우를 번갈아가며 바라보았다.

“…….”

연진우도 혈웅방주가 간 쪽을 잠시 응시하다가 몸을 날렸다.

“둘 다 사람이 아니야.”

망연자실한 익순은 그들이 사라진 곳을 멍하니 보다가 땅 위에 털썩 주저앉으며 중얼거렸다.

휙— 휙—

바람이 귓전을 스치고 지나간다.

얼마나 달린 것일까? 사람이 다니던 길을 벗어난 지 꽤 되었다.

좁은 공간에서 민첩하게 움직이는 경신법에는 자신이 없지만 마냥 달리는 것만큼은 자신있었다. 혈웅방주와의 거리는 점점 좁혀졌다.

갑자기 혈웅방주가 달리기를 멈췄다.

그는 숨을 몰아쉬며 연진우를 보았다.

전혀 호흡이 가빠지지 않은 연진우가 소리치듯 물었다.

“정의맹과 내가 무슨 상관이 있단 말이요?”

피잉!

연진우는 고개를 슬쩍 젖혔다.

슉—

호접표(胡蝶鏢:나비 모양의 암기) 한 쌍이 백지 한 장의 틈을 두고 목덜미를 스쳐 지나갔다.

"아무래도 쉽게 말을 하지 않을 눈치인데……."

말을 미처 끝내기도 전에 고개를 숙였다. 방금 날아간 호접표가 뒤통수로 다시 돌아왔기 때문이다.

"퉤!"

혈웅방주는 침을 퉤 뱉었다. 침과 함께 거무스름한 덩어리도 튀어나갔다. 유난히 각져 있던 턱이 둥그스름하게 변했다.

침을 뱉은 그는 스스로 얼굴 가죽을 벗겨내었다.

그의 입에서 이제까지와 전혀 다른 맑은 목소리가 흘러나왔다.

"사부도 못 알아보고… 엉망진창인 제자군요."

연진우의 동공이 확대됐다.

황산에서 만났던 녹의소녀였다. 오른쪽 어깨에 나비 모양의 문신을 새겨 넣은…….

"너는, 너는……."

흥분한 연진우는 말문이 막히는지 같은 소리만 반복했다.

무공으로 제압당한 것이야 실력이 부족했다고 생각하면 된다. 그러나 어깨에 그녀가 새긴 문신이 생생히 남아 있는 마당에 그녀의 장법을 사용했다는 것이 창피해 죽을 지경이었다.

"너무 흥분할 것 없어요. 이렇게 무공이 진보했을 거라곤 상상도 못했는데 역시 내가 제자 보는 눈이 있네요."

소녀는 생글거리며 연진우에게로 다가갔다.

맹렬한 기세는 다 어디로 가버렸는지 연진우는 붉게 달아오른 얼굴로 소녀를 쏘아보는 것이 고작이었다.

"사부를 만났으면 당장 엎드려 큰절을 해야 하는 거 아녜요?"

"내가 왜 네 제자란 말이냐!"

연진우는 고함을 버럭 질렀다.

"네가 가르쳐 준 장법 때문에 나와 내 사부님은 무림인들에게 전륜궁의 사람이 아니냐 의심을 받았고 급기야 개방의 방주와 싸우기까지 하였다. 너는 무슨 까닭으로 우리 사제를 음해한 것이냐?!"

정말로 화가 난 것인지 연진우의 목소리는 구절구절 노기가 가득했다.

소녀의 눈망울에 눈물이 그렁그렁 맺혔다.

"난 당신을 도와주려고 했던……."

울먹이는 그녀의 얼굴은 정말 예뻤다.

하지만 연진우는 잠시 엉뚱한 생각을 한 자신을 책망하며 다시 고함을 질렀다.

"이 요녀야, 일전에도 약한 척하며 나를 함정에 빠뜨리더니 또 같은 수법을 쓰는 것이냐?"

소녀의 뺨 위로 눈물이 주르륵 흘러내렸다.

"흑흑, 그게 무슨 소리예요, 요… 녀라니……? 흑흑."

우는 모습을 보자 가슴이 뒤흔들렸다. 하지만 저것 역시 거짓으로 눈물 흘리는 연기를 하는 것이라 생각하고 마음을 다잡은 연진우는 냉정하게 말했다.

"아까 정의맹을 이야기하던 것은 또 무슨 소리냐?"

소녀는 울기만 하고 대답하지 않았다. 이제는 아예 양손으로 얼굴을 거머쥐고 울었다.

"할 말이 없다면 나는 내 갈 길을 가겠다."

더 이상 소녀를 붙들고 있어봐야 득 될 것 없다는 판단이 선 연진우는 바람 소리가 날 정도로 거칠게 몸을 돌리며 발을 옮겼다.

"콜록콜록—"

등 뒤에서 기침 소리가 들렸다.

'거짓 울음소리를 내다가 숨이 걸린 모양이군.'

내심 이상한 생각도 들었지만 어금니를 지그시 깨물었다.

"쿨럭—"

이번의 기침 소리는 달랐다. 뭔가 이상한 느낌이 들어 뒤를 돌아보았다.

피[血]!

땅바닥에 주저앉은 채 울고 있던 소녀는 얼굴을 가렸던 양손 가득 피를 움켜쥐고 있었다.

연진우의 눈빛이 심하게 흔들렸다.

그가 아무리 저 소녀에 대해 좋지 않은 감정을 가지고 있다고는 하나 아직 스무 살도 되지 않은 소녀가 저런 모습을 보이는 것을 무시하고 넘어갈 만큼 차가운 사람은 아니었다.

"원래 몸이 좋지 않았소?"

어느새 말투가 꽤 부드러워졌다.

소녀는 고개를 들어 연진우를 바라보았다. 눈에서 흘러내린 눈물은 입가에 묻은 피와 범벅이 되어 턱을 타고 목 아래로 흘러내려 있었다.

그리고 눈물은 아직도 그치지 않고 있었다.

'제길……'

원래 이러려고 했던 것이 아닌데… 눈물과 피로 얼룩진 소녀의 얼굴을 보니 가슴이 울렁거리고 기분이 야릇하다.

혀를 살짝 깨물었다. 몸 밖에선 보이지도 않는 작은 살덩어리에 지나지 않는 것이라 그런지 작은 충격을 받아도 어마어마한 통증이 느껴졌다. 덕분에 정신이 돌아왔다.

"정의맹에서 뭘 어쨌단 말이더냐?"

자신을 빤히 바라보고 있는 소녀의 눈빛을 피하지 않으며 오히려 더 강하게 쳐다보며 말하는 연진우의 어조는 단호했다. 하지만 이상하다. 왜 그녀의 눈빛이 슬프게 느껴지는 것일까?

"나한테 할 말이 그것밖에 없나요?"

그 한마디에 머리가 멍해졌다.

무슨 할 말이 더 있다는 말인가. 그날 아침에 모욕을 주고 어깨에 문신을 새긴 이야기를 하라고? 아니면 억지로 보게 한 장법을 흉내 내었다가 전륜궁의 사람으로 오해받은 이야기를 하라는 건가?

갑자기 어깨가 따끔거리는 것 같다. 어깨에 선명하게 그려진 나비 문양을 보며 고개를 갸웃거리던 초목수호신군의 표정도 생각났다. 풀어지려던 마음속에 거대한 얼음 어리가 자리 잡았다.

멍해졌다가 갑자기 다시 차가워지는 연진우의 눈빛을 읽은 것일까?

소녀는 고개를 푹 숙이고 이야기를 계속했다.

"정의맹에서 사람을 보내왔어요. 당신을 보면 즉시 연락하라구요."

"……"

'정의맹에서 무슨 이유로?' 라고 묻고 싶었지만 그냥 소녀가 말하는 것을 기다렸다.

"중년의 승려였어요. 백여 명의 방도들을 혼자서, 그것도 적수공권 (赤手空拳)으로……."

그녀는 순수하게 유희를 즐기려는 의도로 움직였다.

판에 박힌 따분한 생활이 너무 싫었다. 그래서 집을 떠났었고 신창문의 개파대연이 열린 황산에도 놀러 갔었다.

그 와중에 연진우라는 순진한 사람을 가지고 잠시 장난질을 해보기도 했다.

이번의 일도 순수한 유희의 차원에서 이루어진 것이었다.

이름도 별로 알려지지 않은 흑도방파의 방주가 무공이 고강하면 얼마나 고강하겠는가.

물론 한 방파의 수장이니 보통 사람과는 다를 것이다. 그러나 어머니 뱃속에서부터 영약으로 목욕을 하다시피 하고 손발을 조금 놀리기 시작한 이후로 쭉 최상승의 절정무공을 익혀온 그녀의 상대가 될 수는 없었다.

방주가 기루를 향해 갈 때 한 걸음 먼저 도착해 기녀의 옷을 입고 그를 기다리는 것도 그리 어려운 일은 아니었다. 방주의 수행원들과 기녀들은 별것 아닌 재주 몇 수를 보여주기만 해도 저승사자를 보는 것처럼 두려워하며 묻는 말에 순순히 대답해 주었다.

성급하게 소녀를 안으려 했던 방주가 쥐도 새도 모르게 사라진 것은 정해진 수순이었다.

그렇게 혈웅방주를 가벼이 실종 처리해 버린 소녀는 정교하게 만들어진 인피면구를 덮어쓰고 '방주 놀이'를 했다. 물론 의심스러워하는 사람들도 있기는 했지만 그럴 때면 미리 단단히 겁을 주어둔 진짜 방주와 밀실에서 독대할 수 있게 해주었기 때문에 그럭저럭 재미있게 놀 수 있었다. 이대로 한 두어 달만 더 놀다가 싫증나면 방주를 풀어주고 떠날 생각이었다.

그런데 그날 그 빌어먹을 중 놈이 오면서 일이 틀어져 버렸다.

일공.

소림사의 무승, 그리고 정보원. 자신의 정체를 알고 있는 사람.

비록 그녀가 일공의 약점을 쥐고 있긴 하지만 그렇다고 해서 그녀의 뜻대로 순순히 움직여 줄 만큼 만만한 상대는 아니었다.

황산에서도 그녀를 보는 즉시 도망치긴 했지만 그와 동시에 그녀의 집에 연락을 해 한동안 도망을 다니게 만들지 않았던가.

저 중에게 다시 걸리면 또 그 짓을 반복해야 한다.

재수가 없으면 바로 붙들려 집에 돌아가야 할지도 모른다.

비록 거짓으로 방주 행세를 했지만 부하들이 쥐어 터지는 광경을 보는, 그것도 숨어서 보는 일은 쉽지 않았다.

그러나 그녀는 해내었다. 가슴이 아팠지만 끝까지 모습을 드러내지 않았다.

방도들 역시 굳게 입을 다물고 방주의 위치를 발설하지 않았다.

혈웅방의 방도들은 제법 의리있는 사나이들이었다.

"네 말은……."

연진우는 기가 차다는 표정으로 입을 열었다.

"왜 정의맹에서 나를 찾는지 모른다는 말이냐?"

"……."

갑자기 소녀는 꿀 먹은 벙어리가 되었다.

언제 피를 토했냐는 듯이 열변을 토하던 것이 바로 전이건만 연진우의 상황 정리 한 번에 쥐 죽은 듯 조용해졌다.

그렇다. 소녀의 긴 이야기는, 정작 중요한 것은 전혀 모른다는 말로 요약되었다.

그런 소녀의 모습을 보고 있으니 더욱 머리가 복잡해진 연진우는 잠시 눈을 감고 한숨을 내쉬었다.

산 넘어 산이라더니, 처음에는 공동삼협과 악연을 만들고 객잔의 노부부를 돕다가 죽을 고비를 넘겼다. 간신히 목숨을 건지고 돌아갔지만 그를 기다리는 사람은 아무도 없고 일거리만 덜렁 던져져 있었다.

그런데 이제는 정의맹에서 그를 찾는다고 한다.

그 말을 전한 사람이 사부와 별로 좋지 않은 관계를 가지고 있던 사람이라는 것과 그가 혈웅방에 사용한 수단이 상당히 거칠었다는 것을 감안해 본다면 절대로 좋은 의도를 가지고 찾는 것이라고 보기는 어려웠다.

'도대체 무슨 이유로……'

생각하면 할수록 머리가 복잡해진다.

눈을 감은 채 한숨을 쉬던 연진우는 누군가 자신의 옷소매를 잡아끄는 것을 느끼곤 눈을 떴다.

소녀가 두 눈을 동그랗게 뜨고 빤히 쳐다보고 있는 것이다.

얼굴과 목에 묻어 있던 핏자국은 깨끗하게 닦여 나가고 없었다.

조금 전의 슬픈 얼굴은 어디로 가고 없는 것인지 그녀는 방글방글 웃는 얼굴을 연진우의 코앞에 들이댔다.

"어디로 갈 거죠?"

여자란 원래 이런 존재인가?

아니면 이 소녀가 특별한 걸까?

연진우는 도무지 소녀의 행동을 종잡을 수 없었다. 웃다가 울고 울다가 갑자기 피를 토하질 않나 이번에는 다시 웃고 있다.

항시 평상심을 잃지 않던 형량보와 감정의 표현이 극히 명료한 사부. 이렇게 두 사람만을 모시고 지내던 연진우에겐 이 소녀의 감정 변화가 천산이살의 공격보다도 더 감당하기 어려웠다.

"어딜 가든 네가 알 필요는 없다."

당황한 기색을 감추기 위해 억지로 더욱 무뚝뚝하게 대답했다.

그러나 소녀는 처음부터 그랬던 것처럼 연진우의 말투나 표정은 전혀 의식하지 않은 채 자신의 의문 해소가 모든 것에 우선한다는 사고 방식을 고집하고 있었다.

"알아야 해요!"

약간 단호한 듯, 냉정한 듯 들리는 말의 내용과는 어울리지 않게 여전히 방글거리는 얼굴을 하고 있었지만 묘하게도 냉정한 말투와 웃는 얼굴은 아주 잘 어울렸다.

"알아서 뭘 하려구?"

그녀를 상대하면 할수록 손해란 것을 눈치 채지 못했을까?

'알 필요 없다'가 '왜 알려고 하느냐?'로 바뀐 것을 의식하였을까? 이 상태로 계속 진행되면 곧 질문에 대답하는 순서가 이어질 것이다.

"나도 당신을 따라가려구 해요."

"뭐?"

연진우가 소리를 버럭 지르자 소녀는 눈을 크게 뜨며 깜짝 놀란 표정을 지었다.

"왜 날 따라오겠단 말이냐?"

"첫째로… 난 당신 사부예요."

어쩌면… 연진우의 수행이 조금만 얕았더라면… 지금 이 순간에 소녀를 박살 내었을지 모른다. 그나마 지난 수년간 한상욱의 기행을 받아내며 마음을 다스리는 공부를 해왔었기에 저런 모욕적인 이야기를 듣고도 참아낼 수 있었다.

"말도 안 된다."

"두 번째 이유도 있어요. 당신 덕에 난 정의맹의 뜻을 거스르게 됐어요. 정의맹의 뜻을 거스른 삼류문파의 방주가 살아남을 길이 있을까요?"

그런 이유라면 자신도 정의맹에 대적할 만한 힘 따위는 가지고 있지 않다고 말해 주어야 하는 게 아닌가?

아니면 가짜 방주에겐 그런 의무가 따르지 않는다고 말해 주기라도 해야 하는 게 아닌가?

하지만 연진우는 그렇게 경솔히 헛바닥을 놀리지 않았다. 이제는 그녀의 기질에 익숙해지고 있기 때문이다.

"그래서 따라온단 말이냐?"

"뭐, 꼭 그렇다는 이야기는 아녜요."

소녀는 생글생글 웃었다.

머리 속이 어지럽다. 피를 토했던 것은 정말 연극이었나? 연극이라고 보기엔 너무 생생했는데…….

"소림사로 가는 거죠?"

연진우의 얼굴이 딱딱하게 굳어졌다. 누구도 알지 못할 거라 생각했다. 그런데 이 소녀가 어떻게 알고 있을까?

"당신, 소림사에 가본 적 있어요?"

계속되는 소녀의 말에 연진우는 아무 말도 못하고 멍청하게 서 있기만 했다.

물론 가본 적이 있을 턱이 없다. 지금도 숭산으로 향하는 대강의 방향을 따라 중간중간 길을 물어가며 가는 중이다.

"그래서?"

연진우의 눈꼬리가 치켜져 올라간다. 소녀의 의중을 파악해야 한다는 생각이 머리 속에서 맴돈다. 이런 식으로 끌려 다니다간 또다시 소녀의 장난질에 놀아날지도 모른다.

"와, 정말 소림사로 가는군요. 난 그냥 가던 방향만 보고 대충 짐작으로 말해 본 건데."

소녀는 손뼉까지 치면서 기뻐하는 표정을 지어 보인다.

또 당한 건가? 넘겨짚은 이야기에 정곡을 찔려 버리다니…….

'젠장…….'

속으로만 탄식을 내뱉은 연진우는 억지로 정색하며 소녀의 얼굴을 똑바로 바라보았다. 이윽고 굳게 다물어졌던 입술이 천천히 열리며 이야기가 흘러나오기 시작한다.

"내가 갈 길을 아는 것이 나를 따라올 이유가 되나?"

그러나 연진우의 굳은 표정은 아무런 위협이 되지 않는 듯 소녀는 연신 생글거리며 대답했다.

"그럼요, 이유가 충분히 되고도 남죠."

"……."

명랑한 목소리의 대답을 들은 연진우는 더욱 머리가 복잡해졌다.

분명 말도 안 되는 궤변을 늘어놓을 것이리라.

무슨 소리를 듣게 되든 무시해야겠다라는 생각과 대체 무슨 소리를 늘어놓을 것인지에 대한 궁금함이 동시에 다가왔다.

"난 당신이 소림사로 갈 거라는 걸 알아요."

소녀의 얼굴은 어느새 연진우의 코앞에 바싹 닿아 있다. 그녀가 말할 때 내뿜는 가느다란 숨결이 뺨을 지나 귓바퀴를 간지럽힌다. 느낌이… 묘하다.

"그래서?"

자기 얼굴이 아주 약간 붉어진 것을 알고나 있을까? 연진우의 짧은 되물음에는 까닭 모를 당황스러움이 섞여 있다.

소녀는 여유만만한 얼굴로 연진우를 쳐다보았다.

연진우 역시 눈을 피하지 않고 그녀를 계속 보았다.

의도적으로 한 것일까? 소녀의 눈매가 묘한 곡선을 그리며 웃는 얼굴을 만든다. 그리고 그녀의 콧김이 다시 연진우의 얼굴을 간지럽힌다. 느낌이 정말…….

"뭐 하는 거냐?"

연진우는 버럭 소리를 질렀다.

그것이 꼭 소녀를 향한 소리만은 아닐지 모른다. 그러지 않겠노라고 다짐했건만 이미 그녀에게 주도권을 빼앗긴 채 끌려 다니고 있는 자신을 향한 고함 소리인지도…….

"호홋! 머리가 나쁜 거예요?"

빈정거리는 말투다. 말투에 실린 내용 역시 엄지손가락 길이만한 거리를 두고 얼굴을 맞댄 사람에게 들었을 때 기분 좋은 것은 아니었다.

"흥!"

콧방귀를 뀌며 몸을 돌린 연진우는 뒤도 돌아보지 않고 발걸음을 옮기기 시작했다.

'내가 이야기에 관심을 가지면 가질수록 더 즐거워한다. 애초부터 나를 희롱할 목적으로 말을 꺼낸 걸 거다. 난 그냥 내 갈 길을 가면 된다.'

"성질 한번 급하군요."

등 너머에서 소녀의 목소리가 들려왔지만 여전히 돌아보지 않았다. 이번에는 피를 토하는 시늉 때문에 걸음을 멈추지 않으리라 다짐하면서 내디딘 발걸음이었다.

"내가 말하면 당신은 어떻게 되죠?"

별안간 연진우의 걸음이 멈춰졌다.

"당신이 가고 있는 곳이 소림사란 것을 정의맹에 말하면 어떻게 되죠?"

연진우는 몸을 돌리곤 무거운 걸음으로 소녀에게 다가갔다.

그의 눈은 차갑게 가라앉아 있었다.

말로 표현하기 힘든 기이한 눈빛이다. 어떤 사람도 그런 눈빛을 정면으로 받아낼 자신은 없을 것이다.

차가운 눈을 가진 남자는 차가운 목소리로 말했다.

"내 행선지를 정의맹에 알리지 않기 위해서는 너를 데리고 가야 한다는 말이냐?"

"그렇죠."

여전히 밝은 표정의 소녀. 하지만 연진우는 거기에 호응해 줄 만한 마음의 여유가 없었다.

"그것보다 더 쉬운 방법도 있다는 걸 모르지는 않을 텐데?"

갑자기 연진우의 눈에 살기가 감돌았다.

그가 말하는 더 쉬운 방법이란 역사를 통해 그 실효성이 입증된 뛰어난 방법이었다.

살인멸구(殺人滅口).

그만큼 효율적이면서도 확실한 방법은 고금을 통틀어 찾아보아도 아직 나오지 않았다.

"당신이요? 농담 말아요."

하지만 소녀는 가볍게 웃어 넘기고 만다.

왜 그렇게 확신할 수 있는 건가, 연진우가 그 방법을 쓰지 못할 것이라고…….

"일단 같이 가요. 당신 일엔 방해 안 되게 할게요. 이래 봬두 여기 오기 바로 전엔 숭산 근처에서 놀았다구요. 뭐, 어차피 당신은 길도 모르는 처지였으니 나처럼 좋은 안내자가 생긴 거에 감사해야 할 걸요?"

대체 이 소녀의 정체는 뭘까?

아무리 봐도 그녀의 속내를 알 수 없다.

한여름인데도 으슬으슬 몸이 떨려왔다.

왕팔(王八)은 천천히 기지개를 켜며 눈을 떴다.

"으……."

몸 상태가 정상이 아니다. 도저히 일어날 수 있을 것 같지가 않다. 어제 두들겨 맞은 것이 잘못된 모양이다.

머리통이 윙 하고 울린다. 왕팔은 뻣뻣하게 굳어 있는 목을 돌려 옆을 보았다.

흙 바닥에 거적때기를 깔아놓은 잠자리. 그 위에 세 명의 아이들이 코를 골며 자고 있다.

일어나야 한다. 밥을 굶지 않으려면, 저놈들을 굶기지 않으려면 이 시간에 나가서 자리를 잡아야 한다.

욱신거리는 목덜미를 두들기던 왕팔은 화구(畫具)를 주섬주섬 챙기기 시작했다.

"아버지, 벌써 나가?"

제일 큰놈이 눈을 뜨고 말을 걸어온다.

왕팔은 억지로 미소를 지어 보이며 대답했다.

"그래. 좀 더 자거라. 밥은 저쪽에 챙겨뒀으니 이따가 동생들이랑 같이 먹고."

숭산 아래에 사는 왕팔은 그림을 그려서 먹고 사는 사람이다.

그렇다고 그가 이름난 화공(畵工)이라는 말은 아니다.

그는 길거리에 좌판을 벌여놓고 즉석에서 그린 달마도(達磨圖)를 파는 것으로 네 식구의 생계를 유지하고 있다.

신통하게도 그가 그린 달마도는 효험이 좋아서 찾는 사람들이 제법 되었다. 숭산 자락에 사는 사람치고 왕팔이 그린 달마도를 집에 걸어 놓으면 액을 막을 수 있다는 이야기를 들어보지 못한 사람은 거의 없을 것이다.

그림을 팔아 얻은 수입은 풍족하진 않아도 네 식구가 먹고 살기에 크게 부족하지 않았다. 최소한 얼마 전까지는 말이다.

'오늘은 좀 나으려나……'

왕팔은 팔다리를 으드득 소리가 나도록 쭉 뻗어보았다.

욱신거리는 몸이 자기 것처럼 느껴지질 않는다. 이래 가지고서야 붓이나 제대로 쥘 수 있을지 모르겠다.

그나마 붓이라도 쥐면 현실을 잊어버릴 수 있는데…….

화려했던 과거는 어디론가 다 날아가 버리고 도망간 마누라를 대신해 세 아이의 어미 노릇까지 겸하고 있는 현실을 잊을 수 있는데…….

하늘은 아직도 어스름하다.

거리의 화공이 이렇게 이른 시간에 집을 나서야 할 이유가 무엇일까? 설마 이 시간에 그림을 그려 달라는 사람이 있는 것도 아닐 텐데.

간이 서탁(簡易書卓)을 짊어진 왕팔은 주렁주렁 매달린 붓대를 휘날리며 저잣거리를 향해 걸음을 재촉했다.

"휴……."

아직 아무도 나오지 않았다.

긴장이 풀리고 입에선 긴 한숨이 절로 나왔다.

왕팔은 짊어지고 있던 서탁을 내려놓으며 자리를 잡고 앉았다.

이제 오늘 하루는 걱정없다.

꼭두새벽부터 자리를 잡기 위해 설쳤던 왕팔은 긴장이 풀리자마자 무릎 사이에 고개를 파묻고 졸기 시작했다. 뭐 어떤가. 어차피 이 시간에 그림 그려달라고 올 사람도 없을 텐데…….

"어이!"

어이라니? 이게 무슨 소린가? 한참을 꾸벅거리던 왕팔은 목덜미가 서늘해지는 느낌에 눈을 떴다.

"비켜!"

회색 옷을 입은 사내 하나가 몽둥이를 왕팔의 목에 겨누고 있었다. 그의 등에는 왕팔이 메고 왔던 것과 같은 모양의 간이 서탁이 매달려 있었다.

"이것 보시오, 나는 오늘 새벽부터 자리를……."

왕팔의 항변은 금방 끝나 버렸다. 또 다른 사내 몇 명이 왕팔을 둘러싸기 시작했기 때문이다.

"비켜라! 앞으로 한 달 동안은 누구도 여기서 장사할 수 없다!"

두목 격으로 보이는 덩치 큰 남자가 쉿소리 섞인 목소리로 차갑게 내뱉었다. 듣기만 해도 소름이 쫙 끼치는 그런 목소리였다.

하지만 왕팔은 쉽게 물러날 수 없었다. 하루 벌어서 하루 먹고 사는 신세다. 오늘도 공치면 이젠 당장 먹을 양식도 없다. 혼자 굶는 것이라면 모를까 아이들까지 굶길 수는 없었다.

"난 여기 있을 거요. 어디 한 번 마음대로 해보시오."

순순히 물러갈 것이라 생각했던 화공이 이렇게 강하게 나오자 사내들은 짐짓 당황한 듯했다. 그러나 모두들 덩치 큰 사내의 눈치를 살필 뿐 누구도 먼저 앞으로 나서지는 않았다.

"어제는 정말 많이 봐준 거야. 원래 우리 애들은 죽이는 건 배웠어도 두들겨 패는 건 배우질 못했어."

역시 왕팔에게 말을 한 것은 덩치 큰 사내였다.

그의 눈을 마주 본 왕팔은 심장이 얼어붙는 것 같았다.

'뭐 저런 섬뜩한 눈빛이 다 있지?'

사내의 눈빛은 그가 무림인임을 말해 주었다.

보통 사람들은 무림인을 상대로 실랑이를 벌여봐야 좋을 일이 없다. 관가에 가서 고변을 하려 해도 통하지 않는 부류가 무림인들이다.

하지만 이곳은 숭산 아래다. 중원무림의 태산북두(泰山北斗)로 군림하고 있는 소림사가 지척에 있고 소림 출신의 속가제자들이 세운 무관이 즐비하게 늘어서 있다. 간혹 알량한 무공으로 민폐를 끼치는 부류가 있기는 하나 대부분이 얼마 못 가 크게 낭패를 당했다.

그런데 지금 이 사내들은 뭐란 말인가? 자리를 비키지 않으면 죽이겠다는 소리를 서슴없이 내뱉는 것은 소림사가 무섭지 않단 말인가?

왕팔의 얼굴이 일그러졌다.

얼마 전부터 소림사에서 하산하는 승려가 없었다. 속가제자들도 무관 밖의 출입을 최소한으로 억제하는 기색이 역력했다.

어느 쪽이 먼저라고 하기는 어려웠지만 지금 눈앞에 서 있는 사내들이 나타난 시기와 비슷하게 일치하는 것 같다.

'돌아가 주마. 네놈들이 무얼 노리고 이곳에 왔는지는 몰라도…….'

왕팔은 고개를 푹 숙이곤 늘어놓았던 화구들을 주섬주섬 주어 모아 간이 서탁에 챙겨 넣었다.

사내들은 그런 왕팔의 모습을 비웃음 가득한 얼굴로 바라보았다. 덩치 큰 사내를 제외하고…….

왕팔이 물건을 다 챙겨서 일어나자 처음에 다가와 자리를 비키라고 했던 남자가 냉큼 그 자리에 앉았다.

그는 멀어져 가는 왕팔의 뒷모습을 향해 말없이 손을 흔들었다. 그리고는 자기가 가지고 온 서탁 속에서 왕팔의 것과 거의 비슷한 화구들을 꺼냈다.

나머지 남자들도 각자 저잣거리의 한 부분을 차지하고 있는 좌판으로 돌아갔다.

"사호(四虎)!"

"넷!"

쉰 목소리의 덩치 큰 사내가 입을 열자 왕팔의 자리를 빼앗은 회색 옷의 남자가 절도있게 대답했다.

"저놈, 이상하지 않나?"

"네엣?"

회의사내는 이해가 되지 않는 듯 눈을 동그랗게 떴다.

"어제 그렇게 맞고도 이렇게 꼭두새벽부터 나올 수 있다는 게 이상
해. 분명히 뼈가 한두 군데 부러졌을 텐데 말이야. 그리고 일부러 여러
사람으로 둘러싸게 했는데도 별로 위축된 기색이 아니었어."

"네?"

덩치 큰 사내는 비웃는 표정으로 회의사내를 잠시 바라보다가 허공
을 향해 말했다.

"일호(一虎)!"

"넷!"

어디선가 차가운 목소리가 들려왔다.

쉿소리의 사내는 허공을 바라보며 나지막이 중얼거렸다.

"쫓아가 봐. 분명히 뭔가 있는 놈이야."

"넷!"

어느새 해는 중천에 떠 있다.

왕팔은 흐느적거리는 움직임으로 거리를 배회하고 있었다.

밥벌이할 장소를 잃어버린 것은 자신만이 아니었다. 이미 여러 사람
이 그 일당에게 자리를 빼앗겼다.

어제는 그들이 먼저 자리를 잡고 있길래 남의 자리에 앉으려면 시장
통의 규칙에 따라 자릿세를 미리 후하게 치러야 한다고 말했다가 매
타작만 후하게 당했었다.

그래서 오늘은 그렇게 일찍 일어났는데…….

배 곯을 아이들의 모습이 눈에 선했다.

아무 곳이나 자리 잡아 앉고 싶지만 여의치가 않았다. 무질서해 보
이는 저잣거리지만 나름대로의 규칙이 있고 구역이 있다. 어디서 굴러

먹다 온 건지도 모를 건달 놈들이 가끔 그것을 무시했지만 나름대로의 질서는 여전히 건재했다.

그러나 지금은 그게 문제가 아니었다.

왕팔은 황급히 좁은 골목으로 들어섰다.

대낮인데도 어두컴컴한 골목. 끝이 막혀 있는 막다른 골목으로 서둘러 들어간 그는 골목의 막다른 곳에 간이 서탁을 내려놓고 허리춤의 띠를 풀었다. 그리고 잠시 동안 벽에 무엇인가를 잔뜩 묻히고는 몸을 부르르 떨며 띠를 매려 했다.

파악!

어느 사이에 그의 허리띠는 채찍처럼 파공음을 내며 막다른 골목의 벽면을 갈랐다.

띠의 끝에는 피가 묻어 있었다.

“뭐 하는 놈이냐?”

구부정하던 허리는 쭉 펴져 있었고 흐릿하던 눈에는 총기가 감돌았다.

지금까지의 후줄근한 인상과는 완전히 다른 모습으로 돌변한 왕팔은 벽을 바라보며 재차 질문했다.

“뭐 하는 놈들이냐?”

파악—

이번에는 벽에서 무언가가 뛰쳐나왔다.

그림자같이 보이는 그 ‘무언가’ 는 재빠른 움직임으로 뛰쳐나와 왕팔의 왼쪽을 통과하려 했다. 하지만 왕팔의 동작은 더욱 빨라서 연속으로 다섯 번이나 허리띠를 휘둘러 그림자의 움직임을 봉쇄했다.

“으윽…….”

그림자는 피로 물든 가슴을 움켜잡으며 바닥을 뒹굴었다. 왕팔의 공격에 쓰러진 것처럼 위장해 위기를 벗어나려는 수작이었다.

하지만 어느새 그림자의 몸뚱이는 왕팔의 발에 눌려 꼼짝도 하지 못하게 되었다.

복면 사이로 보이는 눈빛이 사뭇 섬뜩하다. 짓눌려 있는 자의 눈빛으로 보이지 않았다.

정체 모를 미행자를 밟고 선 왕팔은 그 섬뜩한 눈빛을 똑바로 바라보며 냉막한 목소리로 말했다.

"마지막으로 한 번 더 묻겠다. 네 정체가 뭐냐?"

그림자는 입을 딱 벌렸다. 쇠뭉치 같은 다리가 가슴을 짓이기기 시작했다. 상상도 할 수 없는 지옥 훈련을 통해 인간 세상에 존재하는 모든 고통으로부터 자유로워졌다고 생각해 왔던 것은 완전한 착각으로 판명되었다.

왕팔의 눈빛이 미미하게 흔들린다.

입을 벌리고 있는 그림자의 눈치를 흘낏 살핀 그는 순식간에 발을 휘둘러 그림자를 공중으로 띄웠다.

"으……."

허공을 아름답게 장식한 각법의 제물이 된 그림자는 핏물을 울컥 토해냈다.

…….

그림자는 둔탁한 소리를 내며 땅바닥에 떨어져야 했다.

하지만 왕팔의 귀에 들려온 소리는 인간의 몸뚱이가 땅 위에 떨어지며 내는 소리가 아닌 멀쩡한 인간의 목소리였다.

"역시 보통 놈이 아니었군."

흠칫!

듣기 싫은 쉿소리다.

왕팔은 고개를 뒤로 돌리며 차가운 눈으로 덩치 큰 사내를 찬찬히 훑어보았다.

다행히 사내는 혼자였다. 혼자로도 충분히 자신있다는 것일까?

왕팔의 입이 열렸다.

"무슨 이유로 소림을 봉쇄하는 거지?"

덩치 큰 사내의 눈빛이 미미하게 흔들렸다.

결코 주의를 소홀히 할 수 없는 상대라는 생각이 들었다.

그래도 행여나 하는 마음에 수하들 중에 가장 무공이 뛰어난 놈을 골라 이곳에 보내었건만 그조차도 적수가 되지 못했다.

아마도 마음만 먹었다면 일호 따위는 왕팔의 한 수에 주검이 되어 바닥을 뒹굴었을지도 모른다.

다시 한 번 왕팔을 바라보았다.

사내는 몸에 난 솜털이 빳빳하게 서는 느낌을 맛보았다.

더불어 미묘한 진동이 엉덩이 뼈를 훑고 지나가는 것이 짜릿하기까지 하다.

왕팔의 몸에서 느껴지는 기운은 무수한 싸움을 경험하고 수많은 피를 덮어써 본 자들만이 가지고 있는 그것이었다.

일의 성사 여부를 떠나, 또 자신을 대호(大虎)로 임명하고 보낸 이의 마음을 떠나 사내는 몸속에서 꿈틀거리는 무인으로서의 본능을 감지했다. 저자는 자신과 동류의 인간이었다.

한편 왕팔은 사내의 눈치를 살피며 표나지 않게 조용히 진기를 움직여 보았다.

'역시······.'

가닥가닥 잘라진 경맥에 억지로 기운을 유통시키는 것은 결코 권할 만한 일이 못 된다. 복면의 미행자를 잡아낼 수 있었던 것도 상처가 더 심해질 것을 감수하고서 전력을 다했기에 가능한 일이었다. 더 이상 은······.

'한 번 정도··· 놈이 공격해 올 때 단 한 번의 반격만이 가능하다.'

마음을 정한 왕팔은 요대를 그러잡았다. 망가진 몸일지언정 아직도 죽지 않은 승부사로서의 감각은 두 번의 기회를 말하고 있지 않았다.

사내는 충분히 강해 보였다. 다치기 전의 몸이라 하더라도 두 번의 기회를 장담할 수 없을 만큼······.

"오라!"

마보(馬步)의 자세로 서서 짤막하게 소리친 왕팔. 사내가 다가오기를 기다려 일격에 모든 것을 걸겠다는 의도가 지나칠 정도로 정직하게 표현된 행동이다.

사내의 표정이 딱딱하게 굳었다.

안색을 보아하니 과거에 심각한 부상을 입었다가 무리해서 진기를 끌어올린 표시가 난다.

상대가 의도하는 바는 명확하다.

이기는 것만을 생각한다면 자잘한 공방을 몇 차례 나누다가 상대의 기력이 쇠해지는 것을 노려 적절한 공격을 가하면 된다. 그것이 필승(必勝)의 길이다.

하지만 그의 가슴에는 승부사의 피가 끓고 있다. 잠시 돌아가면 이길 수 있으나 그렇게 하는 것은 가슴속에 들끓는 피가 허락하지 않았다.

드득!

사내의 전신 관절에서 뭔가 꺾이는 소리가 난다. 전신의 공력을 끌어올려 최강의 일초를 전개하려는 준비다.

"차앗!"

벼락 같은 빛이 번뜩였다.

호홀지간(毫忽之間)에 이루어진 놀라운 공수.

피를 뿜으며 바닥에 쓰러진 쪽은……?

"알겠군."

태산 같은 기도를 발산하며 우뚝 서 있는 거구의 사내는 차가운 목소리로 말했다.

"공손가의 치부를 내 눈으로 볼 수 있게 되다니……."

그의 눈은 비웃고 있었다.

조금 전까지 피를 끓게 하던 상대는 형편없는 몰골로 구겨져 바닥을 뒹굴고 있다.

"……."

왕팔의 전신은 피로 칠갑이 되어 있다. 사내가 구사한 것은 분명 수공(手功)이었다. 하지만 그의 손은 어떤 명검보다 예리하게 왕팔의 살을 갈라놓았다.

"약관의 나이에 공손검법을 대성해서 가문을 부흥시킬 기재로 기대되던 녀석이 갑자기 공손가의 강검(剛劍)을 버리고 연검(軟劍)을 취하여 온 강호가 놀랐던 적이 있지. 소림사의 십팔나한에게 도전한답시고 가문을 떠났다가 소식이 끊어진……."

사내는 미처 말을 맺지 못했다.

그의 눈은 자신의 배를 바라보고 있었다.

"……."

정면에는 왕팔이 서 있다. 그리고 그 손에 들려 있는 것은 진기가 주입돼 빳빳하게 서 있는 요대.

하복부를 화끈하게 지지는 느낌은 왕팔의 요대가 자신의 단전을 파괴하는 것을 알려주는 느낌이었다.

조금 전까지만 해도 걸레 같은 몰골로 구겨져 있던 왕팔이, 시체라고 해도 이상하지 않을 모습이었던 그가…….

사내는 입을 열어 무어라고 말하려 했다. 도저히 믿을 수 없는 일이었다. 하지만 열린 입에서 나온 것은 말소리가 아니라 선홍색의 핏줄기였다.

피를 덮어쓴 얼굴로 자신을 냉정히 바라보는 왕팔의 시선을 느낀 사내는 담담히 미소 지었다.

외부의 물체가 몸속으로 들어왔다는 이물감(異物感), 단전이 파괴되면서 느낀 상상하기 힘든 상실감과 통증, 경맥을 따라 운행하던 진기가 흩어지면서 제멋대로 주인을 괴롭히고 있는 느낌은 그리 중요하지 않았다.

무인에게 있어서, 특히나 그와 같은 승부사에게 있어서 최고의 영광은 강한 자에게 죽는 것이다. 비록 해야 할 일을 남겨두고 가는 것이기는 하지만 산 자의 일은 산 자가 해야 하는 법, 죽는 마당에 그것까지 걱정할 여유는 없다.

대호(大虎)는 기분 좋은 얼굴로 마지막 말을 내뱉었다.

"정말… 대… 단… 찰… 나의 순간이었… 지만 정말 멋… 진 승부……."

하지만 왕팔의 냉정한 얼굴은 전혀 변하지 않았다. 그리고 사내의 단전에 꽂은 요대도 회수하지 않았다.

"흐… 훌륭… 하군. 내… 가 지는… 게 당연……. 쿨럭! 하지… 만 끝… 까지 그렇게… 냉정하… 지는 못할… 쿨럭!"

사내가 뭐라 하든 왕팔은 냉정하게 그를 보았다. 피칠갑이 된 그가 내뿜는 냉정한 눈빛은 지옥의 악귀를 연상시켰다.

"네가… 키우… 던 아… 이들……."

이번에는 조금 달랐다.

조금, 아주 조금이긴 하지만 분명히 왕팔의 눈빛이 흔들렸다.

대호는 일그러진 얼굴로 억지 미소를 지었다.

"내가… 죽으… 면 그놈들… 도 죽어. 네… 가 진 거야……. 클… 클."

번쩍!

대호의 몸뚱이가 두 동강났다.

어디서 그런 기운이 솟아난 것인지 단전에 꽂혀 있던 왕팔의 요대가 그렇게 만들었다.

"……."

왕팔은 이를 악물고 달리기 시작했다.

이른 새벽 떠나온 오두막을 향해서…….

달린다.

숨이 턱 끝에 찬다. 안 그래도 정상인 몸이 아닌데 무리해서 공력을 사용해 사람을 둘이나 죽이고 전력 질주하니 보통 일이 아니다.

몸에 난 상처와 입에서 흘러내리던 피는 멈춘 지 오래였다. 더 이상 흐를 피도 없는 것인지 모른다.

왕팔의 눈빛은 비정하다.

그의 눈빛만 보아서는 대호의 의도대로 되지 않은 것 같다. 자식들을 잃고도 변함없는 그의 비정한 눈빛이란…….

"헉……."

그만 하면 잠시 쉬었다가 갈 만도 한데, 아니, 기운이 다 떨어져 쓰러진다 해도 이상하지 않을 텐데 그는 계속해서 달리고 있다. 비정한 눈빛의 이면에 감추어져 있는 초조함이 드러나 있는 것일까?

보통 사람들은 숨이 차도록 달리면 얼굴이 붉게 상기되지만 숨조차 제대로 쉬지 못한 채 달리는 왕팔의 얼굴은 보랏빛이다. 호흡을 통해 얻은 공기가 몸 안의 장기(臟器)에 공급되지 않아 일어나는 현상이다.

무엇이 그렇게 그를 초조하게 만든 것일까?

오두막에 아무도 없던 것이?

반항의 흔적과 핏자국이?

왕팔은 달린다.

놈들의 정체는 모른다. 하지만 놈들은 소림을 봉쇄하고 있었다.

소림은 알리라. 그들의 정체를 알리라.

그래서 왕팔은 소림사를 향해 달린다.

＊　　　＊　　　＊

"여기가 소림사예요."

소녀는 방글방글 웃는 얼굴로 즐겁게 말한다. 하지만 그녀의 이야기를 듣고 있는 남자의 얼굴은 전혀 즐거운 얼굴이 아니다.

"쳇! 절대로 남의 말을 듣는 법이 없어."

행여 남자에게 들릴까 봐 조용히 중얼거린 소녀. 하지만 자신의 눈이 남자의 눈과 마주치자 다급히 고개를 돌린다. 뭔가 구린 구석이 있는 사람의 전형적인 행동 방식이다.

무뚝뚝한 표정의 남자가 오른손 집게손가락을 자기 입술로 가져갔다. 조용히 하라는 뜻이다.

소녀는 샐쭉한 표정으로 그를 바라본다. 할 말은 있지만 일단은 참아주겠다는 표정으로.

"피 냄새가 나."

짤막한 사내의 말에 소녀는 어찌 된 영문인지를 고민한다.

그러나 그는 그녀에게 길게 생각할 시간을 주지 않았다.

소녀가 따라오든 말든 그는 그냥 달렸다.

다른 사람이었다면 모를까 이 소녀에는 좋은 감정이 없다.

그래서 연진우는 아무 말 없이 갑자기 달린다.

*   *   *

왕팔은 갑자가 나타난 일남일녀(一男一女)를 보았다.

적일까, 아군일까?

어느 쪽이든 시간을 끌 이유는 없다. 적이라면 죽이고 아니라면 무시하고 간다. 그것이 왕팔의 지금 심경이었다.

"누구냐?"

기가 약한 사람은 오줌을 찔끔거릴 정도로 형형한 광채가 뿜어져 나오는 눈빛이다. 보통 사람이라면 분명히 그 눈빛에 위압감을 느끼고 돌아갔을 것이다.

그러나 안타깝게도 왕팔의 강렬한 눈빛은 도와줄 의도를 가자고 접근한 연진우를 흥분토록 만들어 버렸다. 소녀로 인해 짜증이 극에 달해 있을 동안 두 주먹에 넘치는 강대한 기운 역시 극에 달해 있었다. 누군가 건드리기만 하면 폭발하기 일보 직전이었다.

“꿀꺽—”

생각과는 전혀 상관 없는 몸의 반응. 왕팔의 눈빛을 마주 대한 연진우는 침을 꿀꺽 삼켰다. 그의 머리 속에 있는 생각은 오직 하나뿐.

‘겨뤄보고 싶다!’

왕팔도 눈앞의 청년이 하고 있는 생각을 눈치 챈 걸까? 부리부리한 눈빛은 간곳없고 차분하고 냉정한 눈빛이 그 자리를 메운다.

지극히 짧은 순간의 대면이건만 그들의 머리 속은 시간이 멈춘 것만 같다. 그들은 서로를 응시하는 데 모든 정신을 쏟아 붓는다. 뒤늦게 헉헉거리며 나타난 소녀의 목소리가 들렸지만 거기에는 전혀 신경을 쓰지 않았다. 지금 중요한 것은 눈앞의 상대…….

슈욱—

허공을 가르는 날카로운 소리.

연진우와 왕팔은 동시에 몸을 날렸다.

그들이 몸을 날린 동시에 원래 그들이 서 있던 곳의 바닥은 한 뼘 정도 깊이로 날카롭게 패였다.

“누구냐?”

연진우가 날카롭게 외쳤다.

그러나 그 외중에도 그는 왕팔에 대한 경계를 풀지 않고 정확한 수비 자세를 취하고 있다.

“흡!”

대답은 들려오지 않고 기합 소리 비슷한 이상한 소리만 난다.

그와 동시에 왕팔이 다시 몸을 날렸다.

쉬릭— 쉬리릭—

연진우는 눈을 최대한 크게 떴다.

피칠갑을 하고 금방이라도 쓰러질 것만 같던 남자, 그러나 그럼에도 불구하고 한번 겨뤄보고 싶다는 생각을 들게 한 남자가 자신의 요대로 펼치는 무공은 그야말로 비단 위에 그려진 한 폭의 그림이었다.

"넌 누구지?"

걸어다니는 시체의 몰골을 한 사나이. 왕팔의 입에서 나온 말은 연진우를 당혹스럽게 한다. 물론 상대에게도 심상치 않은 내력이 있을 것임은 분명하나 그렇다고 해서 이렇게 다짜고짜 물어오는 것은 문제가 있었다.

"그러시는 분의 존함은 어떻게 되시는지요?"

비록 상대가 절정의 무공을 보여주며 정신적 압박을 가하려 했지만 연진우는 물러서지 않고 맞대응했다.

그러자 왕팔은 고개를 가로저으며 중얼거렸다.

"됐어. 뭐, 나를 노리는 거라면 그 순간에 죽여주면 되고 소림의 적이라면 중 놈들이 처리하겠지."

왕팔은 다시 달리기 시작한다.

그의 뒷모습을 바라본 연진우도 그 뒤를 따라 달린다.

당연히 소녀도 허겁지겁 몸을 날렸다.

어떠한 말로도 완전한 설명이 불가능한 중원무림의 태산북두 소림사(少林寺)!

중원에 우뚝 선 찬란한 이름 소림사!

소림사가 사해에 명성을 떨친 것은 바로 한 사람이 소림사로 오고부터이다.

저 멀리 천축의 왕자로 태어났으나 진정한 구도의 길을 걷고자 존귀한 신분으로서 누릴 수 있는 모든 기득권을 포기하고 오직 한 길 구도지로(求道之路)를 걷던 대선사 달마 조사가 온 이후로 소림은 무림의 태산북두로 군림하기 시작했다.

또한 소림은 천하무림 최강의 문파로뿐만 아니라 선종(禪宗)의 본산으로도 유명한 곳이다. 그래서 이곳을 출입하는 사람들은 무인들만 있는 것이 아니라 불공을 드리기 위해 소림을 방문하는 일반인도 상당수이다. 물론 소림의 제자를 빼고 이야기하는 것이다.

그래서인지 소림승 중에서도 소림사가 있는 숭산 자락에 살며 달마도를 그려 생계를 유지하는 왕팔을 아는 사람은 꽤 되었다. 바로 오늘 소림사의 산문을 지키고 있는 혜허(慧虛)가 그중 한 사람이었다.

동자승에게 문지기의 도(道)를 설법하던 혜허의 안색이 별안간 딱딱하게 굳어졌다.

"아니, 왕 시주, 이게 무슨……."

혜허는 말을 맺지 못한다.

몸은 피투성이, 얼굴은 땀투성이, 거기에 야차와 같은 눈빛을 가진 사내가 왕팔이라는 사실을 알아본 것만 해도 칭찬받아 마땅했다.

왕팔의 행색을 본 혜허는 연이어 그의 뒤에 서 있는 일남일녀를 보았다.

산문을 지키며 얻은 것은 바로 사람을 보는 안목이었다.

숨이 가빠 헐떡거리고 행색이 추레하긴 하나 차분하게 가라앉은 눈빛이나 안정감있는 기도로 보아하니 둘 다 명가의 제자라는 판단이 든다.

하지만 소림사가 외부로부터 압박을 받고 있는 이 마당에 누구를 신용한다는 것은 상당히 어려운 일이다. 그가 알던 왕팔은 평범하기 짝이 없는 화공이었기에 지금의 모습도 이해되지 않았고 비범한 기도를 갈무리한 청년들이 그와 동행한 것도 이해되지 않았다.

혜허는 왕팔에게 그들의 정체를 물었다.

"왕 시주, 동행한 사람들은 누구……?"

"나도 모르는 사람이오. 시간 끌지 말고 나를 어서 소림 방장에게로… 쿨럭!"

혜허의 말을 중간에 끊어버린 왕팔은 자기 이야기를 하다 말고 기침을 하며 피를 토해낸다.

연진우가 놀라 그를 도우려 했지만 허리춤을 잡는 손이 있어 그리로 돌아보았다. 소녀가 한쪽 눈을 찡긋거리며 그의 옷자락을 잡아당기고 있었다.

"지금 방장이라고 하셨습니까?"

한 번 말을 했으면 그것으로 되었지 무엇이 부족한지 혜허는 다급하게 되묻는다. 자신의 신분을 겸손히 하고 자기 존재를 부정하는 수행을 끝없이 해온 승려임에도 그의 말에는 '네깟 놈이 어찌 대소림의 방장을 만나려 하느냐?' 라는 뜻이 담겨 있었다.

피를 토하며 기침하던 왕팔은 입을 가로막았던 손을 꽉 쥐었다.

꽉 쥔 주먹의 손가락 사이에서는 방금 입에서 흘러나온 핏물이 줄줄 흘러나왔다.

"공손찬이 왔다고 전해주시오. 그러면 그 나머지는 소림 방장이 알아서 할 거요."

자신을 공손찬이라 소개한 왕팔의 눈빛은 지금까지보다 몇 배는 더

비정하다. 감추어야 마땅한 이름을 스스로 다시 언급한다는 현실에서 느낀 절망감이 투영되자 눈빛은 오히려 더 담담해지고 있다.

"공손… 찬… 시주라고 하셨습니까?"

왕팔… 아니, 공손찬은 혜허의 말에 대답하지 않고 그의 눈을 똑바로 바라보았다.

캐묻기 좋아하던 혜허도 더 이상은 묻지 못했다.

문지기. 어찌 보면 소림사에서도 가장 천대받는 임무였다.

혜허 자신도 그러했고 지금 곁에 서 있는 동자승도 앞으로 그런 대우를 받을 것이다.

장차 어떤 일을 해야 하는지도 모른 채 단지 소림 방장의 지목을 받았다는 이유로 흥분하였던 과거가 있었다. 그때는 정녕 몰랐다. 소림의 산문(山門)을 지킨다는 숭고한 목적 아래 불법에 정진하는 선승(禪僧)도, 무도일로(武道一路)에 매진하는 무승(武僧)도 되지 못하는 어정쩡한 신세가 되어야 할 줄은 정녕 몰랐다.

불도를 배우고자 하면 산문을 지키는 것이 곧 선(禪)이라는 말을 들어야 했고 무공을 배우고자 하면 문을 지키는 자가 무공을 배워 남과 다투려 하느냐 하는 이야기를 들어야 했다.

어린 시절 혜허는 그것이 너무나 싫었다.

천하무림의 본산이자 선종의 본산인 소림사에 있으면서 어느 쪽에도 가까이 다가가지 못하다니, 차라리 시골의 이름없는 절에나 있었다면 다른 사람과 비교라도 되지 않을 것을…….

하지만 지금은 다르다.

일신에 몇 수의 손, 발재간을 가지고 있지 않았기에 지금껏 산문을 지켜오면서 단 한 차례도 드잡이질을 하지 않을 수 있었다.

처음에는 힘없는 자신의 모습이 한심스럽게 여겨졌지만 시간이 지날수록 그것이 감사하게 여겨졌다. 나이가 들수록 문을 지키는 것이 곧 선(禪)이라는 말이 기꺼이 느껴졌다.

그리고 지금 공손찬의 독특한 눈빛을 보자 여태껏 상상도 하지 못했던 세계에 한 발짝 접근하게 되었다.

산문을 지키는 자리에 있었기에 수많은 사람들을 보아왔고 자연스레 사람을 보는 안목도 생겼다고 자부하던 과거가 부끄럽게 여겨졌다.

혜허는 눈을 감았다.

사물의 외면만을 보았던 과거를 참회(懺悔)하는 동시에 내면을 관통하는 직관이 그를 향해 손짓해 왔다.

이 순간이 바로 돈오(頓悟:단번에 깨달음)의 순간이었다.

그러나 공손찬은 혜허의 깨달음을 방해하고 말았다.

"나를 방장께……."

혜허로서는 평생에 오기 힘든 순간이겠지만 공손찬도 절박하기는 매한가지였다. 사람에게 이렇게 많은 피가 있었나 하는 고민을 하게 만드는 몸의 상태도 절박하였지만 자식을 찾는 아비의 심정은 이루 말할 수 없이 절박한 것이었다.

결정적인 깨달음의 순간을 허공으로 날려 버린 혜허는 빙그레 웃으며 눈을 떴다. 모든 깨달음에는 적당한 때가 있으며 깨달음은 그것을 받아들일 준비가 된 사람에게 찾아온다는 것을 안 것으로도 족하다는 표정이다.

혜허는 고개를 끄덕이면서 그리하겠다 대답하며 연진우를 바라보았다.

"소생은 연진우라고 합니다. 저 역시 방장을 뵙고 전해 드릴 것이 있어 귀사를 방문하였습니다.”

연진우는 옷깃을 여미며 그의 물음에 답했다.

“함께 온 여 시주는?”

“모르는 사람입니다.”

연진우의 단호한 말에 소녀는 황당한 표정을 지었다.

“이것 봐요! 난…….”

그러나 소녀는 이야기를 계속할 수 없었다. 이미 그들 때문에 시간이 많이 지체된 공손찬이 그녀를 쏘아본 것이다.

움찔!

‘뭐 저런 눈빛이 다 있담.’

소녀는 입술을 쑥 내밀며 속으로 중얼거렸다.

지금껏 만난 사람 중에는 공손찬보다 강한 고수도 있었다. 하지만 그중 누구도 지금의 공손찬보다 강한 살기를 방출하진 못했다.

혜허는 동자승에게 뭐라 귓속말을 하고는 그의 등짝을 소리나게 철썩 내려쳤다.

등판을 얻어맞은 동자승은 퍼렇게 질린 얼굴을 하며 산문 안으로 부리나케 달려갔다.

“또래 중에선 발이 제일 빠른 아이니 곧 지객당에서 기별이 올 것입니다.”

혜허의 음성을 들은 공손찬은 자리에 털썩 주저앉았다.

아직 한낮인데도 하늘이 검게 보인다.

피를 너무 많이 흘렸다.

그는 그대로 의식을 잃어버렸다.

“아미타불……”

실내엔 노승 두 사람이 서 있다.

한 사람은 회색 장삼, 또 한 사람은 검은 장삼을 입고 있다. 둘 모두 장삼 위에 붉은색 가사를 걸치고 있다.

그리고 바닥에 깔린 얇은 담요 위에는 창백한 인상의 사내가 피로 얼룩진 옷을 입은 채 누워 있다.

“부상이 심상치 않습니다, 사형.”

“아미타불……”

사형이라 불린 노승은 한숨처럼 불호를 외우며 염주알만 만지작거렸다.

“사형!”

회색 장삼의 승려 혜지(慧芝)의 언성이 높아졌다.

그러나 대답은 여전히 들려오지 않았다.

“아직도 옛일을 잊지 못하시는 것입니까?”

염불 외는 소리가 멈추었다.

노승은 눈알을 부라리며 고개를 돌렸다.

“지금 무슨 말을 하는 건가?”

하지만 혜지도 물러서지 않았다.

“자비를 으뜸으로 여겨야 할 불가의 제자가 승부에 패배한 것을 이유로 본 사를 방문한 손님을 죽도록 내버려 둔다는 것은 말이 되지 않는 일입니다.”

노승의 입술 끝이 파르르 떨렸다.

그의 입이 열리려는 순간,

“혜지의 말이 옳네.”

두 노승은 동시에 허리를 숙였다.

"나한전주(羅漢殿主) 혜원(慧圓)이 방장을 뵈옵니다."

"계율원주(戒律院主) 혜지(慧芝)가 방장을 뵈옵니다."

"허허, 일어들 나시라니까."

소림 방장 혜량(慧諒)은 손수 그들을 부축해 바로 서도록 했다.

방금 전까지 험악한 분위기를 연출했던 혜원과 혜지, 두 노승은 공손한 자세로 방장 앞에 섰다.

"지금껏 숭산 아래에서 신분을 감추고 살던 사람이 이렇게 찾아온 것에는 분명 이유가 있을 것이야. 그리고 이유야 어떻든 자비를 행하는 불자로서 아픈 사람을 구해야 하는 것은 당연한 일이고……."

혜량은 혜원의 못마땅한 표정을 못 본 척하며 말을 이었다.

"지금 공손 시주는 다른 부상보다 피를 너무 많이 흘려서 탈진한 것이니 보통의 치료 방법으로는 일어날 수 없을 것이네."

"하오면 어떤?"

"소환단을 사용해야겠네."

혜원은 말할 것도 없고 혜지도 놀란 표정을 감추지 못했다.

"이자 때문에 본 사에 단 하나 남은 소환단을 사용하자는 말씀이십니까?"

혜원의 말에는 차가움이 가득했다.

대체 무엇이 소림사의 고승을 이토록 쌀쌀맞게 만든 것일까?

"갈(喝)!"

온화하던 혜량의 입에서 사자후가 터져 나왔다.

"사제가 믿고 공부하는 법(法)이 무엇인가?"

혜원과 혜지는 고개를 조아린 채 그의 말을 듣기만 했다.

"더 이상 다른 이야기는 하지 말게. 우선 소환단을 복용시킬 것이니 혜원 사제는 공력을 사용해 공손 시주를 추궁과혈(推宮過穴)해 주게."

백자(白磁)로 만든 찻잔 안으로 보이는 찻물의 빛깔이 곱다.
연진우는 말없이 차의 색을 보고 향기를 맡았다.
…….
고요하다.
지객당(知客堂)이라는 편액(扁額)이 붙어 있지만 실제로 손님을 대접하고 있는 사람은 아무도 없다. 그들을 이곳으로 안내해 온 동자승도 차를 내온 후에 어디론가 사라져 버렸다.
실내는 고요한 기운으로 가득했다.
"언제까지 스님 흉내나 내고 있을 거예요?"
고요를 먼저 깨뜨린 쪽은 소녀였다.
그녀는 상기된 얼굴로 연진우를 바라보며 나지막하게 으르렁거렸다.
"할 말이 있으면 해."
무뚝뚝한 연진우의 대꾸.
소녀가 눈을 흘긴다. 보고 있으면 오싹해지는 눈빛이다. 기세로 상대를 제압하는 무림고수의 살기 어린 눈빛과는 전혀 다른 오싹한 눈빛이다.
그러나 연진우는 미동도 하지 않은 채 찻물만을 홀짝거린다.
소녀가 무슨 짓을 하든 절대 신경 쓰지 않겠다고 맹세라도 하듯.
"나한테 너무하는 거 아네요?"
"……."
소녀가 뭐라고 하든 연진우는 묵묵부답이다.

"이것 봐요!"

"난 너랑 할 이야기 없어. 하지만 할 말 있으면 하라곤 했어. 그게 싫으면 나가서 진짜 스님들이나 상대하든가."

"기가 막혀!"

소녀는 콧방귀를 뀌며 고개를 홱 돌렸다.

"좋아요, 그 말 후회하지 말아요!"

앙칼진 목소리로 뼈가 있는 듯한 말을 내뱉은 소녀는 방문을 박차고 나갔다.

잠시 후…

소녀는 의기양양한 표정으로 무언가를 질질 끌고 들어왔다.

연진우의 표정이 일그러졌다.

그녀가 끌고 온 것의 가장 윗부분에는 둥근 모양의 물체가 반짝거리며 매달려 있었다.

"이게 대체 무슨 짓이야?"

"스님들이나 상대하라면서요? 밖의 햇빛이 너무 뜨거워서 안에서 상대하려구 모시고 온 거라구요."

연진우는 고개를 설레설레 흔들며 소녀가 끌고 들어온 승려의 얼굴을 살펴보았다.

한마디로 완전히 맛이 간 상태였다.

이미 눈은 뒤집혀 있었고 입가에는 게거품이 매달려 있었다.

그리고 뒤통수 아랫부분은 시커멓다.

머리카락은 아니다. 중대가리에 뒤통수만 머리를 기를 일이야 없지 않겠는가.

간혹 독특한 차림새를 즐겨하는 스님들이 있다는 소문은 들어봤지만 계율이 엄격하기로 소문난 소림사에 뒷머리만 기르는 스님이 있을 리 없었다.

연진우의 경험과 이성은 뒤통수의 시커먼 것을 멍이라고 규정하는 데서 합의를 보았다.

“…….”

연진우는 길게 한숨을 쉬었다.

이만저만한 일이 아니다.

천하 무학의 총 본산인 소림사에서 백주(白晝:대낮)에 자사 승려가 폭행당하는 사태가 일어나다니……. 아니, 지금 모양으로 봐선 거기에 납치, 감금의 죄목이 더해져도 할 말이 없을 듯하다.

“이제 어떻게 할 거야?”

“주군께서 명하신 대로 모든 것을 이행했으니 이제는 죽어도 좋습니다.”

갑자기 바닥에 엎드리며 어울리지 않은 말투로 이상한 말을 내뱉는 소녀를 본 연진우는 어리둥절하지 않을 수 없었다.

하지만 바로 그 순간, 문이 활짝 열리며 밀어닥친 승려들을 보자 아주 쉽게 상황을 파악할 수 있었다.

“여기다.”

“앗, 대사형이 쓰러져 계신다.”

“저 여 시주가 사형을…….”

“그렇다면 저기 서 있는 저 사내가 대사형을 해하라 명한 장본인?”

십여 명의 청년 승려가 손에 철곤(鐵棍)을 들고 들이닥쳤다.

형형한 눈빛이나 딱 벌어진 어깨가 보통이 아니었다.

소림사에서 이 정도의 기도를 풍기는 청년 승려들이 한꺼번에 이렇게 많이 모여들다니…….

"설마 십팔나한은 아니겠지?"

연진우가 소녀를 툭툭 치며 묻자 소녀는 고개를 도리도리 흔든다.

최악의 경우는 모면했다는 것에 안심한 연진우는 어떻게든 오해를 풀기 위해 대화를 시도하려 하였다.

그러나 연진우가 소녀에게 묻는 것을 들은 승려 한 사람이 고함을 질렀다.

"소림사 경내에서 십팔나한에게 시비를 건다는 것은 소림 전체에게 시비를 거는 것과 동일한 짓이다!"

머리가 멍해졌다.

연진우는 소녀의 어깨를 잡아 흔들며 나직하게 물었다.

"십팔나한은 아니라며?"

"내가 언제요?"

"조금 전에 고개를 가로저었잖아."

"모른다는 말이었어요."

미치고 환장할 노릇이다.

가뜩이나 형 노사와 소림의 사이가 좋지 않다는 소리가 신경이 쓰여 편지만 주고 바로 떠나려 했는데 소림사에 들어오자마자 일이 꼬여 버렸다. 바로 저 소녀 때문에…….

5. 소림사(少林寺) 〈2〉

"교수십이타(巧手十二打)는 대체 어떤 무공을 말하는 것이오?"

말없이 길 걷는 것에 싫증이 나서일까? 머리만 깎았지 생긴 것으로 보아선 영락없는 산도적인 승려가 질문을 툭 던졌다. 소림사의 허공이다.

홍염은 그의 얼굴을 잠시 바라보았다.

'뭐, 조금은 말해 줘도 상관없겠지.'

듣는다고 누구나 바로 원리를 깨치고 구사할 수 있다면 강호에 문외불출(門外不出)의 절기라는 것이 존재할 수 없을 것이니…….

잠시 생각을 추스린 홍염이 입을 열었다.

"교수십이타는 일반적인 개념의 무공이 아닙니다."

"……?"

허공의 눈이 반짝거렸다.

먼 거리를 걷는 것조차 불평하던 그이지만 무공에 관한 관심은 누구보다도 많았다. 또한 그는 우락부락한 생김새와는 어울리지 않게 뛰어난 오성(悟性)을 지니고 있었다.

"그것은 권왕의 두 가지 절기인 혼원기공과 파옥권을 부단히 연마하다 보면 부지불식간에 이르게 되는 경지라고 할 수 있습니다."

'하다 보면'을 유난히 강조하는 홍염.

뭔가 알 듯 말 듯한 이야기이기는 한데 너무 피상적이다.

허공의 눈이 다시 반짝거린다. 말로 이야기를 재촉하지 않고 눈빛으로 재촉하고 있는 것이다.

홍염은 어깨를 한 번 으쓱거리고는 고개를 가로저었다.

"자세한 것은 알 수 없지요. 혼원기공의 독특한 흐름과 파옥권의 정직하면서도 기본적인 기술이 결합된 결과라고 추측해 보기는 하는데……."

거기까지 말을 한 홍염은 갑자기 발걸음을 빨리했다. 더 이상은 거기에 대해 이야기하고 싶지 않다는 감정의 표현이었다.

덕분에 허공은 아무 말 없이 그의 뒤를 따르게 되었다.

뙤약볕 아래 걷고 있는 두 사람 사이에는 적막이 가득하다.

한참 동안 걷던 중 허공의 입술이 달싹거린다. 뭔가 꼭 하고 싶은 말이 있다는 표정이다.

"그리고 교수십이타는……."

홍염이 선수를 쳤다.

서로 입을 다물고 있던 시점에서 먼저 벗어난 그는 교수십이타에 대한 지식 하나를 추가로 알려주었다.

"굉장한 수준의 연속 기술입니다. 눈에 보이지 않을 정도로 빠른 연속 공격을 구사할 뿐만 아니라 시신의 외피에는 전혀 손상을 주지 않고 내부만을 가루로 만들 수 있는 무서운 무공입니다.”

＊　　　　＊　　　　＊

연진우는 차가운 눈으로 주위를 둘러보았다.

열일곱 명의 승려.

쓰러져 있는 사람을 포함한다면 정확히 열여덟 명이다. 소림사에서 무승 열여덟이 무기를 든 채 떼로 몰려다닐 일은 거의 없다. 있다면 십팔나한(十八羅漢) 정도랄까?

하지만 너무 젊다. 십팔나한이 백미의 노승이라고는 생각하지 않았지만 그래도 저들은 너무 젊다.

그뿐이 아니다.

소녀의 무공에 제압당할 정도의 십팔나한이라니…….

“일행이 무슨 무례를 범하였습니까?”

조심스럽게 물어보는 연진우. 그러나 그의 마음은 조심스럽지 않다.

소녀의 성격을 모르는 것도 아니다.

이미 소녀가 사고친 것을 기정사실로 받아들인 채 질문하고 있기에 차라리 마음이 편하다.

“저 스님에 대한 것이라면 제가 대신 사과를…….”

연진우가 미처 말을 맺기도 전에 승려 하나가 다가왔다.

그는 무릎을 구부려 쓰러진 승려의 코 아래에 손가락을 갖다 댔다.

말을 하다 만 연진우와 옆에 서 있던 소녀, 그리고 열여섯 명의 승려가 일제히 그의 입을 바라보았다.

“이놈……”

자세를 낮추었던 승려의 눈에 불꽃이 인다.

그 눈빛을 본 사람들은 반사적으로 움직였다.

승려들은 철곤을 움켜잡은 채 소림 곤법의 기수식을 취했고 그들이 풍기는 막강한 압력을 그대로 받아낸 연진우와 소녀 또한 방어의 자세를 취했다.

연진우는 정색한 채 물었다.

“왜 이러시오?”

“소림사에 와서 사람을 죽이다니 배짱 한번 좋구나!”

질문이 날아가는 동시에 대답이 날아왔다.

어안이 벙벙해진 연진우는 입술을 소녀의 귓전에 갖다 대고 물었다.

“어떻게 된 거야?”

소녀는 동그란 눈을 크게 뜨며 고개를 도리도리 저었다. 모른다는 표정이다.

“네가 죽였어?”

모깃소리만한 연진우의 음성을 들은 소녀는 더욱 완강하게 고개를 가로젓는다.

물론 연진우도 소녀가 저 승려를 죽였을 것이라고는 생각하지 않았다.

눈앞에 서 있는 자들이 정말 십팔나한인지 아닌지는 모른다. 그러나 그들이 풍기는 기도는 심상치가 않았다.

저만한 기도를 가진 사람들에게 대사형으로 불리우는 사람이다. 소녀에게 그를 죽일 능력이 있을까?

그렇다면…….

처음에 보았을 때는 죽지 않았다. 후두부에 강한 타박상만을 입은 채로 의식을 잃고 있을 뿐이었다. 갑자기 나타난 저들과 언쟁을 하다 보니 어느새 죽어 있는 것이다.

"내 말을 들어보시오. 여기에는 분명 무슨 오해가……."

연진우가 대화로 문제를 해결할 것을 요청하며 앞으로 한 걸음 나서는 순간 열일곱 명의 승려들이 진세를 펼쳤다.

"……."

더 이상 말하고 자시고 할 여유가 없다.

멍청하게 있다가는 철곤에 머리통이 으깨질 판국이었다.

승려들의 곤법은 매서웠다.

소림의 무공은 곤법으로 시작해 만병을 두루 익히고 다시 곤법으로 돌아온다고 하였다. 지금 두 사람은 소림 무공의 근원을 맞상대하고 있는 것이다.

연진우와 소녀의 발놀림이 빨라졌다.

소림 곤법이 대단하기는 하지만 그들 역시 호락호락하지는 않았다.

화려하진 않지만 꼭 필요한 만큼의 움직임으로 승려들의 공격을 피해내는 연진우와 마치 한 마리의 나비와 같은 가벼운 몸놀림으로 곤의 숲을 어지러이 날아다니는 소녀 역시 대단했다.

시간이 지날수록 두 사람의 움직임은 안정되어 가는 반면 승려들의 움직임은 점점 더 혼란스러워졌다.

십팔나한 하면 가장 먼저 떠오르는 단어인 나한진을 펼치지 못하고 있는 까닭이다. 싸움을 하고 있는 장소가 좁은 실내라는 것이 그 첫째 이유가 될 것이고 나한진 자체를 이루기 위해서는 최소한 열여덟 사람이 모여야 한다는 것이 둘째 이유가 될 것이다.

청년 무승들의 얼굴이 딱딱하게 굳어졌다.

아무리 그렇다 하더라도 어찌 열일곱이나 모여서 단둘을 당해내지 못한단 말인가, 소림의 미래를 책임져야 할 자신들이…….

그들의 표정에서 당혹스러움을 감지한 연진우는 눈을 감았다.

느껴진다. 저들의 분노가, 혼란스러움이, 창피함이…….

물리적으로 행사할 수 있는 기운이 아닌 사람의 감정까지도 읽히기 시작한 것이다. 물론 상대가 보통 사람의 몇십 배에 해당하는 강한 살기를 품고 있어서인지도 모른다.

경위야 어찌 되었든 연진우는 느낄 수 있었다.

이제는 대화를 해야 할 때다.

어떻게든 이 상황을 넘긴 후에 금강경에 끼워온 서신을 방장에게 전해주면 된다. 그리고 나서 사부와 형량보 노사를 찾으러 강호를 떠돌 것이라고 대충 생각해 두었다.

아니다. 그 외에도 한 가지 일이 더 남아 있었다. 혜주 상인을 만나 구리 반지를 빼앗긴 이야기를 전해주어야 했다.

어찌 되었든 지금 이들과 드잡이질할 필요는 없다.

하지만 연진우가 예측하지 못한 것이 있었다.

눈을 감은 그의 모습에 승려들이 더욱 흥분한 것이다. 자부심 강한 그들을 열일곱이나 상대하면서 눈을 감는 광오한 모습에 흥분한 것이다.

처음에는 그들의 기를, 그리고 그들의 감정까지 읽게 된 연진우의 안색이 변했다.

조금 전과는 달랐다.

소림승들이 내뿜는 감정의 기운은 분노와 열등감이 묘하게 범벅된 상태로 전해져 왔다.

또한 연진우에게 날아온 것은 그런 기운뿐만이 아니었다.

물리적인 영향력도 동시에 끼치게 되어 잠시나마 대화를 시도해 보려 했던 연진우의 노력을 무위로 돌려보냈다.

연진우는 아랫입술을 꾹 깨물었다.

'항거 불능으로 만들어야겠군.'

결심한 그는 눈을 감은 그대로 주먹을 단단히 말아쥐었다.

힘 조절… 힘 조절이 중요하다.

초목수호신군에게서 배워둔 기술이기는 하나 사람을 상대로 시전해 본 적은 없다. 무엇보다 적절한 분량의 공력을 사용하는 것이 가장 선결과제이다.

하지만 역시 나무 속을 가루로 만드는 독특한 공력을 사람에게 사용한다는 것은 큰 망설임을 불러왔다.

숙!

짧은 망설임의 순간이 연진우의 어깨를 박살 낼 뻔했다.

간발의 차이로 곤을 피해냈다.

연진우는 눈을 떴다. 두 눈에 결연한 의지가 떠오른다.

굳이 눈을 감지 않아도 느낄 수 있다.

백회(百會)가 열리고 기운이 몸으로 쏟아져 들어온다.

몸 안으로 들어온 기운은 단전에 집적(集積)되고 거대한 흐름이 되어 연진우의 손끝을 떠난다.

둥실―

승려 셋이 뒤로 튕겨 나갔다. 아니, 튕겨 나갔다고 하기보다는 밧줄 같은 것에 묶여 있다가 밧줄을 잡아당기는 힘에 의해 부드럽게 날아가 버린 듯하다.

날아간 삼 인을 제외한 열넷의 안색이 몹시 좋지 않다.

그들은 연진우를 향해 고함을 질렀다.

"무슨 사술을 쓴 거냐?"

"너 따위가 어떻게……?"

연진우는 대꾸하지 않았다.

어차피 저들도 대답을 기대하고 묻지는 않았을 것이다. 대답을 하려고 입을 여는 순간 집중력이 흐트러지는 것을 노리고 있는 것이다.

"탓!"

개중에 성질 급한 사람이 있었던 모양이다.

대치가 길어지자 다른 사람들을 놓아둔 채 연진우를 향해 달려드는 승려 둘이 있었다.

한 사람은 곤을 종(縱)으로, 또 한 사람은 횡(橫)으로 휘두르며 달려들자 연진우는 다시 손을 내뻗었다.

텅!

이번에는 조금 다른 소리가 났다.

처음의 셋이 부드러운 소리가 나며 천천히 뒤로 날아가 버린 것과는 달랐다.

조금 더 묵직하고 경직된 소리였다.

상대가 달려오는 속도 때문이기도 할 것이고 연진우가 손을 좀 더 맵게 써서인지도 모른다.

"이, 이게 무슨……?"

이제 열두 사람이 남았다. 그들의 입에서 신음 소리 같은 자그마한 목소리가 흘러나왔다.

한편 소녀는 어느새 뒤로 빠져나와 연진우가 싸우는 모습을 지켜보고 있었다.

"저들 중에 죽거나 크게 다친 사람은 없을 거요. 나는 소림에 전해줄 물건이 있어서 잠시 찾아온 것이지 다른 목적이 있어 온 게 아니요!"

사자후(獅子吼)가 이리 위풍당당할까?

순식간에 그들의 기를 억눌러 버린 연진우의 모습은 정녕 위풍당당했다.

남아 있는 승려들이 서로 눈치만 살피고 있을 때 어디선가 힘있는 목소리가 들려왔다.

"시주의 사문은 어디인가?"

연진우는 목에서 우드득 하고 소리가 날 정도로 세게 고개를 돌렸다.

정광(正光)이 번뜩이는 눈이 본 것은 초로의 승려다.

검은 장삼 위에 붉은 가사를 걸쳤다. 눈썹은 하얗게 세었지만 주름살 하나 없는 얼굴에는 붉은빛이 은은히 감돌고 있다.

'……'

노승의 몸에서 풍겨지는 기도가 놀라웠다. 보고만 있어도 압도당하는 느낌이다.

몸이 굳어지는 것을 느낀 연진우는 슬쩍 소녀를 보았다.

소녀 역시 잔뜩 얼어붙은 표정으로 꼼짝도 하지 못하고 서 있었다.

"제자들이 나한전주를 뵙습니다."

청년 무승들이 일제히 무릎을 꿇는다.

노승은 절도있는 동작으로 손짓하여 그들을 일으켜 세웠다.

'나한전주라… 과연……'

내심 중얼거린 연진우는 노승을 주목하였다.

그가 등장하며 물어본 것은 연진우의 사문이었다. 왜 소림사에 왔는지, 왜 이들과 싸우고 있는지를 물어본 것이 아니다.

다짜고짜 그것을 물어본 데는 분명 곡절이 있을 것이다.

그리고 소림사의 나한전주를 상대로 어줍잖게 사문을 속이려 들다가는 더 큰 망신을 당할 것이 뻔했기에 사실대로 말하기로 결심하였다.

'비록 형 노사가 소림을 떠나기는 하였으나 정도를 걷는 인물로 명망이 높았으니 크게 문제 삼지는 않을 것이다.'

"소인은 권왕 형량보 노사의……."

말을 하다 보니 뭐라고 해야 할지 애매하다.

형량보는 그에게 누구인가?

사부의 사부나 다름없는 인물이기는 하지만 그렇다고 형량보와 한상욱이 사제지간은 아니었다.

어떤 관계인가?

"…사손(師孫)입니다."

비록 정식으로 사제의 연을 맺지는 않았으나 형량보는 한상욱을 제자나 다름없이 대우하였다. 또한 한상욱은 나름대로 할 수 있는 최상의 예를 다하여 형량보를 섬겼다.

기실 형량보의 곁에 마지막까지 남았던 사람은 한상욱 하나뿐이었으니 연진우가 자기를 형량보의 사손이라 자칭하더라도 크게 허물은 되지 않으리라는 생각이 든다.

흑삼노승의 눈빛이 크게 흔들린다.

"권왕의 사손이라고 하셨소?"

"그렇습니다."

어떻게 들으면 당돌하기까지 한 연진우의 자신감 넘치는 목소리를 대한 노승의 미간이 좁아졌다.

"혜연(慧聯)의 후인이라……."

노승은 자그마하게 중얼거렸지만 연진우는 들을 수 있었다.

혜연, 형량보가 소림 제자였던 시절에 사용하던 법명인 듯 하다.

연진우는 긴장이 약간 풀어지는 것을 느꼈다. 나한전주라는 노승이 자신의 신분을 증명해 준다면 저기 청년 승려들과의 다툼도 원만히 해결될 것 같았다.

하지만 그런 그의 생각을 비웃기라도 하는 듯 노승의 입에서 흘러나온 말은 지나치게 쌀쌀맞았다.

"증명할 만한 것이 있소?"

"……."

연진우는 말없이 노승을 마주 보았다.

당황스럽다. 무엇으로 증명한단 말인가?

방장에게 줄 서찰을 가지고 있기는 하다. 그러나 그것은 방장에게 직접 전해주어야 할 물건이다.

"시주가 혜연의 사손이라는 것을 무엇으로 증명하겠소?"

나한전주 혜원의 목소리는 차가웠다.

무심결에 가슴으로 손을 가져간 연진우는 종이의 부스럭거리는 감촉을 느꼈다.

"방장에게 전해 드릴 서찰을 가지고 왔습니다."

"서찰이라 하셨소? 혜연이 쓴 서찰 말이오?"

"그렇습니다."

"그렇다면 시주는……?"

혜원은 소녀를 흘낏 보며 계속하여 말했다.

"어찌하여서 공동파의 절기를 구사하고 있단 말이오?"

갑작스런 그의 말에 연진우는 어느 때보다 큰 당혹감을 느꼈다.

“공동파… 라니요? 그게 무슨 말씀이십니까?”

정말로 당황하였는지 말끝이 흔들리는 연진우이다.

대체 그가 무엇을 보고 공동파의 절기라고 하는지 이해가 되지 않는다.

“시주는 시주가 방금 구사한 무공이 오행절맥수(五行絶脈手)라는 사실을 부정할 참이오?”

연진우는 멍한 표정으로 서 있었다.

오행절맥수…….

이름만 아는 무공이다.

한상욱이 천하각파의 절기에 대해 두루 설명해 주었을 때 들은 기억이 있다.

오행의 흐름을 따라 일격에 다섯 가지 기운을 동시에 주입하여 상대의 경맥을 상하게 하는 무공이라고 하였다. 뿐만 아니라 경지에 다다르면 죽고 사는 날짜까지 조절할 수 있다는 대단한 무공이라 들었다.

‘무엇을 보고 오행절맥수라고 생각하였을까?

머리 속이 어지러워지는 연진우이다.

그가 사용한 것은 파옥권의 평범한 박투 기술뿐이었다.

초목수호신군이 가르쳐 준 기공(奇功)을 사용하기는 했으나 그것이 오행절맥수라고는 생각하지 못했다. 흐르는 기운이 하나일 뿐만 아니라 경맥을 끊는다기보다 내부를 완전히 파괴한다는 점에서 그랬다.

“십팔나한은 듣거라.”

혜원의 힘있는 목소리가 울려 퍼졌다.

“예엣!”

우렁찬 대답 소리와 함께 어디선가 십수 명의 사람들이 나타났다.

처음의 청년 승려들은 아니었다.

대충 사오십은 되어 보이는 승려들이 열여덟 명. 각 사람이 풍기는 태산과 같은 기도는 놀라울 정도다. 가만히 서 있는 것만으로도 막대한 존재감이 느껴진다. 이들이야말로 소림사의 정예 중의 정예 십팔나한이 틀림없다.

'과연 소림사군. 어디서 이런 괴물들이 쏟아져 나오는 건지…….'

연진우는 속으로 한숨을 쉬었다. 왜 죽었는지 알 도리가 없는 한 사람의 죽음으로 인해 자신들을 십팔나한이라고 소개했던 청년 승려들과 분쟁이 생겼다. 불행 중 다행으로 그들이 비록 강하긴 했지만 나한진을 펼치지 않는 이상 충분히 제압할 자신이 있었다. 그런데 새로 나타난 십팔나한은 다르다. 일 대 일의 상황이 되어도 어찌 될지 자신이 서지 않는다.

"이 시주를 제압하라! 방장께 보여야겠다!"

"옛!"

일사불란한 대답 소리. 연진우는 머리를 바삐 굴렸다. 이 위기를 어떻게 모면한단 말인가? 힘으로 뚫고 지나가는 것이 가장 속 편한 방법이긴 하지만 그것도 상대 나름이다. 한상욱 정도나 되면 모를까, 지금의 연진우가 십팔나한을 상대한다는 것은 말도 안 되는 이야기이다.

고민하던 연진우는 십팔나한의 뒷전에 서 있는 흑삼노승을 보았다.

연진우를 응시하는 눈길이 매섭다. 감정이 일절 느껴지지 않는 차갑고 섬뜩한 눈길이다.

'제길…….'

더 이상의 대화는 없다.

노승의 눈은 그것을 말하고 있었다.

되든 안 되는 부딪쳐 보는 수밖에 없다. 연진우는 호흡을 가다듬었다.

“흡!”

한상욱의 가르침이 머리 속을 스치고 지나간다.

“복수(複數)의 적을 상대할 때 가장 중요한 것은 공력의 안배이다. 아무리 강한 무사라 할지라도 차륜전(車輪戰) 앞에서는 무너질 수밖에 없는 것이 강호의 현실이다.”

공력의 안배…….

날아올랐다.

미처 자리를 잡지 못한 십팔나한의 모습은 당황한 듯하다. 그렇지만 예상 못한 움직임을 대했다고 쉽사리 무너질 것이라면 결코 십팔나한이라는 이름을 쓸 수 없었을 것이다.

그들은 한 사람을 노리고 날아든 연진우의 공격을 교묘하게 흘려 버리며 진형을 갖추었다.

천하에 명성이 자자한 나한진이다.

비록 소림의 백팔 무승들이 펼치는 대나한진은 아니었지만 소나한진 역시 강호의 일절임에는 틀림없었다.

기습 공격으로 기선을 제압하고 활로를 열려 했던 연진우의 안색이 크게 흔들렸다.

십팔나한의 반격은 잠시의 틈도 주지 않고 시작되었다.

화려하지는 않으나 중후하며 눈에 보이지 않을 정도로 쾌속하지는 않으나 흐르는 물과 같이 자연스러운 소림의 무공이 십팔나한의 손에서 펼쳐졌다.

소녀는 나한진에 포위된 연진우를 보며 발만 동동 굴렀다.

자신이 데리고 온 승려가 죽은 것이 시발점이 되어 일이 이 지경까지 되어버렸다.

맹세컨대 그녀는 장난으로 사람을 때려눕히지 않았고 장난할 의도로 그를 데려오지도 않았다. 사람이 쓰러져 있기에 순수하게 도우려는 마음으로 그를 데려온 것이었다. 비록 기절한 사람을 놓고 연진우 앞에서 잠시 장난을 치기는 했지만 처음부터 그럴 마음으로 그런 것은 아니었다.

'일이 왜 이렇게 되었담?'

아랫입술을 잘근잘근 씹으며 연진우의 숨 가쁜 몸놀림을 지켜본 소녀는 속으로 자신을 원망했다.

다시 소림사로 와서는 안 된다고 생각하면서도 결국 와버렸다. 다른 목적은 없었다. 그저 유희를 위해서 와버렸다. 저 사람… 저 사람과 함께 있으면 왠지 즐거웠기에.

숭산을 오르는 도중 만난 몇 명의 강적들을 단박에 물리친 연진우의 놀라운 무공을 보며 손뼉 치며 좋아하기도 했다.

그런데 지금은 상황이 다르다.

상대는 십팔나한. 보고 즐길 수 있는 싸움이 아니다. 잠시만 정신이 흐트러지면 생사의 갈림길을 넘나드는 생사박이 벌어지고 있다.

물론 취향에 따라 그런 것을 보며 즐기는 사람도 있겠지만 적어도 지금의 소녀는 그런 것을 원하지 않았다.

소녀가 애타는 눈빛으로 자신을 보고 있는 것을 의식할 틈도 없이 연진우는 힘겹게 몸을 움직였다.

청년 무승들과 대전할 때와는 천지 차이다. 개개인의 무공도 엄청나지만 더 엄청난 것은 나한진이었다. 결코 빠른 동작은 아니지만 공교히 짜여진 진법에서 이루어지는 공방은 사람의 진력을 소모시켰다.

십팔나한의 포위망이 점점 좁혀졌다.

비록 직접적인 타격은 성공시키지 못했지만 알면서도 방어할 수 없는 '기세에 의한 압박'을 끊임없이 가해 얻어진 중간 결과였다.

초목수호신군의 기술을 쓰고 싶었다. 하지만 한 사람에게 공력을 발출하려 하면 어김없이 다른 사람의 공격을 받아야만 했다.

연진우의 발걸음이 다급해졌다.

공간을 한정해 좁은 범위에서 싸우는 것, 즉 이것이 다수를 상대할 때 유용하게 통할 수 있는 방법이다. 상대가 다른 사람들이었다면 의도적으로 그렇게 유도했을지도 몰랐다.

하지만 지금의 상황은 결코 연진우가 의도하지 않았다. 열여덟 명의 압도적인 기세에 밀려 이 지경이 되었을 뿐이다.

이마에 흐르는 땀을 훔칠 여유도 없다. 갈수록 상황이 어려워졌다. 비록 공간이 좁아졌으니 상대의 공격도 제한을 받으면 좋으련만 그런 것도 기대할 수 없었다.

십팔나한이 지금 쓰고 있는 병기는 곤(棍). 포위망의 중심에 선 연진우는 수레 바퀴의 축이 되어버렸다. 열여덟 개의 바큇살이 끊임없이 축을 찌르고 물러가기를 반복했다.

"……."

연진우의 이마에 흐르는 땀의 양이 점점 많아졌다.

소녀는 그것을 보곤 화들짝 놀랐다.

내공을 익히지 않은 일반인들은 날씨가 덥거나 몸을 과하게 움직이면 땀이 난다. 그러나 내공의 기초가 닦아진 무림인들은 그렇지 않다. 보통 사람의 몇십 배는 더 어려운 조건에서도 웃을 수 있는 것이 무인이다.

그런데 지금 연진우는 비지땀을 흘리며 싸우고, 아니, 피하고 있다.

기의 흐름이 원활하게 이어지지 않기 때문에 일어나는 현상이다.

저 상태로 계속하다가는 얼마 가지 않아 공력이 바닥나고 진원(眞元)마저 상할 확률이 컸다. 물론 이 확률은 그전에 죽을지도 모른다는 추측을 일단 제외한 상태에서 계산한 확률이었다.

'싸움을 멈춰야 해. 이대로 내버려 두면 죽을지도 몰라.'

입술을 꼭 깨문 소녀는 뭔가를 결심한 듯 크게 소리 지를 자세를 취했다.

타악!

소녀의 입이 딱 벌어졌다.

열여덟 조각의 짧은 나무토막이 공중으로 떠올랐다.

십팔나한은 망연자실한 표정으로 절반 길이까지 줄어든 곤과 연진우를 쳐다보았다.

연진우는 거칠게 숨을 몰아쉬며 십팔나한을 매섭게 노려보았다.

순간 그의 눈에 어린 살기 때문에 천하의 십팔나한이 움찔거렸다.

혜원의 표정에도 놀라움이 떠올라 있었다. 하나 그의 놀라움은 십팔나한과 다른 이유에서 비롯된 것이었다.

애송이의 살기가 제법 매서워 보이기는 하지만 그 정도 살기를 두려워할 나한전주가 아니었다.

그가 놀란 것은 다름 아닌 연진우가 구사한 기술 때문이었다.

처음에는 형량보의 후인이라는 연진우의 말을 믿지 않았다.

맨 처음에 차기 십팔나한들을 날려보내던 그 무공 때문이었다.

그것은 틀림없는 오행절맥수였다. 비록 어딘지 모르게 어설프고 불

완전해 보이기는 했지만 기술 자체가 공동파의 오행절맥수임에는 변함이 없었다.

공동파의 절기를 구사하는 형량보의 후손? 앞뒤가 맞지 않다.

형량보가 오행절맥수를 터득해 제자에게 그대로 가르쳤다면 가능할 수도 있는 이야기겠지만 혜원이 아는 형량보는 절대 그럴 사람이 아니었다.

만약 형량보가 오행절맥수를 익혔다면 분명 또 다른 형태로 완전히 변화시켜 가르쳤을 것이다.

형량보의 후인이 저렇게 비슷하면서도 어설픈 모습으로 타 파의 비전절기를 구사할 이유가 전혀 없다.

의심이 가는 것은 당연했다.

가뜩이나 소림사가 어수선한 이 판국에 찾아와 멀쩡하던 제자를 하나 죽여놓은 것만으로도 벌집을 건드린 거라 할 수 있는데 온 무림인이 촉각을 곤두세우고 있는 오행절맥수까지 구사했으니…….

하지만 연진우가 마지막에 구사한 한 수는 달랐다.

단 일 격이었다는 것 외에는 너무 빨라서 혜원의 눈에도 잘 보이지 않은 수법과 미묘한 기의 흐름, 형량보가 추구하던 쾌(快)의 극에 가까운 모습이었다.

"으음……."

눈살을 찌푸린 혜원의 미간에 내 천(川) 자가 뚜렷하게 그려졌다.

그는 찡그린 얼굴을 펴지 않은 채 물었다.

"그대는 정녕 혜연의 후인인가?"

연진우는 대답하지 않았다.

곤을 부러뜨리기는 했지만 십팔나한과의 팽팽한 대치는 아직 깨어지지 않고 있다. 아니, 지금껏 일방적으로 당하다가 그 한 수로 팽팽한 국면을 만들었다고 하는 것이 옳다.

여하간 잠시만 한눈을 팔아도 자신도 모르게 불귀의 객이 되기 십상인 이 상황에서 질문에 예의를 갖추어 대답하기란 불가능하다.

다시 혜원의 목소리가 날아왔다.

"십팔나한은 무기를 거두라."

"옛!"

예의 그 우렁차고 일사불란한 목소리가 울려 퍼졌다.

십팔나한은 반 토막이 된 곤을 회수하고는 뒤로 반 걸음씩 물러섰다.

"편히 말해 보오. 시주는 정녕 혜연의 후인이오?"

아까에 비해 훨씬 부드러워진 목소리였다.

연진우는 고개를 돌려 혜원의 얼굴을 바라보았다.

억지로 찡그린 인상을 편 것이 분명한 얼굴이 거기 있었다.

'소림사, 소림사라……. 대체 이들이 가지고 있는 생각은 무엇이길래 이렇게도 사람을 우습게 만드는가?'

혜원은 억지로나마 부드러운 표정을 지어 보였지만 연진우는 매서운 눈길을 누그러뜨리지 않았다.

천하에 명성이 자자한 불법의 본산에 올라왔지만 아직 이들에게서 자비를 목격하진 못했다.

지금껏 본 것은 일의 전후 사정은 알아볼 생각도 하지 않고 힘으로 사태를 해결하려는 사람들이었고 상대의 의견을 수용하려는 자세가 없어 대화가 이루어지지 않는 사람들이었다. 차라리 천방지축이고 미운 짓거리를 하더라도 저 소녀가 훨씬 정이 갔다. 그리고 그를 가르쳤던 두 사람이…….

'사부님…….'

갑자기 한상욱이 생각난다.

한상욱은 어디로 간 것일까?

그날의 싸움 결과가 어떻게 되었길래 천산이살은 멀쩡한 모습으로 나타나고 한상욱은 사라진 것일까?

설마…….

잠시 불길한 생각이 든 연진우는 그럴 리 없다며 도리질을 쳤다. 그를 지켜보고 있던 사람들의 눈이 둥그레졌다.

잠시 동안 주위 사람들의 눈길을 의식하지 못한 연진우의 얼굴이 붉게 달아올랐다.

'이런 상황에서 생각에 빠져 주위를 의식하지 못하다니, 만약 저들이 나를 공격했다면…….'

등줄기에 식은땀이 흐른다.

하지만 사라진 한상욱과 형량보가 걱정되는 것은 사실이다.

연진우는 간신히 마음을 다잡고 대답을 기다리는 혜원의 얼굴을 바라보았다.

"그렇습니다."

짤막한 대답을 들은 혜원의 표정이 다시 일그러진다.

처음에는 오행절맥수 때문에 아니라고 생각했지만 지금 보니 틀림없다는 생각이 든다.

단순히 손놀림이 빠른 것이 이유의 전부는 아니었다.

기질(氣質)이 동일했다.

천고의 기재라는 후기지수들을 연이어 격파하며 소림의 이름을, 그리고 자기의 이름을 천하에 드높이던 젊은 시절의 혜연과 동일한 기질을 가지고 있는 녀석이었다. 물론 아직까진 애송이에 불과하지만……

"방장에게 가져갈 서신이 있다고 하였소?"

"예."

"주시오. 내가 방장께 전해 드리겠소."

"직접 드리겠습니다. 방장을 만나 뵙게 해주십시오."

연진우의 말투는 강경했다.

한숨을 길게 내쉰 혜원은 고개를 흔들며 말했다.

"지금 본 사에 큰일이 닥쳐 방장을 뵙기가 어렵소. 노납이 반드시 방장께 전해 드릴 것이니 노납에게 주시오."

"……."

아무런 대답도 돌아오지 않았다.

형량보가 직접 그렇게 말한 것은 아니었지만 연진우는 반드시 이 편지를 방장에게 직접 전해주어야겠다고 생각했다. 소림승이라는 사람들에게 도무지 신뢰가 가지 않았다. 어쩌면 방장 또한 마찬가지일지도 모르지만… 그래도 직접 전해주고 일을 깔끔하게 매듭 짓는 것이 속이 편할 듯했다.

"이 시주가……."

혜원의 목소리가 다시 불쾌해졌다.

'혜연…….'

이놈 때문에 꼬이는 일이 너무 많았다. 간신히 그놈에 대한 기억을 지워 버렸는가 했는데 이번에는 그놈의 사손이라는 애송이가 나타나 속을 긁고 있다.

"지금은 도무지 그럴 수 있는 상황이 아니오. 이렇게까지 이야기하는데도 불구하고 시주가 계속 그렇게 나온다면 노납으로서는 방법이 없소. 산을 내려가 주시오.”

편지를 내놓든지 그냥 돌아가든지 양자 택일을 하라는 것이었다. 그 말은 실질적인 축객령이었다.

“…….”

연진우는 혜원을 뚫어지게 쳐다보았다.

살기 어린 눈빛, 십팔나한조차도 움찔거리게 만들었던 눈빛이지만 혜원은 미동조차 하지 않았다.

“결정하였소?”

“…….”

분한 기색을 감추지 않는 연진우의 귀에 왠지 비아냥거리는 듯한 혜원의 목소리가 들려왔다.

입술을 꽉 깨문 연진우의 손끝이 미미하게 떨렸다.

누군가 그런 그의 손을 잡았다.

“가요.”

소녀였다.

그녀는 연진우의 손을 잡아당기며 떠날 것을 종용했다.

‘젠장…….’

환대해 줄 것이라고는 기대도 하지 않았지만 소림사에서 이런 식으로 나올 것이라고는 상상도 못했다.

형량보가 누구인가?

비록 소림사를 떠나기는 했지만 천하에 소림 무공의 강함을 두루 입증하고 선행을 널리 베풀어 소림사의 이름을 드높인 사람이 아니었던가? 그런 그가 쓴 친필 서신을 가져왔다는데 이렇게 나오다니…….

“가겠소.”

목에 뭔가 걸린 듯한 목소리다.

억울하고 분하였다.

단지 자신이 육체적 곤경에 처한 것 때문만은 아니었다.

세상에서 가장 존경하던 사람 중의 하나의 옛집에 왔건만 그의 고향 집에서는 그를 부정하고 있다.

"시주는 이대로 떠날 수 없소."

이건 또 무슨 소린가? 떠나라고 등을 떠밀던 혜원이 이번에는 가지 말라고 한다.

그는 처음에 나타나서 연진우를 공격하다가 진짜 십팔나한이 나타난 후로는 꿔다 놓은 보릿자루처럼 멍하니 서 있던 청년 승려들을 가리켰다.

"저기 있는 저들은 본 사의 미래를 책임질 다음 대의 십팔나한들이오."

연진우의 이마에 골이 깊게 파였다.

무엇을 말할지가 짐작이 간다. 그러나 그것은……

"차기 십팔나한의 대사형을 죽인 이유가 무엇이오?"

서릿발 같은 위엄이 실린 목소리가 울려 퍼졌다.

그러나 듣고 있는 연진우로서는 막막하게 느껴질 뿐이었다. 변명을 하고 싶어도 영문 모를 일에 무조건 변명할 수는 없었다. 소녀를 보고 영문을 묻고 싶은 마음이 치밀어 올랐지만 억지로 소녀를 보려 하는 마음을 억눌렀다.

"죽이지 않았습니다."

연진우의 대답은 그게 전부였다.

더 이상은 할 말이 없다는 그의 표정. 십팔나한과 차기 십팔나한의 표정에는 노기가 어렸다.

그나마 최대한 냉정을 유지하고 있는 혜원이 또박또박 말했다.

"노납으로서는 시주와 저기 저 여 시주를 붙잡아 심문해 볼 도리밖에 남지 않았구려. 무례를 용서하시오."

"하하하!"

연진우는 그들을 마주 본 상태 그대로 거친 웃음을 터뜨렸다. 소녀가 불안한 기색으로 그의 옷소매를 잡아당겼지만 그는 웃음을 멈추지 않았다.

"무례하다!"

십팔나한 중 한 사람이 한 걸음 앞으로 나서며 크게 고함을 질렀지만 연진우는 굽히지 않은 채 당당하게 말했다.

"처음부터 전후 사정 따위에는 관심이 없던 당신들이 아니었소. 이제 와서 무례를 범하니 어쩌니 하는 말은 우습게만 들리오. 어서 손을 쓰시오!"

연진우를 포위한 상태에서 뒤로 조금 물러나 있던 십팔나한이 모두 한 걸음씩 앞으로 나섰다.

처음에는 그들의 포위망 밖에 있었지만 지금은 연진우 바로 옆에 서 있는 소녀의 눈썹이 가운데로 모였다. 십팔나한이 풍기는 기세는 진정 가공할 것이었다.

'이 속에서 아까 같은 그런 움직임을……. 가만히 서서 버티는 것도 보통 어렵지 않을 텐데…….'

자신도 위기에 처해 있건만 소녀의 가슴속에 존재하는 감정은 두려움이나 분노가 아니었다. 소녀의 가슴속에서는 안타까움이 차오르기 시작했다.

"미안해요, 나 때문에……."

"물러나라."

사과하는 소녀의 말을 짧게 끊은 연진우는 거칠게 그녀를 밀쳤다.

그의 갑작스런 행동에 소녀가 비틀거리면서 밀려나자 포위망을 구성하고 있던 십팔나한도 틈을 열어 소녀를 통과시켰다.

"이게 무슨……?"

소녀는 뭐라고 말하려 했지만 연진우의 눈은 그녀를 보고 있지 않았다. 그가 보고 있는 것은 자신을 포위하고 있는 십팔나한이었다.

"……."

연진우를 보고 입만 벌리고 있던 있던 소녀는 갑자기 이상한 느낌이 들어 고개를 돌렸다. 저편에서 혜원이 그녀를 향해 손가락질을 하고 있었다.

'아…….'

전신이 뻣뻣하게 마비되었다.

'일지선(一指禪)…….'

소림사 칠십이종절예의 한자리를 차지하는 지법 무공. 하지만 그렇다고 하더라도 허공을 격하고 점혈할 수 있다니…….

소녀는 노승의 모습을 보고 있는 형태 그대로 굳어버렸다.

"여 시주 또한 일의 전말을 조사하는 데 빠져서는 안 될 것이오. 잠시 동안 그대로 서 있으시오."

묵직한 어조로 말한 혜원은 이어서 십팔나한에게 지시했다.

"제압하라!"

십팔나한은 쏜살같이 움직였다.

조금 전의 다툼에서 연진우의 무공을 보았기에 더욱 강하게 짓쳐들어왔다.

하지만 부러진 반곤(半棍)을 휘두르는 십팔나한의 공격을 마주한 연진우는 아까처럼 빠르게 움직이지 않았다. 아니, 아예 느릿느릿하게 움직였다.

십팔나한은 연진우의 공력이 다한 것으로 생각하고 공격의 속도를 더욱 빠르게 했다.

혜원의 동공이 확대됐다.

"뒤로 물러나라! 녀석의 술책이다."

고함을 질러보았지만 한걸음 늦은 목소리였다.

어느새 십팔나한의 반곤은 연진우의 느릿한 걸음걸이에 말려들어 움직임이 멎어버렸다.

쉭!

그리고 이어지는 연진우의 맹공격. 가까이에 밀착한 상태로 공방을 주고받았기에 무기가 없는 연진우의 움직임은 십팔나한의 그것에 비해 훨씬 기민했다.

바로 앞의 사람에게 바싹 다가간 연진우는 자세를 약간 웅크린 채로 그의 콧잔등에 주먹을 내뻗었다. 그는 당연히 고개를 뒤로 젖혔고 그 순간 남은 이들이 연진우를 덮쳐 왔다.

그 순간을 기다렸다는 듯 연진우는 웅크린 몸을 펴며 용수철 같은 탄력으로 선풍소엽(旋風掃葉)의 각법을 구사했다.

달려든 사람들은 그야말로 회오리바람에 날리는 나뭇잎 같은 모양으로 튕겨 나갔다.

멋들어진 발차기이긴 하지만 실전에서 쓰기는 어려운 선풍각으로 단번에 다섯을 날려 버린 연진우. 그의 움직임은 멈추지 않았다.

움직임이 큰 기술을 구사했기 때문에 생긴 빈틈으로 날아든 공격을 공중으로 뛰어올라 피한 그는 그 찰나의 순간에 양손에 기를 모았다.

"합!"

오행절맥수인지 뭔지는 몰라도 이 상황에서 가장 효과적인 공격임에는 틀림없었다.

연진우가 내뻗은 주먹을 맞은 승려의 얼굴이 일그러졌다.

하지만 정작 입에서 피를 뿜으며 쓰러진 것은 그의 뒤에 서 있던 다른 승려였다.

주먹을 맞고도 멀쩡한 것에 놀란 앞의 승려는 연이어 날아든 연진우의 손날에 목을 얻어맞고 쓰러졌다.

"아미타불……."

혜원은 나지막하게 불호를 읊조렸다. 처음에는 쩔쩔매기만 하던 애송이가 단숨에 나한진을 와해시켰다. 나한전주로서는 더할 나위 없는 수치다. 이미 한 번 깨어져 본 적이 있다는 것으로 위안을 삼아야 할지 아니면 나한진의 무력함에 절망해야 할지 갈피를 잡을 수 없었다.

"그만!"

추상같은 혜원의 목소리에 십팔나한은 동작을 멈추었다.

아니, 멈추려 했다.

하지만 연진우의 연환 공격이 끝나지 않은 마당에 자신들만 움직임을 멈춘다는 것은 자살 행위나 마찬가지였다.

연진우의 움직임은 점점 빨라졌다.

벌써 일곱 명이 쓰러지고 열한 명 남은 십팔나한은 압도적인 수적 우위에도 불구하고 허둥지둥했다.

'똑같군, 혜연과 똑같아.'

혜원은 탄식했다.

애송이의 무공이 강하기는 하다. 엄밀히 말해 십팔나한 중 한 사람과 자웅을 가릴 만한 정도의 강함이었다. 나한진을 펼치지 않고 그저 숫자로 밀어붙여도 상대가 되지 않을 상황이다.

그런데 저 애송이는 싸우면 싸울수록 강해진다. 처음에는 나한진에서도 간신히 버티던 애송이가 어느새 싸움의 주도권을 쥐고 십팔나한을 쥐락펴락하고 있는 것이다.

혜원의 머리 속에 본신의 무공도 강했지만 싸우는 방법을 제대로 알고 있던 사제의 얼굴이 떠오른다. 자신에게는 없는 그 재능에 얼마나 많은 시간을 시샘으로 보냈는지 모른다. 이제야 간신히 기억 속에서 그 얼굴을 떨쳐 버렸는데…….

"시주는 손을 멈추시게!"

갑자기 들려온 중후한 목소리에 연진우는 저도 모르게 움직임을 멈췄다. 십팔나한도 마찬가지였다.

왜소한 체격의 승려 하나가 지객당에 나타났다.

쭈글쭈글 주름진 피부 위에 길게 자라 양 옆으로 늘어진 흰색 눈썹을 가진 노승이었다. 감은 것처럼 보이는 실눈 사이로 무한한 혜지(慧智)가 느껴진다.

혜원은 떨리는 목소리로 입을 열었다.

"방장……."

6. 아유가빈(我有嘉賓:우리에게 아름다운 손님 있나니…)

홍염은 망연한 표정으로 오두막을 뒤졌다.

하지만 몇 번을 뒤져도 결과는 마찬가지였다.

아무도 없다.

월아산의 오두막에는 아무도 남아 있지 않다. 쌓인 먼지나 다른 여러 정황들로 보아 최소한 한 달 이상은 누구의 방문도 없었던 듯했다.

"……."

길게 한숨을 내쉰 홍염은 옆에서 그의 눈치를 살피던 허공에게 말했다.

"허탕친 것 같습니다. 아무도 없군요."

허공은 고개를 끄덕이며 입을 열었다.

"그렇다면 이제는 어떻게 합니까?"

"글쎄요, 돌아가야 할까요?"

돌아갈까 하는 홍염의 말을 들은 허공은 고개를 좌우로 흔들었다.

"팽가로 가보는 것은 어떻겠습니까? 비록 직접 지시를 받은 것은 아니라고 하나 가서 눈으로 팽가의 사정을 살펴보면 뭔가 방도가 떠오르지 않겠습니까?"

"그럴 수도 있겠군요."

홍염은 고개를 끄덕였다.

팽가, 하북팽가라…….

행여라도 이들이 억울하게 누명을 쓰게 되는 일을 막기 위해서라면 그보다 더한 곳이라도 가야겠다는 생각이 든다.

하지만 만약 그들 중 한 사람이 정말로 팽련서를 죽였다면?

고개를 흔들었다.

절대로 그럴 리 없다는 이야기를 무슨 주문처럼 계속해서 되뇌이던 홍염은 허공의 눈을 뚫어지게 바라보았다.

"갑시다, 팽가로."

"음!"

허공은 묵직한 목소리로 짧게 대답하며 고개를 끄덕였다. 그러다가 뭔가가 생각난 듯 다시 입을 열었다.

"아무런 표식도 남겨져 있지 않았습니까? 어디로 간다거나 하는……."

홍염은 씁쓸히 미소 지으며 고개를 가로저었다.

있기는 하지만 보여주어야 할지 말아야 할지 모르겠다. 쪽지에 남겨진 행선지와 허공이 꽤 깊은 관계에 있었기 때문이다.

홍염은 잠시 난감해했다.

'진우야, 소림사에 대체 무슨 전할 것이 있다는 말이냐?

　　　　*　　　　　*　　　　　*

　나는 살아 있다, 적어도 아직까지는.

　차츰 의식을 되찾았다. 몽롱한 것은 여전했지만 내가 살아 있다는 그것은 확실하다.

　나는 몸을 부르르 떨었다. 살아 있다는 건 전율이다. 누군가에게 비참하게 애걸했던 마지막 몸부림은 아직도 뚜렷하게 기억에 남아 있다.

　손목이 뒤로 묶여 있다.

　발목은 쇠사슬이 옥죄고 있다.

　사방이 캄캄한 돌 벽과 돌 바닥이다. 어딘지는 알 수 없었지만 지하에 있는 곳이라는 것만은 확실하다. 나는 그렇게 돌 바닥에 나둥그러져 있다.

　돌 바닥을 발길로 때려보고 소리도 질러봤지만 아무런 응답이 없다. 희미하게 보이는 철문도 가파른 계단 위에 위치하고 있어서 접근하기가 어려워 보인다. 묶인 손발을 풀더라도 빠져나가긴 어려울 것 같다는 생각이 들었다.

　손목을 바닥에 대고 계속 비벼댔다. 손과 팔에 피가 흘렀지만 개의치 않았다. 피 따위를 두려워하는 본능과 이별한 지도 이미 오래이다.

　한참 만에 손목의 줄과 발목의 쇠사슬을 풀어냈다.

　그러나 결과는 마찬가지였다. 살아날 길이 막연했다. 지하 석실은 견고하였고 철문은 끄덕도 하지 않았다. 이대로 며칠만 가두어두면 제 풀에 죽을 것 같다.

　목이 마르다. 아니, 바깥 공기를 마시고 싶다.

그저 흙먼지가 풀썩거려도 좋으니 그런 공기라도 마시고 싶다. 지렁이가 기어나오는 웅덩이의 물이라도 마시고 싶다.

지하실 바닥을 죄 훑어보아도 눈에 보이는 것은 손이 피떡이 되도록 바닥에 비벼서 끊어낸 줄과 발목에서 풀어낸 쇠사슬밖에 없다. 그것만 가지고는 이 육중한 철문을 뚫을 수 없다.

배가 고프다.

시간이 얼마나 지났을까?

배가 고프다.

갑자기 철문이 열리는 소리가 들린다.

나는 철문 바로 옆에 기대섰다.

들어서면 내려친다.

"비켜서라!"

카랑카랑한 중년 여인의 목소리. 나는 숨을 죽인 채 쥐고 있던 주먹에 힘을 더 주었다. 손톱이 파고들었지만 아무래도 좋았다. 어차피 피투성이인 것을……

별안간 석실이 환해졌다. 고작 횃불 몇 개가 들어왔다고 눈이 시리다니……. 어둠 속에서 얼마나 있었는지 새삼 궁금해졌다.

"손 내려라. 죽기 싫으면 어서!"

나는 사방을 훑어보았다.

횃불을 들고 있는 사내가 몇 명. 그다지 강해 보이지는 않는다.

"용케도 묶은 걸 풀었구나. 아래로 내려서라."

나는 꼼짝도 못하고 석실 구석으로 내몰렸다. 여인의 목소리에는 그만한 위압감이 있었다.

잠시 후, 그녀의 뒤에 복면을 한 사내가 서 있다는 것을 알게 되었다.

후리후리한 몸매를 가져 몸이 몹시 빠를 것 같은 느낌을 주었다. 위압감은 그에게서 비롯된 것이었다.

"무릎을 꿇어라."

여인이 내 앞에 서서 말했다.

"죽여라!"

처음에 여인에게서 느꼈다고 착각한 위압감의 주인공이 다른 사람이라는 것을 알게 되자 이상하게도 그녀에게 복종할 의사가 없어졌다.

"그러지 않아도 너는 죽는다. 하지만 그전에 필요한 것이 있다."

"맘대로 해. 하지만 나를 건드린 이상 너희들도 쉽게 죽지는 못할 게다."

"흥, 어린 녀석이 겁도 없군."

어린 녀석이라고? 내 나이 마흔다섯에 어린 녀석이라는 말을 들어야 하다니, 이게 기분 나빠해야 할 일인지 좋아해야 할 일인지 모르겠다.

그리고 보니 저 여자는 주안술 같을 것을 익혀 젊음을 유지하는 노물인가 보다. 겉으로 드러나 보이는 나이는 아무리 많이 보아도 서른다섯이 넘어 보이지 않는데…….

"내 손에 걸린 것이 네 죄다. 죽지 않을 만큼만 두들겨 줘!"

여인과 함께 들어온 사내들이 나를 에워쌌다.

다른 이들은 두렵지 않았다. 험악한 인상을 짓고 무작스런 도구들을 들고 있긴 하지만 별로 겁이 나지 않았다.

하지만 말없이 나를 바라보는 저 사내는 두렵다.

표정없는 저 얼굴 뒤에 가려진 그의 진실한 얼굴은 무엇일까? 악귀, 나찰, 수라… 어느 것이 그의 진면목일까?

한 사람이 쇠 갈퀴를 휘두르며 다가왔다.

나는 가볍게 몸을 피해 쇠 갈퀴사내를 때려눕혔다.

그러자 다른 녀석들의 쭈뼛거리는 모습이 눈에 들어왔다.

여인이 복면에게 눈짓을 하였다.

착각이었을까? 그자는 잠시 한숨을 쉬는 것처럼 보였다.

그는 느린 발걸음으로 내게 다가왔다. 한 걸음 한 걸음 옮길 때마다 숨이 막혀왔다. 기세에 압도당해 싸움을 할 것도 없이 이미 나는 기 싸움에서 지고 있었다. 칼이 있어야 하는데…….

일 초도 필요하지 않았다. 그의 손에서 펼쳐지는 반 식에 나는 오장 육부가 모두 뒤틀리는 고통을 맛보았다. 이미 피와 고통을 두려워하지 않을 수행을 했다고 자부하였건만 이자의 손은 정녕 매서웠다.

"허억……."

"이제 좀 고분고분 이야기할 준비가 되었느냐?"

여인의 목소리가 들려왔지만 귓전으로 흘려 버렸다.

고통이 극심하기는 하였으나 그것이 나의 자존심을 꺾을 정도는 되지 못했다. 아버님께서도 어렸을 때부터 내 자존심이 지나치게 강해 강호의 사람들과 많은 시비를 겪을 것을 예견하시지 않았던가. 이미 내 나이가 사십 줄에 접어들었지만 천성이란 것이 그리 쉽게 바뀌지는 않는다.

나는 힘껏 몸을 날려 사내를 공격했다.

사내는 별로 움직이지 않았지만 나의 공격은 번번이 빗나갔다.

나는 사력을 다했다. 이 사내를 쓰러뜨린다고 살아서 돌아간다는 보장도 없었지만 왠지 지금 이자를 거꾸러뜨리지 못하면 내 목숨이 당장 끊어질 것 같다는 생각이 들었다.

이제야 생각났다.

본가에 침입해 나를 유인해 나간 사람이 바로 저자다.

이 오호단문도를 단번에 제압하고도 남을 엄청난 무공을 가지고 있으면서도 적당히 당해주며 나를 유인했던 자다.

사내는 최초의 일격 이후로 좀처럼 공격하지 않고 나의 공격을 슬쩍슬쩍 피하는 것으로 만족하는 듯했다.

나는 한참 동안 헛손질만 하였다.

그는 가볍게 몸을 날려 손가락으로 나의 인중을 때렸다.

나는 대(大) 자로 누웠다. 이렇게 강한 상대는 처음이다. 비록 도법을 제일로 치는 가풍 탓에 권법에 깊이 매진하지는 못했지만 아무리 칼이 없다고 하더라도 이렇게 허무한 결과는 이해가 되지 않았다.

여인의 목소리가 들려왔다.

"이젠 대답할 준비가 되었나?"

"풋!"

웃으면 안 되는데… 갑자기 쓴웃음이 터져 나왔다.

제기랄, 아무래도 살기는 틀린 모양이다.

"으아악!"

지하 석실에 비명 소리가 가득하다.

여인은 비릿한 미소를 지으며 돌 바닥 위에 놓여 있는 고깃덩어리를 바라보았다.

"하나씩 시작해 보자구. 이름은?"

"팽련서……."

"이제야 입이 열리기 시작했군. 그럼 다음은 말야……."

말하는 고깃덩이를 앞에 둔 여인은 무척 즐거워 보였다.

'제길……'

팽련서의 눈에 눈물이 흐른다.

눈알이 빠지고 살과 피가 떡이 될 정도로 엉켜 있어서 어디가 눈이
고 무엇이 눈물인지 구별되지 않기는 했지만……

그날도 변함없는 일상이 반복되던 날이었다.

오전에 도법을 연마하고 오후에는 집안의 대소사를 살핀다.

잠들기 전엔 등잔불을 밝힌 채로 고무술(古武術) 서적을 연구한다.

하루하루가 정확한 틀에 따라 움직여지는 것.

오늘날의 팽련서를 만드는 데 아주 중요한 역할을 한 환경이다. 그
는 꼼꼼하게 계산하고 정확하게 헤아려 보는 것을 즐겼다. 그리고 그
런 습관은 그를 강하게 만들어주었다.

팽련서는 인상을 찌푸리며 책 한 권을 집어 들었다.

몇 달째 붙들고 있는 책의 진도가 도무지 나가지 않는다. 서책이 범
어(梵語:산스크리트 어)로 쓰여진 까닭이다.

하지만 어느 정도 익숙해지면 곧 속도가 붙을 것이다. 어차피 범어
문장을 공부하기 위해 보는 책이 아니라 천축국의 도법을 연구하기 위
한 목적으로 보는 책이었으니 더욱 그럴 것이다.

아무리 먼 나라에서 생소한 언어로 기록된 책자라 할지라도 그것이
도법에 관련된 책이라면 하북팽가의 소가주가 읽는 것이 불가능하진
않으리라.

잠시 인상을 썼던 팽련서는 손가락으로 이마를 톡톡 두드린 후 다시
책을 읽기 시작했다.

……

팽련서의 눈이 번뜩였다.

그는 책을 조용히 덮고 자리에서 일어났다.

이상한 느낌이 들었다.

규칙적인 일상을 깨뜨리는 사건이 일어날 때마다 들었던 느낌이다.

"흠, 오늘은 조금 늦게 자겠군."

말을 마치는 것과 동시에 등잔불이 꺼지며 그가 사라졌다.

주인이 사라진 방 안에 남겨진 등잔의 불 심지는 불똥이 맺혀 있는 부분에서 정확하게 잘려져 있었다.

검은 그림자는 밤길을 걷고 있었다.

밤이 깊어 간간이 돌아다니는 순라꾼들을 제외하고는 다른 사람들을 만날 수 없는 거리를 걷던 그는 대저택의 담 아래에서 잠시 주위를 둘러보았다. 경장(輕裝)을 하고 허리에 칼을 찬 사내 둘이 대문을 지키고 있었다.

대문을 지키는 그들을 잠시 바라본 그는 검은 복면을 꺼내 얼굴에 덮어쓰더니 조금의 망설임도 없는 날쌘 동작으로 담을 넘었다. 꽤 높은 담이었건만 기합 소리 하나 없이 가볍게 문지방 넘듯이 넘어 들어간 것이다.

저택의 주인은 귀족도, 대부호도 아니다. 하지만 이 집은 마치 귀족이나 대부호의 그것처럼 세 겹으로 이루어진 담벼락을 가지고 있다.

예상했던 대로 첫째 담의 안쪽 뜨락에는 아무런 사람의 기척도 느껴지지 않았다.

다시 가벼운 몸놀림으로 두 번째 담을 뛰어넘은 그는 세 번째 담벼락의 바깥쪽에 몸을 바싹 붙이고 오감을 총동원하여 안의 동정을 살폈다.

인적이 가장 드문 곳을 선택하였음에도 불구하고 곳곳에 저택을 지키는 인력이 배치되어 있었다. 이 집의 경비를 책임지는 사람이 결코 허술한 인물이 아님을 보여주는 장면이었다.

완벽한 은잠(隱潛)은 어렵다 싶었다.

복면의 사내는 담 건너편에 두 사람이 있음을 알고도 담을 넘었다.

경비를 서던 두 사람은 갑자기 눈앞에 그림자 같은 남자가 나타났지만 정체를 묻지 못했다.

어느새 두 사람은 썩은 나무토막처럼 바닥을 뒹굴고 있었다.

팽련서의 얼굴은 굳어 있다.

겉으로 드러난 모습으로는 삼십 대 초반으로 보이는 얼굴을 가지고 있으나 실제로는 사십을 오래전에 넘긴 몸이다.

오십이 가까워지도록 가주의 자리를 사양한 이유가 무공을 연구하고 수련할 시간이 줄어든다는 것일 정도로 무공을 좋아하고 또 성취가 뛰어난 사람이었다.

소가주이되 타 가문의 가주와 맞먹는 무공과 식견, 영향력을 가진 인물인 팽련서의 표정이 굳어 있는 이유는 무엇일까?

"무슨 일이냐?"

자신의 아버지이자 현 가주인 팽립의 처소에서 나오는 시끄러운 소리가 그의 청각을 자극했다. 그간의 경험에 비추어보았을 때 이것은 분명히 쇠와 쇠가 부딪치는 소리였다.

"너는 누구냐?"

심상치 않은 느낌에 처소를 나왔다.

그리고 쇠끼리 부딪치는 소리를 들었다. 사적으로는 자신의 아버지이자 팽가의 현 가주인 구룡금도(九龍金刀) 팽립(彭砬)의 처소에서 나는 소리였다.

팽련서는 전력을 다해 달렸다.

이윽고 팽립의 처소에 도달한 그가 문을 박차고 들어갔을 때 그의 눈에 한 흑의복면인이 한 척 반 정도의 짤막한 칼 두 자루를 쥐고 팽립과 맞서고 있는 광경이 들어왔다.

더구나 복면인의 허리에는 팽련서가 꿈에서나 알아볼 수 있는 물건이 매달려 대롱대롱 흔들리고 있었다.

"풍신도(風神刀)! 왜 그것을 네가 가지고 있는 것이냐?"

질문을 하고도 대답을 기다리지 않았다.

대답을 듣는 것보다는 아버지를 지키는 것이 급선무였다.

도절 팽련서의 도가 허리춤에서 빠져나오자 복면인의 눈빛이 크게 흔들렸다.

팽련서의 손에 칼이 들려지자 복면인은 더 이상 그를 볼 수 없었다. 팽련서라는 이름으로 불리던 남자는 한 자루 칼 아래에 자신의 몸을 온전히 숨겼다.

"흠, 역시 듣던 대로 대단한 실력……."

복면인은 뭐라 중얼거리며 몸을 날려 자리를 피했다.

"아버님을 보살펴라!"

팽련서는 자신을 뒤따르는 수하들에게 일갈하며 복면인의 뒤를 쫓았다.

복면인은 세 겹의 담 위로 가볍게 날아올랐다.

담을 넘을 때마다 팽가의 가솔들이 그의 앞을 막아섰지만 그의 빠른
손속에 어떤 수법에 당했는지도 모른 채 하나둘 아래로 굴러 떨어졌다.

"이 녀석……."

팽련서는 이를 갈며 달렸다.

하지만 그는 수하들의 희생을 대가로 복면인과의 거리를 획기적으
로 단축할 수 있었다.

복면인이 마지막 담을 넘기 직전 팽련서는 도를 들어 정면으로 찔렀
다.

복면인의 눈에 다시 이채가 일었다.

도는 찌르기보다 베는 것에 적합하기에 검에 비해 변화가 단순하고
화려함이 모자라다. 간혹 도로 검초를, 혹은 검으로 도초를 구사하는
인물들이 있으나 결코 실질적인 효과를 기대하고 하는 것이 아니라 상
대를 혼란시키는 것에 목적을 두고 그리하는 경우가 대부분이다.

그러나 지금 팽련서의 칼끝에는 무형의 기운이 날카롭게 맺혀 있었
다. 그것을 검기(劍氣)라고 해야 할지 도기(刀氣)라고 해야 할지는 모른
다. 그러나 칼의 길이만 생각하여 피하려고 하다간 큰 낭패를 볼 것이
분명한 찌르기라는 점만은 확실했다.

복면인의 몸이 허공에서 횡으로 회전했다.

"선풍륜(旋風輪)!"

팽련서는 복면인의 신법에 놀란 기색을 잠시 보였지만 찔러가는 도
는 추호의 흔들림도 없다.

나이 일곱에 칼을 잡기 시작한 이래 이날에 이르기까지 단 하루도
거르지 않는 몸 공부, 마음 공부를 통해 아무리 혼란스럽고 고통스러운
상황에서도 칼을 들면 모든 것이 분명해지는 그였다. 상대의 무공이

보기 드문 것은 사실이나 그 정도에 칼이 흔들린다면 오호단문도(五虎
斷門刀)의 계승자일 수가 없었다.

복면인의 몸은 팽이처럼 회전하며 날아드는 팽련서의 도를 받아내
려 했다.

팽련서는 가볍게 코웃음 치며 상체를 내밀며 칼끝을 뿌렸다.

하지만 그의 공격이 복면인에게 도달하는 순간 복면인은 반대 편으
로 강하게 튀어 나갔다.

언뜻 보아선 팽련서의 공격에 튕겨 나간 것으로 볼 수도 있겠으나
실전 경험이 충분한 무인이라면 그가 공세에 맞추어 스스로 몸을 날린
것을 어렵잖게 눈치 챌 수 있을 것이다.

튕겨 나간 쪽으로 달리기 시작한 복면인의 뒷모습을 본 팽련서는 큰
목소리로 외치며 그의 뒤를 따라 달리기 시작했다.

"호가십풍(護家十風)! 묵풍룡(墨風龍)은 아버님의 부상을 보살피고
나머지는 나를 따르라!"

어디서 갑자기 나타난 것일까?

아홉 사람이 밤의 어둠을 가르며 몸을 날리는 팽련서의 뒤를 따랐
다.

자신을 추격하는 무리들이 제법 되는 것을 깨달은 복면인은 추격자
들에게 무언가를 던졌다.

그가 던지는 물건의 정체를 알아본 사람 하나가 우렁차지만 안정된
목소리로 팽련서를 향해 외쳤다.

"소주(少主), 화탄입니다."

주인에게 이야기하는 것이 아니었다.

화탄을 단순한 비도(飛刀)로 생각하여 그것을 받아내려던 호가십풍

의 막내에게 말한 것이었다.

열 사람의 대형은 삽시간에 산개(散開)되었다.

시끄러운 소리를 내며 화탄이 터졌다.

대량 살상용의 벽력탄은 아니지만 작으나마 철환(鐵丸)이 화약의 폭발로 튀어 나가서 근거리의 사람을 해할 정도의 위력은 되는 물건이었다.

'화약? 강호를 떠도는 낭인이나 좀도둑 따위가 쉽게 만질 수 있는 물건이 아닌데? 저놈의 배후에 누군가 있다는 이야기다.'

경공을 펼쳐 복면인을 추격하는 와중에 그의 정체를 추리해 본 팽련서는 선풍류의 경공이 멸문되어 지금은 사라지고 없는 황산파의 경공임을 상기하였다.

'황산파라……'

생각은 그리 길게 계속되지 않았다. 어차피 확실한 증거가 없는 상황에서 추측만을 계속하는 것은 사태 해결에 그리 도움이 되지 않는 행위였다. 우선은 놈을 잡고 볼 일이다.

화탄의 폭발로 몇 사람이 뒤처진 듯하다.

팽가의 자존심이라고 불리던 호가십풍의 명성을 생각한다면 아주 뜻밖의 일이긴 했다.

하지만 팽련서는 뒤처진 그들을 무능하다 생각하지 않았다.

눈앞의 상대는 아주 노련한 인물이다. 암기를 적절히 사용한 것도 있지만 자신 정도의 고수가 전력으로 추격하는 데도 일정한 거리를 계속 유지하며 달리고 있다. 적어도 경공술만큼은 자신을 능가하는 자였다.

그런 자가 일부러 자신을 따라오게 하는 것은……

뭔가 함정이 있다는 이야기이다.

'덫이라면 통째로 부숴주마. 네 소원이라면 그리해 주지.'

분명히 무언가가 있다는 것을 알면서도 팽련서는 추격을 고수했다. 그는 원래 그런 사람이었다.

쨍그랑!

별안간 날아온 복면인의 공격을 받아넘긴 팽련서의 안색이 싸늘하게 가라앉았다.

복면인은 그보다 더 차가운 눈빛으로 팽련서를 마주 보았다.

말없이 눈빛을 교환한 것도 잠시, 이번에는 팽련서의 공격이 흑암(黑暗)을 갈랐다. 복면인은 자신의 쌍도(雙刀)로 팽련서의 공격에 응수하였다.

칼을 맞대고 겨루기를 십여 초, 복면인은 다시 몸을 뺐다.

"어디로 가느냐? 이제는 도망치지 못한다."

복면인이 움직일 방향에 팽련서의 도가 놓였다.

복면인의 입에서 나지막한 소리가 들렸다.

"오호단문도……."

아무래도 호가십풍은 모두 낙오된 것 같았다. 복면인과 팽련서, 일대 일의 상황이 되었다.

복면인은 쌍도를 양쪽 허벅지에 매어 있는 칼집에 넣고 허리의 풍신도를 뽑았다.

그것을 본 팽련서의 눈꼬리가 치켜 올라갔다.

하북팽가는 단순한 무림세가가 아니었다.

송(宋) 태조(太祖)의 건국을 도운 가문의 선조에게 하사된 풍신도는 가주의 신물(信物)인 동시에 가문의 권위를 상징하는 것이었다.

관부에서도 어지간한 일에는 하북팽가에게 입을 대지 않는다.

팽가의 권위는 곧 황제의 권위에 이어진 것이기 때문이었다.

그런데 그런 보물을 어찌 일개 도적이 마음대로 휘두르게 둘 수 있단 말인가!

"칼을 내려놓아라. 네게 어울리는 물건이 아니다."

적잖이 분을 삭이며 힘들게 말한 팽련서였다.

하지만 그는 여전히 냉철한 팽련서의 모습을 보며 위협적으로 풍신도를 휘둘러 댔다.

팽련서의 눈빛이 착 가라앉았다.

오히려 더 냉정해진 표정의 그는 싸늘한 눈으로 복면인을 바라보며 느릿하게 말했다.

"어떤 신병이기라 할지라도 나는 두려워하지 않는다. 칼을 맞대면 설사 그것이 가문의 보물이라 해도 주저함없이 꺾어버릴 수 있다. 고통스럽게 죽고 싶지 않다면 풍신도를 내려놓아라."

하지만 복면인은 그의 그런 변화를 무시하고 도를 휘둘러 팽련서를 공격했다.

그러자 지금껏 냉정하던 팽련서의 눈에 처음으로 큰 변화의 기색이 일었다.

"오호단문도? 네가 어떻게……?"

팽련서는 아연실색했다.

가문에서도 장자에게만 전하는 비전의 절기가 오호단문도인데 어떻게 저자가 그 절기를 알고 있단 말인가?

더구나 복면인의 솜씨는 비급을 훔쳐 익힌 수준의 것이 아니다.

어설프게 익히면 오히려 자신이 다치는 무공이 오호단문도이다. 복

면인의 경지는 좋은 스승 아래에서 오랜 시간 수행하지 않고서는 절대
도달할 수 없는 수준이었다.

잠시 당황하였던 팽련서는 이내 냉정을 회복하며 칼을 상단으로 치
켜들었다.

"어디서 본 가의 비전절기를 훔쳐 배웠는지는 모르겠으나 그것이 너
의 명을 재촉하게 된 것만은 알아두어라."

상대의 도법이 아무리 매섭고 강하다 할지라도 오호단문도로 팽련
서를 이길 사람은 없었다.

일곱 살에 칼을 들었고 가문의 기본공을 익혔다. 그리고 아버지에게
정식으로 무공을 배우기 시작한 열두 살 이후로 단 하루도 수련을 거
른 적이 없던 오호단문도이다. 아무리 그럴듯하게 흉내를 낸다고 하더
라도 팽련서를 능가할 수는 없다. 심지어 아버지인 팽립도 마찬가지였
다.

두 사람의 무공 대결은 점점 속도를 더했다. 같은 도법을 사용하다
보면 연이어질 다음 수를 예측하며 조금씩 신중하게 초식을 전개할 법
도 한데 두 사람에게는 그런 것이 없었다.

하지만 꿈에서조차 칼을 놓지 않고 수련에 수련을 거듭한 팽련서의
공세를 그와 동일한 무공으로 완벽하게 봉쇄한다는 것은 무리였다. 팽
련서의 일격이 복면인의 어깨를 스쳐 지나가자 그의 몸에서 피가 뿜어
져 나왔다.

"……."

정확하게 들어간 공격은 아니었으나 상처가 제법 깊어 보였다.

그러나 팽련서는 공세를 그치지 않았다.

복면인은 몸을 뒤로 뺐다.

잠시의 틈을 얻은 그는 품에서 무언가를 꺼내어 던졌다.

펑!

연막탄이었다.

철환이 섞인 화탄과 달리 살상을 목적으로 한 것이 아니라 시계(視界)를 방해하는 것이 주목적인 물건이다.

하지만 이미 복면인과 칼을 맞대고 있는 팽련서에게 눈에 보이는 것은 그리 중요하지 않았다.

연막탄은 그의 눈을 가려 잠시의 혼란을 줄 수는 있었지만 복면인이 무사히 도주할 수 있도록 하지는 못했다.

팽련서는 복면인의 뒤를 끈질기게 쫓았다.

언뜻 보아도 복면인의 어깨에서 흐르는 피의 양이 적지 않았다. 얼마 가지 않아 제풀에 쓰러질 것처럼 보였다.

계속해서 달리던 복면인은 강가에 이르러 강물 위로 몸을 날렸다.

팽련서 역시 그를 따라 몸을 날렸다.

두 사람은 다시 조그만 조각배 위에서 초식을 교환했다.

공방이 거듭되는 사이에 배를 묶어두었던 끈이 풀려 강의 흐름을 따라 움직이기 시작했다.

피를 많이 흘려 힘이 빠진 상태였던 복면인이 갑자기 강한 진각으로 바닥을 찼다. 조각배의 바닥에는 조금 전까지 없던 구멍이 생겼고 그리로 물이 들어오기 시작했다.

팽련서는 코웃음 치며 복면인을 몰아세우는 것에만 열중했다.

배의 침수는 상당히 진행되어 곧 가라앉을 지경이 되었지만 둘 다 거기에는 신경 쓰지 않는 듯했다.

마침내 결정적인 승기를 잡은 팽련서가 복면인을 공격하려는 순간 복면인은 손에 들고 있던 풍신도를 강물로 던져 버렸다.

"앗!"

풍신도가 물속으로 빠져들자 팽련서는 주저하지 않고 물속으로 뛰어들었다. 하지만 밤이 깊어서 물속에 빠진 풍신도를 찾는 일은 거의 불가능했다.

그는 원하던 풍신도 대신에 정체불명의 인영(人影)들이 자신에게 다가오는 것을 느꼈다.

"하앗!"

좋은 의도를 가지고 접근하는 녀석들은 아닌 듯했다.

수공(水功)에 그리 자신이 있는 것은 아니었지만 선택의 여지가 없었다. 비록 물속이라 위력이 많이 약해지기는 하였으나 팽련서의 공격은 여전히 상당한 위력을 가지고 있었다.

접근해 오던 인영들이 삽시간에 사방으로 흩어졌다.

하지만 팽련서가 생각하지 못한 것이 있었으니 물속에서의 접근은 입체적으로 이루어질 수 있다는 것이었다. 갑자기 아래에서 자신을 공격해 오는 상대에게 대응하기에는 너무 늦었다.

'이놈들…….'

여럿이 한꺼번에 몰려들어 자신을 깊은 곳으로 끌고 들어가는 것에 속수무책으로 당하는 자신에게 화가 났지만 어쩔 도리가 없었다.

복면인은 일부러 자신을 여기까지 끌고 온 것이 틀림없었다.

남아 있는 호흡을 아껴서 버티고는 있지만 눈앞의 인물들이 가하는 공격을 막는 것도 점점 힘에 부쳤다.

'끝인가?'

흐려지는 의식의 끈을 붙들고 자신을 지탱시켜 줄 수 있는 것이 무엇인지 생각하려고 애썼다.

하북팽가의 소가주, 강호에 명성이 쟁쟁한 도절, 가주의 자리를 계승받기도 전에 얻은 오호단문도의 호칭…….

그러나 그는 끝없이 침잠했다.

떠오르고 있다.

이미 스스로 몸을 놀릴 수 없을 정도가 되었지만 불행 중 다행으로 의식을 완전히 잃진 않았다.

물속에서 자신을 공격하던 이들은 이제 자신의 몸을 부상(浮上)시켜 온통 검은색으로 치장된 배에 실었다.

"죽지는 않았겠지?"

자신을 공격했던 복면인이다.

얼굴에 쓴 두건은 여전했지만 상의를 벗고 있었다. 상처에 붕대를 감고 있는 것을 보아하니 간단하게 응급치료를 한 모양이다.

가까이 다가와 팽련서의 눈꺼풀을 뒤집어본 그는 짤막하게 한마디를 더했다.

"아래로……."

처음의 그들은 어디론가 사라지고 또 다른 둘이 나타나 팽련서의 앞에 섰다.

물 위로 나오자 서서히 감각이 살아나는 것을 느낀 팽련서는 그들의 손을 뿌리치려 하였다. 그러나 아직은 무리였다.

그들은 기다란 금침(金針)을 꺼내 팽련서의 마혈(麻穴)에 그것들을 꽂아 넣었다.

그나마 살아나던 감각이 다시 무뎌졌다.

"정신이 드십니까?"

선실에서 팽련서를 마주하고 앉아 있는 복면인의 입이 열렸다.

목소리만으로 대충 가늠해 보면 팽련서와 비슷한 나이인 것 같기도 하다.

"무엇 때문에 가보를 훔쳐 나를 유인한 것이냐?"

혈도를 금제(禁制)당해 움직일 수는 없었지만 의식은 또렷하게 돌아왔다.

비록 제압당한 상태이기는 하나 그의 어조는 당당했다.

어린 시절부터 부친을 제외하고 누구에게도 굽힐 줄을 모르는 성격으로 자라난 그이다. 나이가 사십이 넘은 지금도 그 성품에는 변함이 없다.

"듣던 대로 뛰어난 무공에 강직한 성품을 겸비하신 분이군요. 나쁜 뜻으로 그리한 것은 아니니 너무 고깝게 생각하지는 마세요."

선실 구석에 서 있던 여인이 다가와 입을 열었다.

복면인은 일어나 자신의 자리를 그녀에게 양보했다.

시비(侍婢:곁에서 시중을 드는 계집 종)인 줄로 알고 그녀에게는 전혀 신경을 쓰지 않고 있던 팽련서는 한 방 얻어맞은 표정으로 그녀의 말에 대답했다.

"나쁜 뜻이 없었다고? 나쁜 뜻이 없는 자가 아버님을 공격해 가보를 탈취하고 식솔들을 해쳤단 말이냐? 거기에 가보를 영영 찾을 수 없도록 만들고?"

여인은 방긋 웃었다.

중년의 얼굴이기는 하나 잔주름 하나 없는 얼굴이 꽤 고와 보였다.

"훗! 오해가 있었군요. 팽 노대협과 칼을 섞은 것은 사실이나 당신께서 우리의 이야기를 듣지 아니하신 채 다짜고짜 칼을 휘두르셔서 할 수 없이 칼을 든 것일 뿐이에요. 가주의 무공이 절륜하여 허투로 대하였다가는 저 사람의 목이 날아갈 판이었으니까요. 그리고 가주를 비롯한 팽가의 사람들 중 단 한 사람도 죽거나 다친 사람은 없어요. 모두 혼혈을 점혈당해 기절한 것뿐이니 돌아가시면 다시 그들을 만나실 수 있을 거예요."

말을 마친 여인은 복면인을 슬쩍 바라보았다.

복면인은 엄지와 검지를 튕겨 소리를 내었다.

그러자 한 사람이 보자기에 싼 물건을 들고 선실로 들어왔다.

"그것은……."

"풍신도예요. 물에 던져지기 전부터 대기하고 있던 제 수하들이 거둔 것이지요."

"왜 풍신도를……?"

팽련서는 그들이 풍신도를 택한 이유를 도무지 알 수 없었다.

풍신도가 절세의 신병이라면 그럴 수도 있다고 생각하겠지만 풍신도는 송의 태조가 내렸다는 그 이유로 가문의 가보가 된 것이지 칼 자체가 특별히 좋은 것은 아니었다. 물론 보기 드문 명기(名器)이긴 하나 강호인들이 탐낼 만한 물건은 아니다.

비록 그것이 팽가의 가주를 상징하는 신물이기는 하나 가주인 팽립이 멀쩡하게 살아 있고 후계자도 일찌감치 정해져 가문 내외의 사람들이 모두 알고 있는 마당에 풍신도로 무슨 수작을 꾸민다는 것도 말이 되지 않았다.

"칼 자체에 욕심이 있는 것은 아녜요."

여인은 팽련서를 향해 하얀 이빨을 드러내며 웃었다.

그러나 여인이 웃든 말든 팽련서는 여전히 딱딱한 어조로 되물었다.

"어디에서 보낸 것이냐? 전륜궁?"

하북팽가는 정의맹에 가입된 가문이다.

비록 적극적으로 맹의 일에 간여(干與)하지는 않지만 전륜궁과 적대 관계임에는 틀림없었다.

여인은 자리에서 일어나 팽련서의 주위를 천천히 돌았다.

"그렇게 보이나요?"

그렇게만 말하고 그만둔 여인은 다시 웃어 보였다.

단순호치(丹脣皓齒)라더니… 붉은 입술 아래로 보이는 하얀 이빨이 예뻐 보인다. 중년으로 보이지만 소녀의 청순함도 가지고 있는 여자. 이런 일의 핵심 인물로는 어울리지 않는 분위기를 가진 여자였다.

웃기만 하던 그녀가 다시 입을 열었다.

"마음대로 생각하세요."

팽련서의 머리가 복잡하게 회전했다.

오늘 밤의 일에는 한두 사람의 짓으로 보기에는 어려운 것들이 많았다.

화탄을 소지하고 있는 것도 그랬고 이런 배를 미리 준비하여 두고 수하들을 매복시켜 두는 일도 그랬다. 크든 작든 조직의 힘이 아니면 안 되는 것이다.

"목적이 뭐냐?"

믿을 수는 없지만 여인은 나쁜 뜻은 없다고 말했다.

문자 그대로 받아들일 수는 없는 이야기지만 최소한 협상의 여지가 있다는 정도로 받아들이는 것은 가능했다.

일단은 들어보아야겠다.

그것이 가문에 해가 되는 내용이라면 이 자리에서 죽는다고 하더라도 받아들일 수 없겠지만…….

"우선 좀 쉬면서 기력을 회복하시지요, 많이 피곤하실 것이니……."

여인의 목소리가 울리자 몇 사람이 쟁반을 들고 들어와 식탁 위에 접시와 술병, 잔 따위를 내려놓았다.

"풀어드려라."

간결한 지시였다. 그리고 딱딱한 지시였다.

자신에게만 특별히 말을 많이 하고 공손히 구는 것인지 아니면 수하들에게 억지로 냉정하게 구는 것인지는 알 수 없었다.

'지금 중요한 것은 그것이 아니지.'

금침이 몸에서 빠져나가는 것을 느낀 팽련서는 고개도 돌리지 않은 채 실내의 정황을 살폈다.

선실에는 여인과 복면의 사내를 제외하고도 음식을 가져온 다섯 사람이 더 있다.

자신의 칼은 어디에 있는지 모르지만 손만 뻗으면 닿을 거리에 풍신도가 있다.

칼을 잡은 동시에 여인을 제압한다면… 우두머리의 생명을 담보로 해 이곳을 빠져나갈 수 있을지도 모른다.

"음식이 식겠습니다. 어서 드시지요."

복면의 사내가 입을 열었다.

엉뚱한 수작 부릴 생각은 하지 말라는 경고의 뜻이었을까?

하지만 팽련서의 손은 서서히 움직일 준비를 했다.

단 한 번, 실패는 용납되지 않는다.

“헉!”

팽련서의 손이 정지되었다.

복면사내에게서 풍겨지는 엄청난 박력에 질려 버린 것이다.

무형지기와 비슷하면서도 뭔가 다른 기운이 그에게서 뿜어져 나왔다.

무형지기는 절대 아니었다. 몇몇 노강호들의 무형지기를 목격한 적이 있었지만 지금의 것과는 아주 다른 느낌이었다.

마치 살기(殺氣)와도 흡사한 이 느낌은 무엇이란 말인가?

“투기(鬪氣)인가?”

팽련서의 말에 사내는 묵묵히 고개를 끄덕였다.

무공의 무 자도 모르는 사람도 알아차릴 수 있는 기운이다. 상대에게 공포를 주고 전의를 빼앗는 기운.

‘생각보다 훨씬 대단한 녀석이구나. 투기란 수련만을 통해 얻어지는 것이 아니라 처절한 한(恨)과 가혹하다 못해 삶과 죽음의 경계를 넘어선 곳까지 육체를 몰고 간 사람들만의 고유한 느낌인데…….’

“많이 시장할 텐데 어서 드시지요.”

여인은 여전히 웃으며 음식을 권했다.

그러나 음식을 먹을 정신이 있었다면 벌써 손을 써 이 자리를 벗어나려고 했을 팽련서이다.

그는 신중한 눈으로 복면인을 보았다.

아무리 강해도, 상대가 아무리 강하다 하더라도 제대로 겨뤄보지도 않은 채 순순히 인정하고 무릎을 꿇을 순 없다. 그는 하북팽가의 자존심이었다.

팽련서는 술잔을 향해 손을 가져갔다.

아니, 그들이 그렇게 생각해 주기를 바라며 천천히 손을 움직였다.

"팽 대협!"

'헉!'

몸이 마비되는 듯하다.

이번의 목소리에는 강한 의지가 깃들어 있었다.

팽련서의 안색이 창백해졌다.

"우선 음식이나 드시지요."

무언가가 온몸을 짓누르는 느낌이었다.

기세로 누르는 것이 아니다.

움직이고자 하는 자신의 의지가 그것을 막으려는 복면인의 의지에 가로막힌 것이다.

팽련서는 단순히 움직임이 저지된 것보다 자신의 의지가 상대의 그것에 미치지 못함에 심한 모멸감을 맛보았다.

'나를 상대할 적에 전력을 다하지 않았던 것이었구나. 사십 평생을 칼밥을 먹으며 살아왔건만 이 녀석의 일초지적도 못 된단 말인가?'

팽련서는 꼼짝도 하지 않았다.

움직임을 구속하던 묘한 느낌은 사라졌다.

하지만 상처받은 자존심은 그를 자포자기하게 만들었다.

"음식은 됐다. 너의, 아니, 네가 속해 있는 조직의 목적이 무어냐?"

여인의 얼굴에서 미소가 사라졌다.

무표정한 얼굴이 된 여인은 얼음장 같은 어조로 말했다.

"비안도결(飛雁刀訣)을 주세요."

"비안도결?"

마치 비안도결이 무언지 모른다는 듯한 말투로 되묻는 팽련서를 바라보는 여인의 눈길은 여전히 무심했다.

"당신이 먼저 용건만 간단히 말하기를 요구했으니 우리도 긴말은 하지 않겠어요. 모르는 척해도 아무 소용 없어요."

"그게 무슨? 비안도결을 가지고 있었다면 어찌 우리 팽가가……."

팽련서는 말을 하다 말고 중도에 멈췄다.

그런 그를 보고 있던 여인이 싸늘하게 말했다.

"비안도결만 있으면 정의맹이나 전륜궁에 필적할 만한 세력을 만들 자신이 있었나 보죠?"

"……."

팽련서는 대답하지 않았다.

도를 익히는 사람이라면 누구든 한 번 정도 목표로 삼아보는 사람이 있다.

만병지왕(萬兵之王)이라는 검으로 천하제일고수가 되는 이는 많았고 도로 절정의 경지에 이른 사람도 많았다.

하지만 도 하나만을 연마하여 천하제일의 호칭을 얻은 이는 그리 많지 않았다.

더군다나 동시대에 존재하였던 이들이 저마다 한 시대를 풍미하고도 남을 사람들이었다면 무엇을 말하겠는가?

천왕성 강명(强冥).

나이 서른여덟에 천산(天山)에서 오성왕(五星王)이 모두 모여 칠 주야를 꼬박 소진하며 공전절후의 대격전을 벌인 끝에 마지막으로 살아남아 하산한 단 한 사람이었다.

물론 그 역시 대격전의 후유증으로 심각한 내상을 입어 심산유곡에 은거하였지만 그는 그 기간을 재도약의 발판으로 삼았다.

십 년의 폐관을 깨뜨리고 강호인들 앞에서 펼친 그의 도법은 무예(武藝)가 아닌 무예(舞藝)였다. 강하고 거칠었던 야수의 무공에서 면면부절(綿綿不絶)히 흐르는 선법(禪法)의 무공을 이룩한 모습이었다.

그는 넋 놓고 자신을 바라보던 강호인들에게 도법의 이름을 비안도(飛雁刀)라 지었다고만 말하고 다시 은거하여 세상에 모습을 드러내지 않았다.

도법으로 천하제일을 자부하는 팽가에서 비안도에 관심이 없을 리 없었다.

수 대에 걸쳐 많은 우여곡절 끝에 간신히 도결을 얻는 데는 성공하였으나 그들이 구한 것은 무언가가 빠진 비급이었다. 아무리 연구하고 익혀보아도 단순한 칼춤 이상의 것이 나오질 않았다. 강명이 보여주었다는 천지(天地)를 아우르는 오묘한 움직임을 재현해 내지 못하였다.

"비안도결의 심법(心法)과 강명이 생전에 쓰던 칼이에요."

여인은 복면사내가 가져온 목갑을 희고 가느다란 손가락으로 가리키며 말했다.

팽련서의 눈이 빛난다.

비안도만의 심법이 없어 도법이 본모습을 드러내지 못할 것이라는 생각을 해본 적이 없지 않았다.

팽련서가 밤마다 무경을 연구하는 이유가 바로 거기에 있었다.

행여 어딘가에 숨겨진 비결을 발견하거나 하다못해 비안도의 원리를 이해하는 데 도움이 될 만한 것들을 찾을 수 있을까 해서…….

그는 만감이 교차하는 표정으로 목갑을 바라보았다.

어떤 경로로 손에 넣었는지는 몰라도 저들은 강명의 칼과 비안도의 심법을 가지고 있다.

도결까지 손에 넣으면 비안도가 현세에서 복구되는 것도 결코 꿈이 아니었다.

저 목갑만 가지고 나갈 수 있다면…….

"한번 보겠어요?"

여인의 말을 들은 팽련서는 뭔가에 홀린 것처럼 정신없이 고개를 끄덕거렸다.

복면인의 손에 들려 있던 목갑은 탁자 위에 놓였고 여인의 희고 고운 손에 뚜껑이 열렸다.

"……."

낡은 칼 한 자루, 그리고 표지가 닳아 빠진 양피지 책자 한 권.

"꺼내서 보세요."

여전히 얼음장 같은 목소리로 말하는 여인의 음성에 팽련서는 조심조심 책을 꺼내 들었다.

"오오, 이것은…….."

틀림없다. 이미 수도 없이 익히고 고민한 비안도의 초식 하나하나가 머리 속에서 자연스레 이어졌다.

감격스런 마음이 치밀어 올랐다.

독문의 심법을 모르기에 무공으로서의 효용을 발휘하지 못하고 있던 천하제일의 도법이 그의 머리 속에서 완벽한 형태로 재현되고 있었다.

그는 심법을 내려놓고 칼을 천천히 뽑아 들었다.

낡은 칼집 속에서 은은한 서기(瑞氣)가 흘러나왔다. 이름도 모르는 낡아 빠진 칼이었지만 동시에 천하제일인의 일부였던 바로 그 칼이다.

“비안도결을 줄 건가요?”

마치 꿈꾸듯 몽롱한 표정으로 서 있던 팽련서를 깨운 것은 여인의 차가운 목소리였다.

“비안도법을 익히려는 건가?”

팽련서의 물음에 대답하는 사람은 아무도 없었다.

한참 후에야 여인이 입을 열었다.

“아까도 말했죠? 용건만 간단히 이야기하자고 한 건 당신이에요.”

“……”

“줄 건가요, 말 건가요?”

“도결을 주면… 나에겐 무슨 이익이 있지?”

그제야 여인이 환하게 웃었다.

“편안한 죽음을 주죠.”

7. 반야(般若)를 얻다

"혜원!"

"예."

"내 생각을 해줘서 고맙네."

"……."

소림 방장의 말에 혜원은 고개를 푹 숙였다.

"하지만 앞으로는 나를 만나겠다는 사람이 있으면 먼저 내게 알려주게. 자네 혼자서 처리하려 하지 말고."

"예."

위세등등하던 나한전주도 방장 앞에서는 순한 양이다.

"저 시주인가?"

"그렇습니다."

혜원의 대답을 들은 소림 방장 혜량 대사는 가늘게 뜬 실눈으로 연진우를 물끄러미 바라보았다.

그의 눈길을 받은 연진우도 혜량 대사의 얼굴을 뚫어져라 쳐다보았다. 소림사에 대해 감정이 꽤 쌓인 상태인지라 그토록 만나려 했던 방장을 마주하고서도 이 모양이다.

"아미타불……."

갑자기 혜량 대사의 입에서 불호가 나왔다.

그는 실눈 사이로 희미하게 웃으며 중얼거렸다.

"시주 덕택에 노납이 과거를 다시 보게 되는구려."

기분 좋은 목소리다.

혜량 대사는 계속해서 이야기했다. 여전히 기분 좋은 목소리다.

"혜원, 자네가 호승심을 완전히 떨쳤다고 하더라도 이 시주를 보면 다시 그것이 치밀어 오르겠구만."

붉어진 목덜미를 걸치고 있는 붉은 가사로 가리려고 애쓰던 혜원은 그의 말에 대답하지 못한 채 머뭇거렸다.

그를 보며 잠시 미소 지었던 혜량 대사는 이내 고개를 돌려 연진우에게 말을 걸었다.

"연 시주라고 하셨던가?"

"그것을 어찌?"

혜량의 가느다란 눈으로 또 웃음이 흘러나온다.

"명색이 소림 방장인데 본 사 경내에서 일어난 일은 알아야 하지 않겠소. 제자들이 시주의 일을 아뢰어 왔길래 여기까지 걸음한 것이오."

"예."

조금 전까지만 해도 소림승들에 대한 적개심이 마음에 가득했던 연진우였으나 혜량 대사를 마주하자 그런 마음이 눈 녹듯이 사라져 갔다.

과연 이 큰 절의 방장은 아무나 하는 것이 아닌가 보다.

"혜연이 시주 편으로 서찰을 보냈다지요?"

"그렇습니다."

연진우는 대답을 하는 것과 동시에 품 안에 손을 집어넣어 기름종이로 싸둔 형량보의 편지를 꺼냈다.

"……."

편지를 받아 든 혜량 대사는 선 자세 그대로 편지를 펼쳐 읽기 시작했다.

얼마나 시간이 지났을까?

혜량 대사는 편지를 곱게 접었다.

그의 눈가에 이슬이 맺혔다.

"아미타불……. 혜연 자네는 불도를 닦는답시고 머리 깎고 절에서 염불이나 외던 우리보다 낫구먼. 아미타불……."

목메인 음성으로 불호를 외던 혜량 대사가 혜원을 보며 말했다.

"자네는 아직도 연 시주를 이대로 세워둘 참인가?"

"저, 그것이……."

혜원은 바로 대답하지 못한 채 우물쭈물했다.

그 모습을 보고 있던 혜량 대사는 지객당 안쪽으로 천천히 걸어갔다. 그가 향한 곳은 맨 처음 소녀가 데리고 왔던, 그리고 죽어버린 승려의 시신이 뉘여 있는 곳이었다.

"으음……."

시신을 면밀히 살펴보던 혜량 대사의 입에서 신음 소리가 흘러나왔다. 그는 손짓하여 혜원을 가까이 오도록 했다.

혜량 대사의 옆에서 시신을 살펴본 혜원의 얼굴이 딱딱하게 굳었다.

"연 시주도 이리 와서 보시게."

그러지 않아도 청년 승려의 사인(死因)이 궁금하던 연진우는 혜량 대사가 부르는 즉시 그곳으로 갔다.

혜량 대사는 목덜미의 한 부분을 가리켰다.

처음에는 목덜미서부터 시작해 뒤통수 전체가 거무스름하게 된 것밖에 볼 수 없었다. 바로 소녀가 그를 기절시켜 납치해 왔다고 생각하는 데 결정적인 도움을 준 정보, 뒤통수의 멍이었다.

하지만 혜량 대사가 가리킨 곳은 신경 써서 보지 않으면 도저히 보이지 않을 정도로 작은 구멍이었다.

검푸른 빛은 그 구멍이 있는 곳에서부터 위로 번져 있었다.

"이것은?"

잘은 모르지만 뭔가 독물(毒物)에 당한 것 같았다.

연진우는 궁금한 표정으로 혜량 대사를 바라보았다.

"아미타불……. 노납도 잘 모르겠구려. 독충에게 쏘여 독이 혈류를 타고 위로 올라간 것 같기는 한데……."

혜원도 연신 고개를 갸웃거린다.

그도 견문이 넓다면 꽤 넓은 편인데 안타깝게도 이런 독충에 대해서는 아는 바가 없었다.

혜량 대사가 한참 동안 고개를 갸웃거리던 혜원에게 말했다.

"혜원."

"예."

"장경각주에게 알리고 정오(淨澳)의 시신을 잘 보관해 두시게. 장경각주라면 어떤 독물에 당한 것인지 알 수 있을지도 모르니."

"그리하겠습니다."

혜원은 공손하게 대답한 후에 십팔나한 중 하나를 불러 뭐라고 자세히 일렀다. 그의 말을 들은 나한승은 빠른 속도로 장경각을 향해 달려갔다.

나한승이 달려가는 뒷모습을 바라보고 있던 혜량 대사가 갑자기 연진우에게 물었다.

"그런데 연 시주, 연 시주와 함께 있는 여 시주는 방명(芳名)이 어떻게 되오?"

…….

연진우는 대답하지 못했다.

아직 이름조차 모른다.

먼저 소녀를 불러본 적도 없고 얼굴을 똑바로 본 적도 없었다. 그동안 연진우가 소녀를 대한 태도는 무시로 일관된 것이었다.

사실 처음 만났을 때부터 자신을 조롱하고 어깨에 문신까지 새겼으니 좋아할래야 좋아할 수 없는 사람이었다.

그런 주제에 그녀는 자기를 호접랑(胡蝶娘)이라 불러달라 말하며 갖은 아양을 떨었다(결국은 그게 사고로 이어지기 십상이겠지만).

연진우는 항상 무신경하게 대처했다.

하지만 아직까지 이름조차 모른다는 것은 너무했다는 생각이 문득 든다.

"호접(胡蝶)이라 불러주세요."

연진우가 멈칫거리는 사이에 소녀가 생글생글 웃으며 대답했다. 일이 잘 풀리려는 것 같아 기분이 좋은 모양이다.

"호접 낭자로구려. 알겠소. 그런데 여 시주의 사문은 어디신지?"

순간 소녀의 안색이 미미하게 굳어졌다가 다시 원상태로 돌아왔다. 다른 사람들은 보지 못했지만 얼굴을 마주하고 서 있던 혜량 대사는 볼 수 있었다.

"말씀드릴 수 없어요."

금세 쾌활한 표정을 회복하여 혜량 대사의 질문에 대답한 소녀는 사문에 대한 이야기가 더 나오기 전에 다른 곳으로 말을 돌리려 했다.

"소림사 속가 제자 중에서 혹시……."

그러나 혜량은 그녀의 이야기를 듣지 않았다.

"기도로 봐선 명문의 제자임이 틀림없구려. 혜원, 자네가 한번 이 여시주의 사문을 알아내 보게."

"예."

혜원은 묵직하게 대답했다.

그리고 힘있게 걸음을 내디뎠다.

자신에게 다가오는 혜원을 바라본 소녀는 어깨를 움찔거렸다.

혜원과 소녀 사이의 거리가 한 자 정도 되자 갑자기 혜원이 장법을 펼치기 시작했다.

"이게 무슨……?"

연진우가 앞으로 나서려 하자 그를 잡는 힘이 있었다.

눈에 보이는 힘은 아니다. 무형의 잠력이 그를 누르고 있다.

여기서 그런 짓을 할 만한, 그리고 할 수 있는 사람은 혜량 대사 말곤 없어 보인다.

움직임을 저지당한 연진우는 고개를 돌려 혜량 대사를 노려보았다.

귓전으로 부드러운 전음성이 들려온다.

[해치려는 것이 아니니 그냥 있으시오.]

"그게 무슨……?"

전음술을 할 정도의 내력이 없는 연진우는 입을 열어 뭐라고 대꾸하려

했다. 그러나 혜량 대사의 전음이 연이어 들려오며 그의 말을 막는다.

[여 시주의 사문 내력을 알아보려고 하는 것이오. 연 시주가 대신 알려준다면 굳이 저렇게 할 필요도 없겠지만…….]

혜량의 마지막 전음을 들은 연진우는 고개를 끄덕였다. 기실은 그도 소녀에 대해 알고 있는 것이 없었다. 그녀가 알려준 삼 초의 장법을 썼다가 전륜궁의 사람이라고 오해를 받았던 것 말고는…….

갑자기 연진우의 머리 속에 뭔가가 휙 하고 스쳐 지나갔다.

저 소녀가 전륜궁의 사람이었던가?

하지만 이내 고개를 가로저었다.

황산에서 소녀가 사람들 앞에 나섰을 때 소림사의 일공이 소녀를 피하지 않았던가. 개인적으로 무슨 약점이 잡혔는지는 몰라도 만약 그녀가 전륜궁의 사람이라면 그 자리에서 폭로했을 것이다. 그랬다면 운룡신개 고전을 비롯한 많은 무림인들에게 공격을 받았을 것인데…….

머리 속엔 여러 가지 생각이 복잡하게 스치고 지나갔지만 이내 머리를 흔들어 털어버렸다. 비록 인간적으로는 맘에 들지 않았지만 소림사의 나한전주쯤 되는 사람이 직접 나섰으니 어린 소녀 하나의 무공 내력을 알아내는 것 정도는 수월할 것이다.

연진우는 혜량 대사와 나란히 서서 혜원과 소녀의 공방을 보았다.

처음에는 몹시 당황했던 소녀는 혜원의 장법에 살기가 실려 있지 않은 것을 보고 차근차근 상대의 공격에 응수하였다.

"저 장법은……?"

혜원의 손이 갑자기 늘어났다.

동작이 빨라진 것 같지는 않은데 갑자기 손이 많아 보인다.

천수여래장(千手如來掌)!

칠십이종절에 중 한자리를 차지하는 장법이다.

평범한 초식으로 혜원의 공격을 받아내던 소녀의 손이 어지러워졌다. 어느 방위로 몸을 움직여도 여래불의 천의 손이 기다리고 있다.

멀찌감치 떨어진 채로 허둥지둥하는 소녀를 보고 있던 연진우는 나라면 어떻게 했을까 하고 생각했다.

'저 공격을 모두 막고 피해낸다는 것은 불가능하다. 지킬 곳만 지키고 일격 필살의 공격을 하는 것만이 유일한 활로겠군.'

연진우가 머리 속에서 혜원과 싸우고 있을 동안 소녀의 장법이 바뀌었다.

나비가 날아오르는 듯한 부드러운 동작. 물이 흐르는 것처럼 자연스러운 흐름. 결코 빠르지 않은 장법이지만 천수여래장의 빈틈을 적절히 공략해 들어가는 예리함이 은근히 묻어나는 장법이다.

귓전에 전음이 들려온다.

[면장(綿掌)이로구면. 어린 시주가 무당의 절학을 제법 잘 배웠네그려.]

소녀와 혜원의 장법을 보느라 정신이 없는 연진우는 말없이 고개만 끄덕였다.

부드러운 손놀림 속에 바위를 으스러뜨리고 강철을 녹이는 힘이 숨겨져 있다는 무당의 면장이다. 간혹 유능제강(柔能制剛)의 묘미를 깨달은 사람들이 비슷하게 흉내를 내는 경우도 있다. 하지만 그런 이들은 자신의 무공에 유능제강의 원리를 도입한다. 면장 한 가지에 체계적인 이론을 세우고 다듬어온 문파는 천하에 오직 무당파뿐이다.

소녀의 면장은 혜원의 천수여래장을 맞아 무당 절학의 면면부절한 힘을 보여주었다.

'아냐.'

그러나 연진우는 내심 고개를 가로젓는다.

면장은 부드러움으로 강함을 제압하는 무공이다. 바꿔 말하자면 거칠고 강한 무공의 극성이라는 소리다. 물론 압도적인 힘의 차이가 있을 때는 또 이야기가 달라진다.

여하튼 소녀는 공격을 잘못 선택했다.

천수여래장은 이기고 파괴하기 위한 무공이 아니라 제압하는 무공이다. 어찌 보면 곧고 강한 소림의 무공이라기보다는 부드럽고 곡선적인 무당의 무공에 더 가까웠다. 비슷한 흐름의 무공을 사용하여 혜원을 당해낸다는 것은 불가능했다. 뭐, 따지고 들자면 소녀의 무공으로는 어떤 기술을 구사한다고 하더라도 나한전주의 적수가 될 수 없겠지만…….

수세에 몰린 소녀는 펄쩍 뛰어 뒤로 물러났다.

혜원은 그냥 내버려 두었다. 이것이 생사를 놓고 겨루는 싸움이었다면 그리 물러가도록 하지 않았으리라.

반짝!

소녀의 양손에 뭔가가 들렸다.

두 자루의 단검.

연진우는 인상을 찌푸렸다. 소림사에서 무기를 꺼내어 뭘 어쩌자는 말인가? 아무리 상대가 강하다곤 하나 해칠 의도로 싸우는 것이 아닌 마당에.

[괜찮소.]

혜량 대사는 전음을 보내며 실눈 가득 웃음을 짓는다.

하기야 혜원의 무공이라면 그녀가 단검 두 자루가 아니라 십팔반 병기를 모두 가져온다고 해도 그리 큰 위협이 되지 못할 것이다.

단검을 양손에 든 소녀는 느린 걸음으로 원을 그리며 혜원의 주위를 돈다. 특징있는 보법으로 움직이는 것은 아니다. 그저 천천히 걷고 있을 뿐이다.

소녀가 그리는 원의 중심에 서 있던 혜원은 복잡한 표정으로 그녀가 하는 것을 바라보고 있다. 이기려고 들었다면 골백번도 더 이길 기회가 있었던 싸움이었지만 이 싸움의 목적은 그것이 아니었기 때문이다.

'무당파? 아니야. 두 손으로 단검을 쓰는 여 제자가 있다는 이야기는 들어본 적이 없어. 무당파는 아니야.'

잠시 혜원이 딴생각을 한 순간에 소녀의 단검이 날아왔다.

[오호, 이번에는 아미파의……?]

이번에는 연진우도 소녀의 검법을 알아보지 못했다.

혜량 대사의 전음을 들은 그는 눈을 부릅뜨고 다시 소녀의 공격을 보았다.

아미파의 검술이 맞았다. 쌍단검으로 펼쳐 처음에는 못 알아봤지만 아미파의 금정검(金頂劍)이 틀림없었다.

소녀의 검술은 계속해서 변화했다. 금정검에서 포옥검(抱玉劍), 다시 난피풍검(亂披風劍)으로, 수미혜심검(須彌慧心劍)인 듯하다가 일자수미검(一字須彌劍)으로……. 아미 검술이 소녀의 손에서 줄줄 쏟아져 나왔다.

'아미파였나? 아미파에도 무당 면장과 비슷한 기법이 있기는 하니 그럴지도……. 하지만…….'

관전하던 연진우는 소녀의 내력에 대해 조심스럽게 이것저것을 예측해 보았다.

한편 숨 돌릴 틈 없이 쏟아지는 공격을 마주한 혜원은 일부러 약간씩의 틈을 보여주면서 소녀를 몰아붙였다.

소녀는 계속해서 무공을 바꾸며 그의 공세에 반격했다. 일각도 되지 못한 짧은 시간 동안 소녀의 몸에서는 구파일방의 무공이 끊임없이 풀어졌다.

'대단하구나. 아직 스무 살도 되지 않아 보이는데 어디서 저 많은 절학을 배웠단 말인가?'

두 사람을 지켜보던 연진우는 연신 감탄했다. 소녀가 펼친 무공 가운데는 최소한 십 년을 연마해야 겨우 써먹을 정도로 심오한 절학들이 많았다. 그런 절학들을 저토록 많이…….

'재능으로는 지금까지 만나본 사람 중 누구보다 뛰어난 것 같군. 하지만 넓고 얕게 배우는 데 그 재능을 낭비해 버렸어. 한 가지만 계속 연마했다면 진정…….'

두 사람의 움직임은 속도감을 더했다.

소녀는 단검을 사용하는 동시에 각법(脚法), 퇴법(腿法)을 섞어가며 나비처럼 가벼운 몸짓으로 혜원을 공격했다.

그녀의 몸놀림은 대단했다.

지금껏 줄곧 권법만을 익혀왔던 연진우가 보기에도 대단할 정도의 다채롭고 균형 잡힌 몸 쓰기를 하고 있는 것이다.

문득 연진우의 뇌리에 한 문장이 스치고 지나갔다.

'아름답다.'

적어도 지금 이 순간만큼은 소녀에 대한 나쁜 감정이 없다. 연진우는 무공을 펼치는 것이 이렇게 아름다울 수 있다는 것에 감동했다.

'저건?'

갑자기 소녀가 자세를 바꾸는 것을 본 연진우의 안색이 변했다. 그가 너무도 잘 아는 무공의 예비 동작이다.

단검 끝이 파르르 떨리며 혜원을 찔러 들어갔다.

정확하게 한 치의 간격을 두고 검끝을 피해낸 혜원의 턱 끝으로 소녀의 팔꿈치가 날아들었다.

급작스런 공격에 아연한 혜원은 자세를 낮추어 팔꿈치를 피했다.

그리고 그가 자세를 낮춘 곳에는 소녀의 무릎이 빠른 속도로 올라오고 있었다.

"……."

연진우는 할 말을 잃었다. 너무도 정확하게 짜여진 공격은 그가 너무도 잘 알고 있는 무공인 파옥권의 연결기였다.

한편 혜원은 피할 길이 없다는 것을 깨달았다. 아니, 군이 피하려 들면 피할 수도 있겠지만 몸이 말을 듣지 않았다. 오랜 세월을 단련해 온 그의 신체는 머리가 지시를 내리기도 전에 이 상황을 벗어날 가장 효과적인 방법대로 반응했다.

팅!

소녀는 입에서 피화살을 뿜으며 뒤로 날아갔다.

그녀의 공격에 격중당하게 된 혜원이 오히려 앞으로 전진하며 장력을 날려서이다.

"이, 이게 무슨……."

다급하게 뛰쳐나간 연진우는 바닥에 쓰러진 소녀를 살펴보았다.

다행히 숨은 끊어지지 않았지만 너무도 미약했다.

안색은 창백하기 그지없다.

"이, 이……."

혜원을 노려보았지만 말을 잇지 못하는 연진우. 다시 소녀를 보았다.

소녀가 눈을 떴다.

창백한 얼굴. 입가에 흘러내린 붉은 핏줄기……. 보고 있기가 안쓰러 웠다.

연진우의 입술 끝이 파르르 떨렸다. 소녀의 상체를 안아 든 팔에 자기도 모르게 힘이 들어갔다.

하지만 소녀는 창백한 얼굴에 희미하게 웃음을 지었다.

"오… 빠… 라고 불… 러도 될까요?"

힘없는 그녀의 말에 연진우는 묵묵히 고개를 끄덕였다. 왜 그랬는지 는 자기도 모른다.

소녀는 방실 웃는다.

"서, 설… 화(雪花)……. 제 이… 름……."

"알겠소. 부상이 심하니 가만히……."

"말… 씀 편하… 게 하세… 오빠……."

간신히 말을 토해내던 소녀가 배시시 웃는다.

혜량 대사가 그녀의 곁에 다가와 가까이 섰다.

"귀한 집 영애(令愛)였구랴. 집에는 알리지 않을 테니 편하게 주무시 오."

웃으며 소녀에게 말을 건넨 해량 대사는 소녀의 귓전 이문혈(耳門穴) 을 부드럽게 어루만졌다. 소녀는 이내 평안한 기색으로 잠이 들었다.

"여 시주의 무공이 생각보다 고강해서 혜원이 손을 과하게 썼구만. 용서하시오."

해량 대사는 합장하며 연진우에게 고개를 숙였다.

아무리 기분이 나쁘다고 해도 소림 방장이 저리 나오자 화를 낼 수 없었다.

마주 고개를 숙였던 연진우가 입을 열었다.

"언제쯤 일어날 수 있겠습니까?"
"잘 조섭하면 삼 일이면 자리를 털고 일어날 게요. 하지만……."
혜량 대사의 눈이 반짝였다.
"연 시주는 혜연이 부탁한 것을 하러 가야겠소."

땅거미는 봄날 아침의 촉촉한 빗줄기처럼 부드럽게 대지 위로 내렸다.
밤이 있기에 사람은 겸손할 수 있을지도 모른다.
언제나 죽음이라는 것을 잊고 살려 하는 유한한 존재에게 하루의 마지막을 장식하는 밤은 그것이 모두 헛된 노력이라 소리없이 말한다.
묵묵히 밤길을 걷는 두 사람.
각자의 상념 속에서 어둠 속을 걸어가는 그들은 말을 하지 않는다.
한 사람은 속세의 인연을 끊고 모든 번뇌로부터 자유롭고자 하는 길을 선택하였고 한 사람은 아직도 속세의 업(業) 속에서 허우적거리고 있다.
살아가는 세상이 다르고 살려고 한 방향이 다르기에 그들 사이에는 대화가 없다.
그렇게 한참 동안을 말없이 걸었다.
마침내 노승이 입을 열었다.
"이곳이 참회동(懺悔洞)입니다."
그는 가볍게 합장하며 말을 이었다.
"빈승은 여기까지밖에 갈 수 없습니다. 여기서부터는 연 시주 혼자서 가셔야 합니다."
"감사합니다."
연진우도 노승에게 합장하며 고개를 숙였다.
노승은 뭐라 말을 하려다가 입을 다물곤 왔던 길로 되돌아갔다.

멀어져 가는 노승의 뒷모습을 바라보고 섰던 연진우는 숨을 크게 들이쉬며 발걸음을 옮겼다.

이름 모를 노승과 밤길을 걷는 동안 여러 가지 생각을 했다.

처음엔 형량보의 편지 내용이 뭐길래 자신을 이리로 안내하는 것이냐 하는 생각을 했다.

하지만 그와 길을 걸으며 그에겐 있지만 자신에겐 없는 것을 생각했다.

월아산에 살 때 가졌던 그 평온함. 누구도 쉽게 빼앗을 수 없을 것만 같던 그 행복감을 느껴본 지가 얼마 만인가?

연진우는 한숨을 쉰다.

그리워해도 도리가 없다.

노사는 어디론가 사라져 버렸고 사부의 행방도 알 도리가 없다.

우선은 노사의 분부를 이행하리라.

그리고 그분들을 찾으리라.

중원 전체, 아니, 장성(長城:만리장성)을 넘어 오랑캐의 땅까지 가는 한이 있어도 찾고야 말리라.

"누가 보내서 왔다고?"

칠척은 족히 되어 뵈는 장신. 하지만 뼈다귀 위에 헝겊을 덮어놓은 것처럼 온몸에 굴곡이 도드라지는 앙상한 몸.

그는 머리를 덜덜 떨며 날카로운 목소리로 다시 물었다. 머리를 떨 때마다 몇 가닥 남지 않은 은빛 머리털이 함께 흔들렸다.

"형량보 노사가 보내셨습니다."

"형량보? 그놈이 누군데?"

그는 진물이 뚝뚝 떨어지는 눈으로 연진우를 쳐다보며 말했다.

내심 한숨을 쉬던 연진우는 다시 정중하게 입을 열었다.

"소림의 제자였던 시절에는 혜연이라는 법명을 쓰셨다고 들었습니다."

"이놈아!"

괴승의 호통이 좁은 동굴 안에 쩌렁쩌렁 울려 퍼졌다.

연진우는 고개를 조아렸다.

혜량 대사의 당부가 생각난 것이다.

"현각(玄刻) 사숙은 소림 제일의 기인이시오. 사정이 있어 무공은 자폐(自閉)하셨으나 우리로서는 가히 측량할 수 없는 혜지(慧智)를 가지신 분이니 인연이 닿는다면 삼생(三生)에 한 번 만날까 말까 한 복연을 얻을지도……."

혜량 대사는 잠시 눈을 감았다.

그는 눈을 감은 채로 말을 잇는다.

"행여나 그분이 받아들이기 힘든 언행을 한다 할지라도 전심을 다해 그분을 공경한다면 이내 마음을 여실 게요."

"이놈아!"

현각 대사의 고함 소리는 동굴 속에서 어지럽게 메아리쳤다.

가만히 조아리고 있던 연진우의 고개가 들렸다.

누군가 다른 사람이 나타났다. 그것도 엄청난 고수가.

"무슨 일이십니까, 사부님?"

한 사람의 모습이 드러나고 그의 입에서 묵직한 음성이 흘러나왔다.

연진우는 고개를 돌려 그를 바라보았다.

현각 대사와 비슷한 키에 거대한 덩치를 가진 노승이었다.

부드럽지만 무거운 기도가 그의 몸에서 흘러나온다.

몸을 일으켜 세우려 하던 연진우는 상대의 기도에 눌려 몸이 움직이지 않는 것을 깨닫고 대경했다. 혜량 대사 이상의 그 무엇이 있었다.

"시주는 뉘시오?"

연진우를 구속하던 기운은 그 말과 동시에 난로 위의 눈이 녹듯 사라졌다. 위에서 찍어 누르듯 하던 기운이 갑자기 사라지자 이내 비틀거리다 엉덩방아를 찧었다.

새로 나타난 노승은 얼굴 가득 미소를 지었다.

꼴사납게 바닥에 주저앉았던 연진우도 그의 미소를 보자 가슴이 훈훈해졌다.

"형량보란 놈이 보내서 왔대."

현각 대사의 앙칼진 목소리가 날아들었다.

노승은 웃음을 미처 거두지 못하고 웃음과 놀라움이 섞인 표정으로 물었다.

"혜연 사형이 말입니까?"

"혜연은 무슨, 파문된 지가 언젠데. 형량보가 보냈대."

그 말을 끝으로 현각 대사는 뒤로 돌아앉았다.

연진우는 그의 등을 보며 어쩔 줄 몰라 했다.

그가 아는 지식에 따르면 형량보는 저기 등을 돌리고 앉아 있는 현각 대사의 제자였다. 지저분한 몰골로 참회동에 웅크리고 있는 스승, 파문당한 제자. 대체 과거에 무슨 일이 있었길래 이런 꼴로 있단 말인가?

"그래, 혜연 사형이 무슨 이유로 시주를 보내었나?"

노승의 말은 어느새 존대에서 하대로 바뀌었다. 업신여겨서 하대한 것이 아니었다. 반갑고 기꺼워서 하는 하대였다.

"이 서찰을 읽어보시면 알 것이라 하셨습니다."

연진우는 품에서 편지를 꺼냈다.

혜량 대사가 보고 다시 돌려준 편지이다. 그는 이 편지를 가져가 현각 대사에게 전해주라고 말했다.

"음……."

편지를 받아 든 노승은 천천히 편지를 읽으며 침음성을 흘렸다.

어둠 속에서도 편지의 내용을 알아볼 수 있는 심오한 내력을 가진 그의 눈가에 뭔가가 반짝였다. 무형의 내공이 유형화된 광채일까?

잠시 후 그는 새끼손가락으로 눈가를 훔치며 편지를 돌려주며 말했다.

"자네는 읽어보았나?"

노승의 목소리가 워낙 애달프게 들렸기에 연진우는 감히 소리 내어 대답하지 못하고 고개만 저었다.

"지금 읽어볼 수 있겠나?"

이번에도 고개를 가로젓는다. 아직까지 연진우에게는 그런 재주가 없다.

노승은 고개를 끄덕인다. 처음부터 스물을 갓 넘긴 청년에게 그런 심오한 공력이 있다고 생각하진 않았다.

"날이 밝거든 읽어보게. 연후에 이야기하도록 하지."

할 말을 마친 노승은 조용히 동굴을 걸어나간다.

현각 대사와 단둘이 남겨진 연진우는 손에 들려진 편지와 앉아 있는 현각 대사의 등을 번갈아가며 바라보았다. 어쩌라는 말인지…….

멍뚱하니 선 채로 눈알만 돌리던 연진우에게 예의 날카로운 목소리가 들린다.

“언제까지 그렇게 서 있을 거야? 나가려면 나가고 앉으려면 앉아!”

연진우는 말이 떨어지자마자 털썩 주저앉았다.

생각하고 한 행동이 아니었다. 그냥 몸이 그렇게 움직였다.

현각 대사는 더 이상 아무 말도 않는다.

좌선을 하는 것 같기도 하고 조는 것 같기도 하다.

앙상한 그의 등판을 보는 연진우의 가슴에 왠지 모를 안타까움이 저며든다.

왠지 슬퍼 보이는 등이다.

여름밤의 숭산은 귀뚜라미 소리로 요란하다.

동굴 입구로 햇빛이 들어온다.

아침 해가 떠오르자 연진우는 감고 있던 눈을 떴다. 밤새 앉은 자세 그대로 눈을 감고 온갖 생각을 다 하였다.

현각 대사는 옆에 누워서 코를 골고 있다. 언제부터인지 그는 잠이 들어 있었다.

그런 현각 대사의 모습을 본 연진우는 품 안에 넣어두었던 편지를 꺼내 들고 동굴 밖으로 나갔다. 햇빛이 들어오긴 하지만 동굴 안은 아직도 어두웠다.

혜량 사형, 보오.

한때나마 소림의 밥을 먹었기에 삼생이 지나도록 소림의 은혜를 잊지 못한 한 어리석은 자가 편지를 드리오.

어리석은 소생의 실수로 인해 몸 고생, 마음 고생이 많았을 여러 사형제들에게는 송구스러운 마음뿐이오. 불법을 공부한다는 사람이 되어

한순간의 혈기를 억누르지 못한 채 소림에 누를 끼쳐 동문들을 고통스럽게 한 이 죄를 어찌 다 갚을 수 있을지 막막할 뿐이오. 소림의 부뚜막을 지키는 개로 다시 태어나 갚아도 다 갚을 수 없는 이 죄를 어찌하리요. 소림을 생각할 때면 언제나 소생의 가슴은 타 들어가는 종잇조각 같음을 감히 고백드리오.

사형, 어리석은 죄인의 잘못을 용서해 달라고는 감히 부탁드리지 않겠소. 그것으로 인해 고통받았을 동문들의 신음 소리가 아직도 내 귀에 들리는 마당에 내가 무슨 용서를 구하겠소.

다만 간구드리는 것은 비록 그러한다 할지라도 다 탕감할 수 없는 죄이나 언젠가 이 늙은 목숨을 소림의 산문 앞에 가장 비참한 몰골로 내려놓을 것이니 스승님의 구속을 풀어주시오.

피붙이라고는 없이 부모의 정을 모르고 살던 고아를 거두어 제자 삼으신 천수관음의 손길보다 더욱 자비로운 손으로 이 못난 자를 보듬어주신 스승의 은혜를 어찌 말로 다 표현하겠소?

그런 스승이 못난 제자의 죄악으로 인해 수십 년 동안 당하셨을 고초를 생각하니 수미산(須彌山)이 가슴을 짓누르는 것만 같아 자리에 누워도 잠을 이룰 수 없고 숨을 쉬어도 쉬는 것 같지가 않소.

사형, 감히 부탁드리오니 이 죄인의 목숨을 받으시고 스승의 억류를 풀어주시오. 죄인의 목숨이 너무도 가벼워 스승의 억류를 풀기에 부족하다면 반드시 내생에 소림의 개로 태어날 것이니 꼭 그리해 주시오.

그럼에도 스승을 풀어드리기에 부족하다면 이 편지를 가지고 가는 이가 스승을 한번 만나게나 해주시오. 불초 제자가 직접 쓴 금강경을 맡긴 이이니 그로 하여금 제자의 마음을 전달케 해주오.

연진우는 힘없이 편지를 내려놓았다.

과거에 무슨 일이 있었는지는 모른다.

하지만 형량보의 간절한 마음만은 느낄 수 있었다.

"사부님의 억류는 이미 풀렸다. 당신이 스스로 나오시지 않는 것뿐이지."

어느새 곁에 다가온 거구의 노승이 착 가라앉은 목소리로 이야기했다.

"소림의 별, 아니, 정도무림의 별이 되리라고 모두에게 기대받던 사형이 한 여인과 동침하였다."

연진우는 흠칫했다. 매사에 금욕적인 형량보의 모습을 보며 자라온 그로선 상상할 수도 없는 이야기였다.

그러거나 말거나 노승의 이야기는 계속되었다.

"불제자의 신분으로 색계를 범한 것만 해도 보통 일이 아니었다. 하지만 더 큰 문제는 그 여인이 전륜궁의 사람이라는 데 있었다. 전륜궁이 처음으로 강호에 모습을 드러내고 백도인들의 경계를 받기 시작하던 시절에 전륜궁의 여인과 동침하였으니……. 얼마 후에 사형은 돌아왔다. 하지만 어떻게 알았는지 혜량이 그것을 폭로했지. 사형은 아무것도 부정하지 않고 순순히 인정했다."

노승은 침을 꿀꺽 삼켰다.

"계율원에서는 사형의 무공을 폐지하고 참회동에 은둔할 것을 결정했지만 혜원과 혜지가 그것을 반대했다. 태양 앞의 반딧불과 같은 자신들의 부족한 재능에 늘 사형을 질투하던 그들이 딴죽을 걸고 넘어진거다. 그들은 온 강호를 뒤져 사형과 동침했던 여인이 아이를 가졌다는 것까지 알아냈다. 그리곤 그것을 사부님께 아뢰었지. 지금도 그렇지만 젊은 시절에는 정말로 불길 같은 성정을 가지셨던 사부님이 사형에게 말씀하셨다. 사형께 내려진 처벌은 당신이 직접 받을 것이니 아이가 세상에 빛을 보지 못하게 하라고 말이야."

가슴이 답답했는지 노승은 말을 멈추고 가슴을 쓸어 내렸다.

이야기를 듣던 연진우의 눈빛이 암울하게 가라앉는다.

"당신께선 사형이 소림 방장이 되리란 사실을 추호도 의심하지 않고 살아오셨더랬다. 계율을 범한 것이 사실이고 속세와 연이 맺어진 것도 사실이지만 계율에 대한 벌은 당신이 대신 받으시고 맺어진 인연은 사형이 직접 소멸하면 아무 문제도 없을 것이라 생각하셨다. 사부님은 산문을 내려가는 사형의 뒷모습을 보며 웃는 얼굴로 무공을 폐쇄하셨고 스스로 이곳까지 들어오셨지. 하지만……."

노승의 표정이 무겁다.

"…사형은 그 이후 소림으로 돌아오지 않았다. 소림에서는 더 이상 그를 찾지 않았다. 사부님께서 사형을 대신하여 모든 형벌을 받았기에. 그리고 십 년쯤 지나니 형량보라는 고수의 소문이 강호를 진동시키더구나. 그 후로 오랜 시간이 지나 혜량이 방장이 되고 혜원과 혜지가 나한전주와 계율원주가 되었고… 방장이 된 혜량은 사부님의 억류를 풀었지만 사부님 스스로 이곳에 있기를 자청하시어 이제는 누구도 이곳에 가까이 오지 않는다."

어둡던 노승의 표정이 서서히 밝아졌다. 그는 가볍게 미소 지으며 연진우를 보았다.

"난 사형을 용서하지 못했다. 사부님 곁에서 수발을 들면서도 내 가슴에는 복수심이 가득했다. 그런데 어느 날 보니 사부님은 사형을 용

서하셨더구나. 이제 사형이 보내는 화해의 사자까지 도착했으니 나도
이 지긋지긋한 감정을 내려놓을까 한다.”

연진우는 고개를 숙였다.

기억 속에 언제나 아름다운 모습으로만 남아 있던 형량보의 과거를
한 조각 알게 되자 기분이 이상했다.

“모든 사람은 자기 삶의 무게만을 짊어지고 사는 게 아니야. 얽히고
설킨 인연의 고리가 어깨를 더 무겁게 하지. 불제자도 거기서 자유로
울 수 없고…….”

노승은 미소 지으며 고개 숙인 연진우의 어깨를 토닥거린다.

그의 손길을 느낀 채 그대로 서 있던 연진우가 고개를 들었다.

“저, 그런데… 대사의 법명은?”

“대사는 무슨……. 이 나이 먹도록 남을 미워하거나 하던 땡추에게
어찌 그런 이름이 어울리나.”

그는 연진우의 질문을 듣자 얼굴을 붉힌다. 그의 말은 사람들이 쉽
게 내뱉는 겸양의 말이 아니다. 단 한 점의 가식없이 진실한 마음만이
가득한 말이기에 저리 얼굴을 붉힐 수 있는 것이리라.

노승은 겸연쩍은 미소를 지으며 연진우에게 말한다.

“나는 혜주라고 하네. 간혹 상인(上人:지혜와 덕을 갖추어 타인의 스승
이 될 수 있는 고승)이라고 추켜 부르는 친구들이 있기는 하다만 내가 감
히 감당할 수 있는 호칭이…….”

그는 말을 멈췄다.

연진우의 강렬한 눈길을 의식했기 때문이다.

“그렇다면 대사께서 그… 혜주 상인이십니까?”

“상인은 무슨…….”

겸연쩍어하는 혜주의 얼굴 위로 연진우의 강렬한 눈빛이 겹친다.

혜주 상인은 심각한 표정으로 연진우의 말을 들었다.

"그들이 죽었다고?"

"예."

"'천 년의 길[千年之路]은…' 까지밖에 말하지 않았다고?"

"예."

"반지는 빼앗겼고?"

"예."

"으음……."

대화를 주고받는 두 사람의 표정은 어두웠다.

침묵이 두 사람 사이를 메우기를 잠시, 혜주 상인이 입을 열었다.

"우선은……."

"야, 이놈아!"

카랑카랑한 목소리가 귓전을 두들긴다.

동굴 안에서 들려오는 목소리. 현각 대사의 목소리다.

"들어와 봐!"

연진우는 눈을 동그랗게 뜨고 혜주 상인을 바라보며 손가락으로 자기 얼굴을 가리켰다.

혜주 상인은 고개를 끄덕이며 어서 들어가 보란 손짓을 했다.

"그 이야긴 나중에 하지."

"예."

"읽어봐."

“예?”

“읽어보라구.”

“뭘… 말씀이십니까?”

“이 멍충아!”

호통이 터졌다.

호통 소리는 동굴 벽에 이리저리 반사되어 메아리쳐 들렸다.

“금강경 가지고 왔다며?”

“아, 예.”

그제야 연진우는 허겁지겁 품에서 형량보의 친필 금강경을 꺼내 들었다.

“이 눈을 해가지고 어떻게 책을 읽어? 니가 읽어줘야지.”

현각 대사는 진물이 흐르는 눈을 손가락으로 가리킨다.

연진우가 보기에도 저 눈으론 덩치 큰 물건을 식별하는 것이 고작일 듯싶다. 하지만……

“왜 안 읽어?”

연진우의 이마에 땀방울이 송글송글 맺힌다.

“전 소리 내서 글을 읽어본 적이…….”

“에라, 이 멍충아!”

날벼락은 마른하늘에도 치는 모양이다.

“여시아문 일시 불 재사위국 기수급고독원 여대비구중 천이백오십 인구 이시 세존 식시 착의지발 입 사위대성 걸식 어기성중 차제걸이 환 지본처 반사흘 수의발 세족이 부좌이좌(如是我聞 一時 佛 在舍衛國 祇樹 給孤獨園 與大比丘衆 千二百五十人俱 爾時 世尊 食時 着衣持鉢 入 舍衛大城

乞食 於其城中 次第乞已 還至本處 飯食訖 收衣鉢 洗足已 敷座而坐:이와 같이 내가 들었다. 어느 때 부처님께서 사위국 기수급 고원에서 비구 천이백오십 인과 함께 계시었다. 그때 세존께서 공양하실 때가 되어 가사를 입으시고 발우를 들고 사위성에 들어가 성중에서 차례로 밥을 빈 후 기수급 고독원에 돌아와 공양을 마치신 뒤 의발을 거두고 발을 씻으신 다음 자리를 펴고 앉으셨다)……."

"야, 이 녀석아!"

더듬더듬 간신히 금강경 삼십이 분(分) 중 첫 번째 '법회인유분(法會因由分)'을 읽어내려 가자마자 또 불호령이 떨어진다.

"어떤 놈이 금강경을 그렇게 맛대가리없이 읽으래? 다시 읽어!"

연진우는 우물쭈물한다. 파옥권과 혼원기공의 내용으로 글자를 깨쳤다고 해도 과언이 아닌 그에게 멋들어진 강독을 바라는 것 자체가 억지였다. 지금의 연진우에겐 천산이살보다 눈앞의 금강경이 더 무섭게 보였다.

"이놈이 그래도?"

"……."

"이놈아, 금강경은 써서 보는 경전이 아니야. 암송하고 듣는 거지. 지금 니가 보고 있는 건 입에서 입으로 구전(口傳)된 경문을 글로 옮겨놓은 것에 지나지 않아!"

반쯤 자포자기한 상태에서 금강경을 낭독(?)한다.

그리고 불호령을 듣는다.

이런 생활은 제법 오래 계속되었다.

한 달이 지났다.

연진우는 이제 한어(漢語)뿐 아니라 범어(梵語)로까지 능숙하게 금강경을 외울 수 있게 되었다. 물론 무슨 소린지 모르고 앵무새처럼 그냥 외우는 것이기는 하지만.

하여간에 연진우가 금강경을 구성지게 뽑아내게 되자 현각 대사의 눈에 기꺼운 빛이 떠올랐다.

항상 안타까운 마음을 지니고 있던 제자의 사손이 찾아왔는데 해줄 것이 없어서 고민하다가 시킨 것이 바로 금강경 암송이었다.

비록 무공은 뛰어날지 모르나 지나치게 혈기가 강해 아슬아슬하게 보이는 아이였다. 이것으로 그 혈기가 조금이라도 사라지면 좋으련만……

현각 대사는 연진우를 가까이 불러 앉혔다.

"금강경은 반야(般若)를 설하는 경전이다."

"……"

"반야가 뭔지는 알지?"

도리도리 고개를 흔드는 연진우.

"에라, 이……"

또다시 내리는 불벼락.

아직도 멀었나 보다.

"금강반야바라밀경(金剛般若波羅密經)이라……. 반야라 함은 곧 크고 귀한 지혜를 말하는 것이니 금강경은 반야바라밀(般若波羅密:수행을 통하여 참다운 지혜를 얻어 열반에 이르는 일)을 말하는 우렛소리이다."

이제는 제법 연진우의 눈에도 총기가 감돈다.

하기야 같은 소리를 골백번도 넘게 들으면 누구라고 그러지 못하겠냐만은……

"인생의 모든 것, 산다고 하는 것 그 자체는 고통스럽기 그지없는 것이다. 삶이 고통스런 것은 온갖 집착을 일으키는 인연이 쌓이고 쌓여서 그런 거지."

연진우는 혜주 상인의 말을 상기했다.

얽히고설킨 인연의 고리가 우리 삶에 무게를 더한다고 하던…….

"그렇다고 인연을 끊으면 번뇌에서 해방이 될까? 아니다. 인연을 끊는 것는 단지 고리를 끊는 것에 지나지 않아. 시간이 지나면 또 다른 고리가 우리를 번뇌에 빠뜨린다. 나는 그걸 몰랐어. 그걸 몰라서 혜연에게 인연을 끊으라 했어."

현각 대사의 목소리가 낮게 울린다.

이상하게도 소리 내어 울지 않으나 우는 목소리로 들린다.

"정녕 끊어야 할 것은 나의 존재 그 자체였어. 집착을 끊는 것이 아니라 나를 끊어야 했어. 내가 없어지면 대상이 있든 없든 인연의 고리가 남아 있든 없든 모든 것이 자유로워지는 것인데……."

현각 대사는 오열했다.

고승의 울음을 바라보는 연진우의 눈빛이 아련하다.

한참 동안 울던 현각 대사는 자신을 바라보던 청년의 손을 덥석 잡았다.

"처음에는 혜연에게 이 말을 전해주고 싶었다. 하지만 편지를 보니 혜연은 이 못난 스승이 이제야 깨달은 걸 이미 오래전에 깨달은 모양이야. 혜연을 만나거든 전해주게. 이제는 나를 잊고 마음가는 대로 하라고."

울음을 멈춘 현각 대사의 눈빛은 따듯했다.

8. 찾는 이

매미 소리 요란한 한낮.

이글거리는 태양열에 길 걷는 이의 머리통이 윙윙 소리를 낸다.

밥 담긴 소반을 든 동자승은 땀을 뻘뻘 흘리면서 걸음을 재촉했다.

"갑자기 왜들 이리 많이 자시는지 몰라. 안 그래도 무거워 죽겠는데…… 어휴, 더워. 비라도 좀 내려주면……"

투덜거리던 동자승의 입이 갑자기 다물어졌다. 누군가 갑자기 앞에 불쑥 나타난 까닭이다.

별안간 나타난 남자는 가벼운 미소를 지으며 말했다.

"이젠 다시 원래대로 갖다 드려도 될 겁니다."

"아, 예……"

동자승은 이 남자를 알고 있다. 나한진을 깨뜨리고 십팔나한 중 여섯이라든가 일곱이라든가를 쓰러뜨렸다는 남자였다.

남자를 맞딱뜨린 동자승은 입술을 오물거린다.

"제게 할 말이 있습니까, 스님?"

이마를 붉힌 채—어디까지가 이마인지는 모르겠지만—서 있는 동자승의 모습이 귀여워 보인 남자는 웃는 얼굴로 물었다.

그러나 동자승은 어쩔 줄 몰라 하며 아무 말도 못하고 있다.

"그럼 전 이만……."

남자는 가볍게 목례를 하곤 가던 길을 계속 갔다.

작아지는 그의 뒷모습을 바라보던 동자승은 한숨을 쉬었다.

"잉, 괜히 많이 가져왔잖아?"

길을 걷는 연진우의 머리 속에 혜주 상인과의 대화가 반복된다.

"반지를 가져간 사람이 등성호라고 했는가?"

"스스로 자신을 무영은편 등성호라고 했고 옆의 사람도 그렇게 불렀습니다."

"음……."

혜주 상인의 표정이 심각하다.

그는 두꺼운 손바닥으로 자기 뺨을 쓰다듬었다.

"천년지로라……."

연진우는 혼자 중얼거리는 혜주 상인의 얼굴을 물끄러미 바라본다.

혜주 상인의 마음은 어떨지라도 일단 자기는 마음이 한결 편하다. 반지를 전해주지는 못했으나 할 수 있는 최선을 다했으니 더 이상은 이 일 때문에 부담스러워할 필요가 없을 것이다. 그러나……

"나는 사부님의 수발을 들어야 하니 강호에 나갈 수 없고……."

말끝을 흐린 혜주 상인은 연진우를 쳐다본다.

"……?"

"아니야, 자네에게 무슨 일을 더 시키겠는가. 당장 해야 할 일도 많을 것을……."

고개를 가로젖는 혜주 상인의 얼굴은 긴장한 표정이었다.

그는 등을 돌린 채 뭐라고 중얼거린다.

"단막증애(但莫憎愛)하면 통연명백(洞然明白)할 것인데……."

연진우의 머리 속에서 글자가 조합되기 시작했다.

한참 후 짐작하게 된 대강의 뜻은 '이것은 좋고 저것은 나쁘다는 구별만 버리면 모든 것이 명백해진다' 였다.

이것이 시경의 한 구절임을 연진우가 알고 있을까?

연진우가 혜주 상인의 중얼거림을 몇 번이고 되뇌이고 있을 때 혜주 상인이 처연한 표정으로 입을 열었다.

"결자해지(結者解之)라 했으니 내가 다시 나설밖에……. 연 시주!"

"예."

"자세한 내막을 알려주기는 곤란하나 한 가지만 당부하겠네."

"말씀하십시오."

"전륜궁의 사람과 시비가 생겨도 맞붙어 싸우지 말고 일단은 피하도록 하게."

연진우는 대답하지 않았다.

소림사로 올 때 결심하였다. 이제는 어떤 일이 있어도 피하지 않겠다고……. 운명이 이끄는 손에 몸을 맡기지 아니하고 스스로 운명을 개척해 가리라 결심하였다. 더군다나 전륜궁이라면 먼저 찾아가서 해결해야 할 일이 있는 터였다.

"대답하기가 곤란한가?"

“…….”

여전히 묵묵부답인 연진우. 그냥 그러겠노라 시원스레 대답해 주면 그만일지도 모르나 그리하지 않았다. 오래전에 잠든 줄 알았던 본성이 가슴속에서 소리 지른다. 더 이상은 누구도 피하지 않겠다고.

“그래, 마음 가는 대로 하시게.”

체념한 듯 혜주 상인은 숨을 길게 내쉬며 말을 잇는다.

“아마도 이 산을 내려가거든 자네를 핍박하는 사람들이 많이 생길 걸세. 피하는 것이 싫거든 유(柔)하게 사는 법을 배우게. 힘으로 부딪쳐 나가다 보면 언젠가는 꺾이기 마련이야.”

“…예.”

“그래그래…….”

‘벌써 두 달이 지나 버렸군.’

연진우는 걸음을 멈추고 주위를 둘러보았다.

생각에 빠져 있느라 참회동을 벗어난 지 오래돼 버린 것도 생각하지 못했다.

“너…….”

갑자기 누군가가 앞을 막아서며 말한다.

깡마른 체구에 홀쭉한 볼. 하지만 눈빛만은 강철도 녹일 만큼 강인한 남자다. 어디선가 본 적이 있는 사람이다.

“소림의 제자였나?”

“…….”

고개를 가로젓는 연진우에게 계속된 남자의 질문.

“그럼 왜 금역(禁域)에서 나온 거지?”

하지만 연진우는 여전히 대답하지 않는다.

이제야 생각이 났다.

소림사로 오는 길에 만난 남자다. 자신으로 하여금 한번 겨뤄보고 싶다는 충동을 불러일으키게 한 장본인이다. 그때는 피투성이에 형편없는 행색을 하고 있었는데 지금은 그에 비해 깔끔한 모양새라 알아보는 데 시간이 조금 걸렸다.

"대답해라."

"……."

"너……."

남자는 연진우를 노려본다.

혼(魂)이 담긴 눈빛이다. 아무것도 모르는 애송이는 결코 느낄 수 없는 깊은 한이 서린 눈이다.

하나 연진우는 그의 눈빛을 피하지 않는다. 남자의 눈에서 느껴지는 그 무언가가 자신을 억누른다. 고개를 돌리고 싶다는 생각이 들었지만 억지로 인내하며 그의 눈을 바라본다.

"아니다, 아니야……."

허탈하게 내뱉은 남자는 머리를 흔들며 뒤로 돌아 걸어간다.

그가 그렇게 떠나자 연진우도 조용히 걸음을 재촉한다.

"안녕히 가시오."

"감사합니다."

합장하며 배웅하는 혜허에게 연진우도 정중히 감사를 표한다.

두 달 전 공손찬을 보며 큰 깨달음을 얻은 혜허는 연진우의 변화를 느끼고 있다. 무공이 크게 늘었다거나 기도가 달라진 것은 아니지만 뭔가 달라졌다는 것을. 깨달음을 얻은 자만이 알 수 있는 지혜가 청년에게서 느껴진다.

혜허는 가볍게 미소 짓는다. 염화미소(拈華微笑)가 그 입가에 있다.

하지만 연진우는 아직 그의 미소가 갖는 깊은 의미를 다 알아채지 못한다. 다만 그로 인해 소림사를 떠나는 마지막 발걸음이 더 안온(安穩)해질 뿐이다.

"그럼 이만……."

고개 숙여 인사한 연진우 앞에서 혜허는 가볍게 합장하며 한마디를 던진다

"오실 때 동행하셨던 여 시주가 산 아래에서 기다릴 것이라 하셨습니다."

연진우의 눈에 반가운 기색이 어린다. 그는 다시 고개를 깊이 숙이고 산문을 떠났다.

'일은… 천산이살이 어떤 사람이었는가에서 풀어야 한다. 구설은 월아산에서 초목수호신군에게 죽었으니 등성호란 사람에 대해서…….'

그것은 결코 쉬운 일이 아닐 것이다.

비록 기연을 얻어 뛰어난 무공을 얻기는 했으나 아직까지 등성호에게는 자신이 없었다. 또한 마차 안에서 간간이 들었던 이야기를 종합해 보건대 그들에게 배후의 세력이 있는 것이 분명했다.

'음…….'

연진우의 눈썹이 한가운데로 모였다. 그는 한 가닥 느낌에 주위를 돌아보았다.

그를 중심으로 십여 장 사방에서 검은 옷을 입은 사람들이 병기를 들고 둘러서 있다.

괴이한 느낌이 엄습해 왔다.

검은 옷을 걸친 것은 이상할 것이 없다. 괴이한 것은 그들의 얼굴이었다. 그들은 마치 나무토막을 깎아놓은 듯한 얼굴을 하고 있었으며 눈동자에 초점이 없다.

살아 있는 사람을 보는 것 같지가 않다.

'감정을 절제하는 능력이 극에 다다른 자들이다. 저들은 대체……'

연진우는 시선을 돌려 그들 중 한 사람을 바라보았다.

유일하게 감정이 섞인 눈을 가진 자가 있다.

싸늘한 눈빛의 흑의사내는 팔짱을 낀 채 한 걸음 뒤에서 연진우를 응시했다.

"누구냐?"

흑의인은 싸늘한 웃음을 머금으며 물음에 답했다.

"너를 기다리느라 소림을 둘러싸고 있던 사람들이다. 함께 가줘야겠다."

말을 마친 그를 본 연진우는 알았다는 듯 고개를 끄덕였다.

"영광이군. 소림사에 대적이 닥쳤다는 이야기는 들었지만 적들과 부딪쳤다는 이야기는 들은 적이 없어 이상히 여겼더니 그 적들이 노린 것이 소림이 아니라 나란 말이었나?"

흑의인의 얼굴에 떠올랐던 웃음이 더욱 차가워진다.

"눈치가 너무 느리군. 어서 가자!"

연진우는 그와 더불어 이야기하고 있는 흑의인을 보면서 암중으로 주위를 둘러보았다.

일체의 감정이 묻어나지 않는 얼굴에 강인하게 단련된 신체를 가진 자들이다. 괴이한 기도가 미미하게 풍겨져 나오는 그들을 상대하려면 어떻게 해야 할까?

'저놈까지 합해서 모두 열셋… 가능할까?'

잠시 입을 다물고 있던 연진우가 다시 흑의인을 보았다.

"너희들이 누군 줄 알고 내가 선뜻 따라가겠나? 나는 누가 가란다고 가고 오란다고 오는 그런 사람이 아니니 다음에 다시 정중히 초청해라."

창백한 빛이 흑의인의 얼굴에 떠올랐다.

"감히 노부에게 그런 소리를 하다니… 과연 네게 그럴 만한 능력이 있는지 봐야겠다."

그는 갑자기 손을 들어 질풍같이 쳐왔다.

소맷자락이 날리는 가운데 한줄기 음산한 경력이 소리도 없이 연진우를 엄습했다. 그가 손을 움직이는 속도는 놀랍도록 빨라서 거의 십 장 밖에서 공격을 시작하였음에도 불구하고 눈 깜짝할 사이에 연진우의 코앞에 닥쳐왔다.

빤히 보고도 피할 수 없는 공세였다. 연진우의 안색이 돌변했다.

"이얏!"

외침과 더불어 연진우는 버드나무 가지가 휘듯 상체를 옆으로 흔들며 왼발을 들어 흑의인의 상단을 찼다.

쉭—

발차기와 더불어 예리하기 이를 데 없는 파공음이 일어났다.

"홍!"

흑의인의 눈에 놀란 빛이 떠올랐으나 그는 이내 코웃음을 치며 장세를 변화시켰다.

수십 개의 환영으로 불어난 그의 장세는 연진우의 전신을 내리덮어
왔다.

하지만 바로 그 순간, 연진우는 전신을 그대로 한 바퀴 회전시키며
반대 편 다리로 흑의인의 머리를 휘감으려 들었다.

"이런……."

신음 소리를 흘리며 흑의인은 뒤로 물러났다.

"제법이군."

흑의인의 말에는 독기가 서려 있다.

"웃기는군."

도발적인 연진우의 말에 흑의인의 안색이 음침해졌다.

연진우는 내심 당황하였다.

그가 그렇게 말을 한 것은 흑의인을 도발하여 그의 마음에 평정을
깨뜨리려는 것이었는데 오히려 그 한마디로 인해 흑의인은 더욱 차분
해진 것 같다.

그때였다.

흑의인의 눈치를 살피며 다음 행동을 생각하던 연진우는 문득 기이
한 느낌에 주위를 돌아보았다.

그때까지 멍청하게 주위를 둘러싸고만 있던 나머지 흑의인들, 그들
의 초점없는 눈이 음산하게 번들거렸다.

스물네 개의 음산한 눈동자가 보고 있는 것은 바로 연진우였다.

"공격해라."

연진우가 그들을 바라보는 순간에 흑의인이 소리쳤다. 그러자 지
금껏 가만히 서 있던 그들은 질풍과 같이 세찬 기세로 연진우를 덮쳐

왔다.

"이런!"

가장 먼저 연진우에게 도달한 것은 한 쌍의 단곤(短棍)이었다. 비할 데 없이 신속한 그의 단곤에 연진우는 어깨를 비틀어 공격을 받아넘겼다. 그와 동시에 양 옆에서 검이 날카롭게 찔러 들어왔다. 연진우는 철판교(鐵板橋)의 수법을 펼쳐 그대로 몸을 뉘였다. 검은 연진우의 머리카락을 몇 올 잘라내며 그의 위를 스치고 지나갔다.

거의 지면에 수평이 될 정도로 철판교를 펼친 상태에서 양손을 머리 위로 넘겨 땅을 짚은 연진우는 팔과 허리의 탄력을 이용해 물구나무를 서듯 뛰어올라 공중제비를 돌았다.

그가 공중에 떠오른 순간 흑의인 셋이 연진우를 공격했다.

"이얍!"

기합이 터지는 순간 연진우의 몸이 허공에서 일순간 정지한 듯 보였다.

공중에 떠오른지라 떨어지기 시작할 때 가해지는 공격에는 속수무책이라 판단하고 연진우를 공격했던 흑의인들은 기합만으로 체공 시간을 늘린 그를 보고 일순 당황하였다. 그리고 그 짧은 당황이 그들을 땅바닥 위에 뒹굴게 만들었다.

그러나 연진우도 무사하지 못했다.

아무리 혼자서 셋을 눕혔다고 해도 상대는 그 세 명이 전부가 아니었다. 맨 처음 연진우를 공격했던 대장 격의 흑의인을 제외하고라도 아직 아홉이나 남아 있었다. 그리고 그들은 동료가 나가떨어지는 순간에 연진우를 공격했다.

"……."

연진우의 안색은 창백했다.

다행히 자상(刺傷:날카로운 것에 찔린 상처)은 없었지만 둔기에 얻어맞는 것은 피할 길이 없었다. 미처 단곤을 피해내지 못한 팔 뼈에 금이 간 듯했다.

'대단하군, 십팔나한보다도 더······.'

내심 중얼거린 연진우는 남은 아홉, 아니, 열 명을 둘러보았다. 동료가 어찌 되든 신경 쓰지 않고 적을 쓰러뜨리는 것에 집중하는 점에서만큼은 십팔나한이 펼치는 나한진보다 한 수 위였다.

'내가 자신들의 뜻을 따르지 않는 이상 내가 죽거나 자기들이 죽어야만 공격을 멈출 이들이군.'

흑의인들은 맹호처럼 용맹하였다.

연진우는 그들의 공격을 피하지 않고 정면으로 받아냈다.

가장 먼저 연진우를 공격한 자의 손에는 병기가 없었다. 그는 한 쌍의 손바닥으로 연진우의 가슴을 두들겼다.

퉁!

둔중한 타격음이 일어나며 연진우의 몸이 화살처럼 빠르게 튕겨져나갔다.

"저놈이······."

뒤에 물러나 있던 흑의인이 갑자기 앞으로 뛰어들었다.

장력에 날려간 연진우는 갑자기 공중에서 몸을 뒤틀어 날아가던 방향 그대로 달리기 시작했다.

"스스로 몸을 날린 거야! 어서 쫓아가!"

흑의인들은 야생마처럼 거친 발걸음으로 연진우의 뒤를 쫓았다.

우르릉!

먼 하늘에서 은은하게 우레 소리가 들려온다.

구름이 모이며 하늘은 점점 어두워진다.

무더운 날씨에 구름이 하늘을 덮자 잠시나마 타오르던 태양의 열기가 가려진다.

쏴아—

한여름의 소나기처럼 호쾌한 것도 드물다.

연일 계속되던 무더위에 버석버석 말라가던 작물들은 환호성을 지르며 빗물을 받아 마신다.

시간이 지나면 지날수록 빗줄기는 굵어진다.

아무래도 쉽게 그칠 비가 아닌 듯하다.

한 쌍의 구체(球體)가 빛을 발한다.

한 치 앞을 알아보기 힘들 정도로 세차게 내리는 장대비 속에서 빛을 발하는 한 쌍의 구체는 사람의 눈이었다.

휘익—

어디선가 휘파람 소리가 들린다.

눈동자가 흔들렸다. 당황한 기색이다.

눈동자의 주인은 옷자락을 펄럭거리며 사력을 다해 달린다.

'비라······.'

비를 맞으며 달리던 연진우는 영문 모를 미소를 짓는다.

쫓기고 있는 주제에 무엇이 그리 좋은지······.

연진우는 몸을 약간 낮춘 자세로 큰 나무 아래에서 멈추었다. 광채가 이글거리는 그의 눈은 순식간에 사방을 쓸어 보았다.

'여기가 좋겠어.'

생각은 짧고 움직임은 더 짧다. 그는 순식간에 나무 위로 올라갔다.

비는 여전히 세차게 내리고 있다.

그때 다시 아까의 휘파람 소리가 들리더니 어둠 저편에서 검은 그림자들이 번개처럼 비를 뚫고 나타났다.

그들은 나무 주위를 두리번거리더니 몇 군데로 갈라져 달리기 시작했다.

어둠이 깔리기 시작한 산속. 시계(視界)가 충분히 확보되지 않을 만큼 세차게 내리는 비. 도주하기에 이렇게 좋은 조건도 드물 것이다. 하지만…….

'네놈들이 누군지 꼭 알아내고야 말겠다!'

나무를 내려와 흑의인들이 사라진 곳 중 한 방향으로 달리기 시작하는 연진우. 그의 눈이 검은빛으로 번들거린다.

퍽!

한 뭉치 타격성과 함께 나직한 신음 소리가 울린다.

태산처럼 굳건히 선 연진우는 팔괘의 방위를 밟으며 흑의인에게 주먹을 날렸다.

어지럽게 날아드는 연진우의 주먹을 맞은 흑의인은 정신을 잃고 땅 위에 그대로 엎어졌다.

연진우는 쓰러진 흑의인을 무표정하게 응시하더니 재빠른 손놀림으로 그의 옷을 벗겼다. 하지만 옷이 비에 젖어 쉽지는 않았다.

잠시 후 연진우는 몇 군데가 찢어진 흑의를 몸에 걸치게 되었다. 그는 잠시 주저하다가 허리를 숙여 흑의인이 가지고 있던 도(刀)를 집어 들었다.

칼을 손에 쥐는 순간 뭔가가 날아왔다.

공기를 찢을 것만 같은 날카로운 검기가 빗속을 뚫고 연진우를 찔러 들어왔다.

챙—

금속성의 날카로운 소리가 길게 울렸다.

칼을 세워 검공을 막아낸 연진우는 검이 날아온 방향을 응시했다.

아무것도 없었다.

다시 연진우는 급히 몸을 낮추었다.

기척도 없이 날아온 검기에 꼬치가 될 뻔했다.

조금 전에 비와 어둠 속에 몸을 숨기고 흑의인을 공격했던 연진우가 거꾸로 당하고 있다.

쨍그렁!

검과 도가 어우러지는 소리가 들렸다.

재차 이어진 공격을 간신히 막아냈지만 연진우의 마음은 점점 초조해졌다. 아무리 빗속이라고 하나 이렇게 싸우다 보면 그들이 소리를 듣고 찾아오게 될 것이다. 어둠 속에서 각개 격파한다면 모를까 여럿이 동시에 어우러지게 되면 이길 자신이 없다.

'이자는 누구지?'

별안간 자신을 공격하는 사람의 정체가 궁금해졌다.

열세 명의 흑의인들을 맞아 싸워보았지만 그들의 대장 격인 사내도 일 대 일로는 연진우의 상대가 아니었다. 생사가 오락가락하는 이 순간에 하기는 참으로 어리석은 생각인지는 모르겠으나 상대의 정체가 궁금해졌다.

휘익—

획— 휘익—

멀지 않은 곳에서 휘파람 소리가 들리고, 또 다른 곳에서 그에 호응하는 휘파람 소리가 들린다. 걱정하던 대로 연진우가 있는 곳을 발견한 모양이다.

바로 그 순간.

스윽—

갑자기 목덜미에 느껴지는 차가운 느낌. 연진우는 그제야 상대를 볼 수 있었다. 비록 목에 그의 검이 얹혀진 상태이기는 하지만 말이다.

"따라와라."

반쯤은 짐작했지만 역시 처음에 연진우와 싸웠던 십삼 인 중 누구도 아니었다. 자신을 따라오라 말한 그는 장대비 속으로 몸을 날렸다.

연진우는 그의 뒷모습을 보며 잠시 고민했다.

누구도 신뢰할 수 없는 상황이다.

이대로 저자를 따라갈 것인가, 다른 길을 찾아갈 것인가?

휘이익—

휘파람 소리는 조금 전보다 훨씬 가까운 곳에서 들린다.

"훙!"

앞서 달리는 사내에게서 터져 나오는 싸늘한 웃음소리와 동시에 연진우는 달리기 시작했다.

비가 내리고 어둠이 깔리는 가운데 바람이 불기 시작했다.

달리는 두 사내의 몰골은 말이 아니다.

가슴팍에서 피가 흘러내리고 쿨럭거릴 때마다 피가 덩어리로 쏟아진다.

옷은 이미 누더기가 되어 피로 범벅인 상태다. 벗겨놓고 보지 않아도 전신이 상처투성이가 되었을 것이라는 걸 알 수 있었다.

연진우는 눈을 치켜뜨고 앞서 달리는 사내의 뒷모습을 바라보았다.

공손찬이라고 했던가?

이제야 처음 만났을 때의 모습을 다시 보게 되었다. 비록 자기도 동일한 모습이기는 하지만…….

"저……."

달리는 중에 꺼내기 시작한 말머리는 공손찬의 매몰찬 음성에 허리가 잘려 버렸다.

"이야기는 나중에. 일단은 숭산을 벗어난다!"

말문이 닫힌 연진우는 공손찬의 말이 맞다고 생각하면서도 숭산을 벗어난다는 그의 말이 비현실적으로 들린다는 감정은 숨길 수 없었다. 모두 어디서 나타난 것인지, 그를 쫓는 사람은 처음의 열세 명이 전부가 아니었다. 그리고 그 열셋 중에 연진우가 쓰러뜨렸던 자들도 이만큼 시간이 흘렀으니 의식을 회복했을 것이다.

'왜 나를?'

무수한 의문이 머리를 스치고 지나가지만 그중 어느 것 하나도 속시원히 해결되지 않는다.

광풍이 불어오고 빗줄기는 갈수록 거세어졌다.

톡!

도토리 한 알이 떨어져 땅바닥을 구른다.

나무 위에 있던 다람쥐는 재빨리 내려와 도토리를 주워 들었다.

문득 수상한 기척을 감지한 다람쥐는 도토리를 입 안에 넣고는 재빠를 동작으로 나무 위로 올라갔다. 그리곤 조금 전까지 자기가 있던 곳을 어슬렁거리는 여우를 내려보았다.

여우는 몹시 화가 났다. 며칠째 내린 비로 제대로 사냥을 못해 배가 고팠다. 다른 때 같으면 거들떠보지도 않았을 다람쥐지만 배가 고프기에 잡아먹으려 했다.

그러나 허기진 몸은 생각처럼 움직여 주지 않았고 그 덕에 운 좋은 다람쥐는 목숨을 보전할 수 있었다.

여우의 눈이 반짝였다.

다람쥐보다 몇 배는 푸짐한 사냥감이 나타났다.

회색 빛 털을 날리며 깡충깡충 뛰어가는 것은 틀림없는 토끼였다.

기쁘게도 토끼는 아래쪽에서 위로 올라오고 있었다.

캥―

여우는 토끼를 향해 위협적으로 울었다.

갑자기 나타난 포식자(捕食者)를 발견한 토끼는 몸을 돌려 아래로 냅다 달리기 시작했다.

하지만 이번엔 배고픈 여우의 승리가 확실했다.

토끼라는 짐승은 앞다리보다 뒷다리가 훨씬 발달되어 있어서 위로 달리는 것은 빠르지만 그 반대는 형편없이 뒤뚱거리기 때문이다.

캥―

여유있게 토끼를 쫓아가던 여우는 갑자기 끼어든 불청객을 향해 캥캥 짖었다.

재빠른 손놀림으로 토끼를 잡아챈 남자는 자신을 향해 짖어대는 여우에게로 다가갔다. 여우마저도 잡을 것 같은 기세였다.

여우는 뒤로 슬금슬금 물러났다. 덩치는 작지만 여우도 어엿한 육식 동물이다. 자기보다 강한 존재를 알아보는 것은 당연했다. 마침내 여우는 등을 돌리고 죽자사자 도망쳤다.

남자는 여우가 사라지자 아쉽다는 표정을 지으며 토끼를 들어서 이리저리 돌려보았다.

"공짜로 한 마리 벌었군."

잠시 미소를 지은 그는 엄지와 검지로 토끼의 목덜미를 집었다.

빠득—

섬뜩한 소리와 함께 지금껏 버둥거리던 토끼의 몸이 축 늘어졌다.

공손찬은 토끼를 들고 어딘가로 가기 시작했다.

산길을 걷는 공손찬의 발걸음은 매우 조심스러웠다.

나뭇가지 하나라도 밟아 부러뜨리지 않으려는 듯 신중한 움직임으로 가기를 얼마 후 그는 나무와 풀잎으로 교묘히 위장된 작은 동굴에 도착했다.

휙—

동굴의 입구를 가리고 있던 풀 더미를 들어 올린 공손찬에게 갑자기 뭔가가 날아왔다.

공손찬은 그것을 피하지 않고 손을 내밀어 받아냈다.

자그마하고 둥근 돌멩이였다.

그는 한숨을 쉬며 고개를 좌우로 흔들더니 돌멩이를 곱게 바닥에 떨어뜨렸다.

"나야."

동굴 안에 완전히 들어가 입을 열 때까지도 몇 개의 돌멩이가 더 날아왔다. 공손찬은 그 돌멩이들을 모두 손바닥으로 받아냈다가 땅 위에 버렸다.

“우으으…….”

인간의 소리인지 짐승의 소리인지 분간이 안 되는 이상한 소리가 동굴 속에 나지막하게 울렸다. 공손찬은 얼굴을 찡그리며 소리가 들려온 곳을 향해 입을 열었다.

“먹을 걸 가져왔어. 운 좋게 토끼 한 마리를 그냥 얻었거든. 오늘은 고기 맛을 좀 볼 수 있겠어. 물론 날것으로 먹어야겠지만…….”

말을 마친 공손찬은 어둠 속에 웅크리고 있는 ‘그것’에게 다가갔다.

‘그것’은 떨고 있었다.

분명 외양은 사람이다. 하지만 정상적인 사람은 아닌 듯 입으로 예의 이상한 소리를 내며 쪼그리고 앉은 채 부들부들 떨고 있었다.

공손찬은 ‘그것’을 향해 가벼운 미소를 지으며 말했다.

“잠깐만 기다려, 가죽을 벗길 테니…….”

그리고는 허리에 두르고 있던 요대를 풀어 토끼에게로 가져간다.

요대가 토끼를 훑고 지나가자 어느새 땅바닥에 토끼 가죽 한 장이 떨어진다.

토끼를 깔끔하게 탈의시킨 공손찬의 입가에 쓴웃음이 걸린다.

‘용린검(龍鱗劍)으로 짐승 가죽이나 벗기는 날이 올 줄이야…….’

어찌나 정확하게 가죽만 벗겨냈는지 매끌매끌한 토끼 살덩어리에서는 피 한 방울 흐르지 않는다.

연검을 다시 허리에 감은 그는 이번에는 칼을 쓰지 않고 토끼를 손으로 양분했다.

찌익—

살점이 뜯기는 소리가 나며 피가 흘러내린다.

피가 뚝뚝 떨어지는 토끼 고기를 든 공손찬은 들고 있던 반 마리의 토끼를 '그것' 에게 건네며 말한다.

"불을 못 피우니 날것으로 먹을 수밖에……."

"우으으!"

공손찬의 말은 '그것' 의 비명 소리에 가로막히고 만다.

비명을 지른 '그것' 은 공손찬이 자기에게 쥐어준 토끼를 벽에 던져버리고 그에게 덤벼들었다.

공손찬도 토끼를 내던진 채 '그것' 의 공격에 방어했다.

한 수 한 수가 보통이 아니었다. 비록 상태는 온전하지 않으나 본래 가지고 있던 무공은 대단한 듯 검을 들지 않고는 감당하기 버거울 정도로 강해 보였다.

"제길……."

마침내 공손찬은 허리에 감겨 있던 검을 풀어 들었다.

"우……."

아무리 짐승 같은 몰골을 하고 있어도 본능적으로 아는 것일까?

'그것' 의 비명 소리가 갑자기 작아졌다.

"……."

공손찬은 정(精), 기(氣), 신(神)이 합일된 검객의 자세로 돌아가 눈앞의 사람에게 검을 겨누었다.

"으……."

'그것' 은 제자리에 털썩 주저앉았다.

그리고는 앉은 채로 뒷걸음질쳐서 동굴 구석 벽에 다시 붙었다.

공손찬을 바라보는 '그것' 의 눈에는 두려움이 가득하다.

공손찬은 짧게 내뱉으며 검을 허리춤에 감았다.

"젠장……."

떨어뜨렸던 토끼 조각을 집어 들었다.

흙이 묻은 고기지만 털지도 않고 그대로 뜯어 먹기 시작했다.

자기 몫의 토끼 반 마리를 다 먹고 '그것' 이 떨어뜨린 토끼까지 다 뜯어 먹은 그는 한숨을 쉬며 눈을 감았다.

악몽 같던 그날 밤이 떠올랐다.

비바람이 지독하게 불어오던 그날 밤 추격자들은 끊임없이 밀려들었다.

무공만 고강한 애송이는 자기를 향해 달려드는 자들을 주먹으로 때려눕히거나 칼등으로 쳐서 기절시켰다.

입에서 욕지기가 치밀어 올랐지만 그것을 내뱉을 여유도 없었다.

나는 정신없이 용린검을 휘둘렀다.

죽지 않으려면 한 놈이라도 더 죽여야 했다.

소림사의 땡추들이 준 소환단 덕에 몸이 많이 회복되었기에 망정이지 그렇지 않았다면 일찌감치 죽었을 거다.

제기랄…….

대체 이놈들은 누구람?

소림사의 땡추들은 정체를 대충 짐작하고 있는 것 같은데 조개처럼 입을 꾹 다물곤 도통 말하지를 않는다. 그런데 이상하게도 저 애송이가 소림의 산문을 벗어나기 시작하자 놈들도 움직이기 시작했다. 그렇다면 저놈들이 소림을 포위한 건 저놈을 기다리고 있었다는 건가? 아이들의 행방을 알려면 놈들의 정체를 알아야 한다. 일단 저놈을 붙잡아서 캐물어보아야겠다.

…그렇게 생각하고 움직였는데 이건 정말 장난이 아니다. 생각했던 것 이상으로 많은 놈들이 숭산에 와 있었다. 도무지 감당할 수 없을 정도로 많은 숫자가…….

죽을힘을 다해 전진했지만 결국 한계에 도달했다… 고 생각될 때쯤 그 일이 일어났다.

애송이의 눈에 살기가 번뜩였다.

하지만 나는 별로 대수롭지 않게 생각했다. 난 벌써 수십 명을 죽이느라 온몸에 피를 뒤집어쓰고 있었다. 이런 상황에서 살기를 풍기지 않는 게 오히려 더 이상하다고 생각될 정도였다.

그런데 저놈은…….

눈에 살기를 떠올린 놈은 갑자기 칼을 들고 주위에 있는 녀석들을 닥치는 대로 베어 넘겼다. 어디서 그런 기운이 솟아나는지 도저히 알 수 없을 정도로 원기왕성해 보였다.

칼에 이빨이 빠져 잘 들지 않게 되자 주먹으로 머리통을 깨뜨렸다.

그때야 나는 깨닫게 됐다.

놈은 제정신이 아니었다.

주먹으로 머리통을 부수며 앙천광소(仰天狂笑)하던 녀석의 모습에서 나는 공포를 보았다.

어찌 되었든 덕분에 주변은 깔끔하게 정돈되었다. 옆에 있는 건 닥치는 대로 부수던 놈도 의식을 잃어 쓰러지긴 했지만.

난 놈을 이곳 동굴로 업고 왔다. 아이들이 자기네 비밀 장소라며 놀러 다니던 곳이었는데…….

나는 일단 몸을 숨기고 있다가 틈이 보이면 이 녀석과 함께 하산하기로 마음먹었다. 그런데 생각지도 못한 일이 일어났다.

이 녀석이 갑자기 병신이 되어버린 것이다.

물론 전혀 보기 드문 일은 아니다.

곱게만 자란 명문 정파의 제자들 중에는 처음 살인을 하고 나서 며칠 동안 구토를 하고 식음을 전폐한다거나 한동안 검을 잡지 못하는 경우가 종종 있다.

하필이면 이 녀석이…….

물론 그날 하루의 충격은 보통 사람은 상상도 못할 엄청난 것이었다. 나조차도 생각하기 싫은 일이니 당연한 일인지도 모른다.

이제 놈은 토끼고기에서 흐르는 피만 봐도 발작을 한다.

계획을 바꿔야 하나?

제기랄…….

9. 오리무중(五里霧中)

동굴은 퀘퀘한 냄새로 가득하다.

공손찬은 냄새의 근원을 응시한다.

"으……."

퀭한 눈빛의 남자. 생(生)의 의지가 느껴지지 않는 눈을 가진 그의 입에서 짐승 울음소리 같은 신음이 흘러나온다.

"제길……."

웅크린 채로 똥오줌을 그대로 지린 연진우를 바라보는 공손찬의 시선이 곱지 않다.

'응?'

뭔가를 느꼈는지 공손찬의 안색이 딱딱하게 굳었다.

"우으……."

"쉿!"

연진우의 신음 소리를 멈추게 하려 했지만 말을 들을 리 만무하다. 공손찬은 검을 풀어 연진우의 눈앞에서 흔들었다.

쉬릭—

연진우는 허공에 피어난 검화(劍花)를 정신없이 쳐다보았다.

바로 그때 공손찬의 재빠른 손이 그의 혈도를 점했다.

"……."

아혈(啞穴)과 마혈(麻穴)을 점혈당한 연진우는 눈알만 뒤룩뒤룩 굴렸다.

검을 들고 있던 공손찬은 기름기가 줄줄 흐르는 연진우의 머리통에 입을 가까이 가져가 속삭였다.

"가만히 있어."

"……."

연진우의 눈에 떠오른 것은 두려움이다. 갑자기 몸이 뻣뻣하게 굳고 입에서 아무 소리도 낼 수 없게 되자 눈앞의 사람이 자신을 죽이려 든다고 생각한 것이다.

공손찬은 다시 속삭였다.

"금방 돌아올 테니 기다리고 있어."

그는 연진우를 동굴에 내버려 둔 채 동굴 밖으로 나왔다.

"음……."

안 그래도 얼굴의 뼈대가 그대로 보일 정도로 살이 없어 냉막해 보이는 인상인데 지금 공손찬의 얼굴은 차가운 빛으로 가득하다. 갑자기 느껴지는 기척이 그를 긴장하게 만들고 있다.

'끈질긴 놈들이군.'

빗속의 추격전이 있은 지도 벌써 보름이 지났다. 그만하면 포기하고 돌아갈 만도 하지만 수색은 계속되고 있다.

정말 이상한 것은 소림사 측에서 전혀 대응하지 않는다는 것이다. 소림이 무림에서 차지하고 있는 위치를 생각해 보았을 때 도저히 있을 수 없는 일이다. 숭산을 포위한다는 것이 그랬고 소림이 침묵하는 것이 그랬다.

'얼마나 대단한 놈들이길래 소림사조차 꼼짝하지 못하게 만들 수 있단 말인가?'

공손찬은 나무와 바위에 몸을 숨기며 천천히 이동하였다.

아이들의 소식을 알려면 일단 이들의 정체를 파악해야 한다. 그것만큼은 분명하다. 폐물이 되어버린 연진우를 버려두고 도망칠 수도 있었지만 위험을 무릅쓰고 지금까지 숭산에 남아 있는 것도 그것 때문이다.

'온다.'

극히 미세한 소리가 들린다. 토끼 따위의 작은 짐승이 움직인 것이라고 생각할 수도 있겠으나 공손찬의 감각은 그리 말하고 있지 않다. 지극히 규칙적인 간격으로 소리가 들려온다. 사람, 그것도 훈련을 통해 움직임을 제어할 수 있게 된 사람이 틀림없다.

소리는 조금씩 가까워지고 있다.

공손찬은 잔뜩 긴장한 채 검을 쥔 손에 힘을 주었다. 여차하면 바로 베고 도망쳐야 한다. 단 일 격, 단숨에 베어야 한다. 낮 시간에 길게 싸워서 좋을 일은 전혀 없다.

'하나, 둘… 모두 셋이군. 조금 곤란하게 될지도 모르겠는걸.'

가까워진 기척은 모두 세 사람의 것이다. 단숨에 셋 모두를 처리해야 한다. 한 명이 짧은 비명만 질러도 일이 틀어질 공산이 충분하다.

부스럭― 부스럭―

마침내 공손찬의 눈앞에 세 사람이 나타났다.

그들은 공손찬을 발견하지 못한 듯 묵묵히 가던 길을 간다.

몸을 숨기고 있으며 그들이 멀어져 가는 것을 바라본 공손찬이 얼굴을 찌푸린다.

'누더기, 허리춤에 일곱 개의 매듭, 개방인가? 구파일방의 하나인 개방이 왜 소림사를……? 저놈에게 도대체 무슨 비밀이 있길래?

지금까지의 의문과는 또 다른 의문이 머리 속에 인다.

개방이 개입된 일이라면 정파의 또 다른 문파가 개입되어 있을 가능성도 충분히 있다.

그리고—무슨 일인지는 몰라도—이번 일이 정파의 수뇌부 간에 사전 협의된 사항이라면 소림사가 침묵하는 것도 이해가 되었다.

'이런!'

잠시 생각에 잠기느라 개방도 셋이 사라진 방향을 무심코 보아 넘겨 버렸다.

그들은 공손찬이 온 곳, 즉 연진우가 남아 있는 동굴 방향으로 갔다.

'젠장!'

그는 족제비같이 날랜 움직임으로 왔던 길을 되돌아갔다.

얼마 가지 않아 거지들을 따라잡을 수 있었다.

하지만 이미 그들이 동굴 바로 앞에 도착한 후였다.

"꿀꺽!"

목구멍으로 침이 넘어간다.

공손찬은 다시 검을 확인했다.

동굴을 발견하지 못하고 그냥 가면 다행이지만 만약 동굴을 발견한다면…….

거지 셋이 이야기를 시작한다.

기척을 들키지 않을 정도로 멀찌감치 몸을 숨기고 있던 공손찬은 그들의 대화 내용을 알아듣지 못했다.

한참 동안 쑥덕거리던 거지들은 땅바닥에 침을 퉤퉤 뱉으며 돌아가기 시작했다.

공손찬은 안도의 한숨을 쉬었다.

그는 거지들이 저만치 멀어지는 것을 확인했다. 하지만 바로 동굴로 들어가지는 않았다. 혹시 있을지 모르는 또 다른 불청객을 확인하기 위해 주변을 한 바퀴 둘러본 후에야 동굴로 돌아왔다.

부스럭—

풀을 드러내 동굴로 들어간 공손찬은 연진우를 쳐다보았다.

처음 나갔을 때의 모양 그대로 가만히 있었다.

아직도 연진우의 눈에는 두려움이 가득하다.

약간 미안한 마음이 든 공손찬은 멋쩍은 표정을 지으며 손가락을 연진우의 혈도로 가져갔다.

'미안하네, 그대도 사람인데…….'

휙!

갑자기 날아드는 날카로운 경력이 한줄기 있었다.

공손찬은 본능적으로 상체를 뒤로 젖히며 검을 휘저었다.

주륵—

어느새 공손찬의 뺨에는 기다란 상처가 생겼다. 피가 제법 많이 흘렀다.

'으…….'

동굴에 막 들어와 아직 어둠에 적응되지 않은 눈이다. 그냥 앉아 있는 연진우를 보는 것은 가능하지만 완전히 적응된 것은 아니었다.

그도 인간인지라 어둠 속에서 눈이 정상적으로 동작하려면 약간의 시간이 필요했고 그 짧은 시간 때문에 적의 공격을 피해내지 못한 것이다.

"쳇!"

어이없게 한쪽 뺨에 깊은 상처를 입은 공손찬은 짧게 혀를 찼다. 이러니 저러니 말해 보아도 결국은 자기 실수였다. 동굴에 들어올 때 조금만 더 주의하였다면 상대의 기척을 알아차렸을 것이고 이렇게 속수무책으로 희롱당하지는 않았을 것이다.

슈— 슈슉—

재차 공격이 날아온다.

이번에는 공손찬도 호락호락하게 당하지 않았다.

어둠 속에 눈이 적응된 까닭도 있었지만 그보다도 상대가 있다는 것을 명확히 인식한 상태이다.

휘릭— 휘릭— 휘리릭—

공손찬의 연검이 어지러운 소리를 내며 춤을 춘다.

보통의 검보다 몇 배는 다루기 힘들어 누구든 상처투성이가 되어가며 배우는 검이 바로 연검이다. 가죽 띠만큼이나 부드럽게 휘어져서 세작(細作:스파이)들이 자주 요대처럼 허리에 숨겨 다니는 무기이기도 하다.

비록 가문에서는 연검을 경원시하나 공손찬은 연검이 좋았다.

'철검(鐵劍) 공손가' 최고의 기재라 칭찬을 받으며 검술을 닦을 때 스치듯 접한 연검의 매력에 푹 빠져들었다. 강호행 중에 우연히 얻은 용린검은 검 중의 검이었고, 천하제일의 미녀였다.

그 이후로 공손찬은 가문의 검을 버리고 혼자만의 길을 걷기 시작했다.

비록 지금은 형편없이 망가진 신세지만 그렇다고 평생 매진해 온 검술이 무시당하는 것은 있을 수 없는 일이라고 생각한 공손찬. 상대가 자신의 검격을 피해냈을 때 도저히 상식적으로는 생각하기 힘든 방식으로 검날이 휘청거렸다.

"치익!"

검을 맞았는지 씨근거리는 소리가 짧게 들렸다.

자신을 얻은 공손찬은 제이, 제삼의 검격을 날렸다.

일격 필살의 효과는 기대할 수 없으나 예상치 못한 쾌도로 움직이는 연검의 칼날은 상대의 살점을 조금씩 훑어낸다. 하지만 공손찬의 눈빛은 미미하게 흔들리고 있다. 일방적으로 공격을 퍼부었지만 손끝에 확실히 닿는 느낌은 한 번도 없었다. 너무 오랫동안 무공과 담을 쌓은 채로 살아왔다. 예전 같았다면 벌써……

상대는 꽤 노련했다. 의미없는 공격을 하도록 해서 피로에 지친 상대를 손쉽게 제압하는 것. 말은 쉽지만 아무나 할 수 있는 일이 아니다. 그리고 원래부터 의미없는 공격이란 없다. 그것이 공손찬이라는 사람의 손에서 펼쳐진 것이라면 더욱 할 말이 없다. 공손찬의 공격을 의미없는 것으로 만들어 버리는 재주가 놀라울 따름이다.

공손찬은 점점 초조해졌다.

이런 식으로 가다간 제풀에 나가떨어질 것이 뻔하지만 그래도 멈출 수 없다. 그는 두려웠다. 잠깐이라도 공격을 멈추는 즉시 날아올 상대의 공격이 두려웠다.

어둠 속의 상대가 뒤로 한 걸음 물러났다.

지금껏 한자리에서 급소를 교묘히 피하던 그가 뒤로 물러난 것이다.

공손찬은 연검을 곧바르게 세워 그대로 찔러 들어갔다.

아마도 평소의 공손찬이라면 이런 상황에서 성급히 따라 들어가지 않았을 것이다. 강자를 상대할 때 일단 뒤로 물러나는 시늉을 했다가 다가오는 적을 공격하는 것은 실전 무술가들의 상식이었다. 그러나 그는 너무도 오랜 시간 강호를 떠나 있었다. 더구나 지금은 전성기 때의 신체 능력을 가지고 있는 것도 아니다.

일순간 상대는 뒤로 넘어가듯 했다.

그리고 용수철처럼 탄력있는 동작으로 공손찬의 품을 향해 뛰어들었다. 이번 일격에 모든 것을 다 걸었던 공손찬이 피할 수 있는 공격이 아니었다.

"큭!"

입가에서 흘러나오는 신음 소리.

치밀어 오르는 핏줄기를 간신히 억누르느라 입을 열지 못하는 공손찬은 가슴을 관통하고 있는 은빛 물체를 보았다.

검(劍)이었다.

하고 많은 검 중에서도 도사들이 주로 쓰는 장신구 같은 검이었다. 가볍고 날카로와 변초를 구사하기 좋지만 강검과 정면으로 부딪치면 쉬 부러지는 검이다.

하지만 가슴에 검이 관통되었음에도 불구하고 공손찬은 포기하지 않았다.

죽음을 피할 수 없다면 상대와 함께 가는 것이 그의 사고방식이다. 그를 이긴 줄 알았던 사람 중에 많은 이들이 이와 같은 공손찬의 집념을 알지 못해 고혼(孤魂)이 되기 일쑤였다.

…….

하지만 이번에는 상대를 잘못 골랐다.

공손찬은 상대의 눈을 보았다.

어슴푸레한 동굴에서 희미하게 보이는 얼굴은 너무도 희다. 인간의 피부라고 하기엔 어폐가 있을 정도로 하얀 그의 얼굴에는 한 점의 표정도 없다.

그리고 그에게는 완벽한 잔심(殘心)이 있다.

아무리 공손찬의 각오가 대단하다 할지라도 백면사내의 잔심 속으로 파고들어 가는 것은 불가능했다.

눈앞이 희미해지고 의식이 흐려진다.

공손찬의 머리 속에 떠오른 것은 떠나온 집이었다.

철검 공손가. 강검으로 오대세가의 한자리를 차지한 가문.

그리고 연검을 배우겠노라고 집을 뛰쳐나온 가문의 이단아.

집을 떠나지 않았다면… 그랬다면 십팔나한에게 도전한답시고 몸을 망치지 않았을 텐데. 도망친 아내를 만나지도 않았을 것인데. 옆에서 짐승처럼 울부짖고 있는 저 이상한 녀석을 만나 이 꼴이 되지도 않았을, 아니, 설사 어둠의 암습자를 만난다고 할지라도 공손철검의 힘으로 격파해 버렸을지도…….

가슴이 뜨겁다.

인두로 지지는 듯 화끈하다 못해 차갑기까지 하다.

가슴에 있던 검이 서서히 빠져나가는 느낌이다.

공손찬은 그대로 눈을 감았다.

검을 회수한 백면인의 눈이 어둠 속에서 반짝인다.

그가 보고 있는 곳에는 연진우가 앉아 있다.

　백면인의 눈에 보기에도 몰골이 말이 아니다.

　그는 땅바닥에 드러누운 공손찬의 옷에 검을 닦으며 연진우에게로 걸어갔다.

　그렇지 않아도 눈앞의 혈투를 목격한지라 겁에 질려 있던 연진우이다. 백면인이 다가오자 두 눈에 서려 있던 두려움이 극에 달했다.

　“…….”

　무슨 소리를 내려고, 그리고 움직여 보려고 안간힘을 쓴다. 하지만 점혈은 풀리지 않는다.

　백면인은 연진우의 코앞에 도달했다.

　검집에서 검을 뽑아 든다.

　검을 위에서 아래로 휙 내리긋는다.

　바람이 검 주위로 엉겨붙는다.

　보고 놀란 건지 시력은 따라가지 못해도 본능으로 느끼는 것인지 연진우가 억지 발광을 하기 시작했다.

　검(劒)은 칼등을 위로 한 채 연진우의 어깨에 얹힌다.

　연진우의 눈에 떠오른 것은 죽음에의 공포였다.

　그것을 똑똑히 인식한 백면인은 눈으로 비웃는다. 얼굴의 윤곽 하나 바꾸지 않고 눈으로만 연진우를 비웃는다. 그리고 검을 거두어들이는 것처럼 하다가 느릿한 동작으로 찌른다.

　날아드는 검끝이 하나하나 다 보이는 연진우는 미칠 지경이다.

　그냥 있어도 두려워 죽을 것만 같은데 앞에 선 사람의 공격이 느릿하게 보인다. 만약 정상적일 때의 연진우라면 상대가 느리게 보이는 것에 감사했을지도 모른다. 하지만 이성이 마비되고 육체가 굳어버린 연진우에게는 죽음을 기다리는 시간이 연장된 것에 지나지 않았다.

"우워어……."

검이 몸에 닿는 순간 연진우는 비명을 질렀다.

백면인은 검끝으로 점혈을 푼 것이다.

여름은 막바지에 접어들었다.

따갑기만 하던 햇살은 어느새 은근한 서늘함을 동반하고 있다.

유난히 무더웠던 여름이기에 사람들은 한숨 돌리는 듯하다.

하지만 이때의 햇살이야말로 가장 무서운 것이다.

선선한 기운에 절제없이 쪼이다 보면 일사병이 찾아온다.

한여름보다 늦여름에서 초가을에 걸친 기간에 더 많은 사람이 쓰러지는 까닭이 바로 그것이다.

선선한 바람이 불어오는 팔각정에 세 사람이 서 있다.

한 사람 한 사람의 기도가 예사롭지 않다.

황의거한의 패도적이면서도 부드러운 기세는 물론이고 알 듯 말 듯한 무형의 기운이 손짓 한 번, 걸음 한 번에 배어 있는 백의사내도 그랬다.

청수한 용모의 백의중년인이 미소 지으며 입을 열었다.

"이자가 맞습니까?"

"그렇습니다."

그들이 보고 있는 것은 바닥에 누운 채―좀 더 정확히 말하자면 손발이 뒤로 묶여 바닥에 눕혀진 채―매서운 눈빛을 날리는 청년이었다. 청년의 눈에서 흘러나오는 눈빛은 짐승의 그것을 방불했다.

백의인의 미소가 짙어진다.

"수고했다."

그의 말은 두 사람에게서 한 발짝 떨어진 채 지금껏 가만히 서 있던 한 남자를 향한 것이었다.

"……."

치사를 들은 남자는 대답없이 고개만 깊이 숙였다가 다시 든다. 사람의 피부라고 보기 어려운 그의 하얀 얼굴에는 감정의 흔적이 전혀 없다.

그의 그런 점을 익히 알고 있었는지 두 사람은 전혀 개의치 않고 이야기를 계속한다.

"하지만 이래서는 유 장문인의 뜻을 전혀 이룰 수 없겠습니다."

백의인의 말에 황의인은 어색하게 웃어 보인다.

"곧 제정신이 돌아올 겁니다, 그렇게 약하게 키워진 아이는 아니니……."

말끝을 흐린 그는 바닥의 연진우와 눈을 마주쳤다.

"……."

원독(怨毒)이 가득 담긴 눈으로 그를 쳐다보던 연진우는 묶여서 내동댕이쳐진 모양 그대로 꾸물꾸물 움직였다.

"오호!"

백의인의 눈에 감탄의 빛이 떠오른다.

"백호의 검기 점혈에 당하고도 이렇게 빨리 스스로 움직이기 시작하다니 과연 유 장문인의 말씀대로 강한 사람이군요."

"그들의 손에서 키워졌으니까요."

유무용은 까닭 모를 한숨을 쉰다.

그의 눈치가 이상한 것을 느낀 백의인이 미소 짓는 얼굴 그대로 말한다.

"그나저나 냄새가 심하군요. 아무리 혈도를 눌러둔다고 하더라도 지금 이걸 보니 시녀들로는 걱정이 되는군요."

"제 제자를 시키겠습니다. 그 녀석 정도라면 수상한 낌새가 보이는 즉시 적절하게 조치할 겁니다."

백의인이 활짝 웃는다.

"아, 유 장문이 고제(高弟) 한 사람을 대동해 맹에 오셨다는 이야기는 들었습니다만 일곱 중 누구인지?"

유무용은 백의인을 물끄러미 쳐다본다.

백도무림의 대표라고 할 수 있는 남자다.

사람들은 그를 일컬어 백도제일고수라 한다.

검존⋯⋯. 일파의 장문이라는 신분만 아니라면 지금이라도 도전해 보고 싶은 남자다.

겉으로 보기엔 청수한 중년 문사의 외모를 가진 사람이다. 그러나 유무용은 그의 옷 아래에 숨겨진 섬뜩한 흉터와 세월의 흔적을 볼 수 있었다. 구파일방에 뒤지지 않는 명문가에서 태어났음에도 불구하고 그곳에서 누릴 수 있는 것을 포기하고 스스로의 길을 개척한 사람이다. 검존 언극린은 자신과 동류의 인간이다.

'언젠간 때가 오겠지.'

마음속에 오가는 온갖 생각을 간단히 정리해 버린 유무용은 입을 열어 짤막한 한마디를 내뱉었다.

"막내인 노산입니다."

*　　　*　　　*

개인이 아니라 가문이 천하에 이름을 떨치려면 어떤 방법이 있을까?

결국은 사람이다.

개인이 입신양명하면 그의 출신을 궁금해하는 사람이 생기는 것은 당연한 일이다. 그런 사람이 연이어 나오는 가문의 이름이 천하에 떨쳐지는 것은 아주 자연스러운 일이 되는 것이다.

천하에 팽씨 성을 쓰는 사람은 셀 수 없이 많지만 하북에서 왔다고 하면 사람들의 보는 눈이 달라진다. 물론 그가 무림명가인 하북팽가 출신이 아니라고 밝혀지면 치도곤을 치르겠지만.

"안으로 드시지요. 가주께서 기다리고 계십니다."

홍염과 허공을 맞은 사람은 팽가의 방계로 태어나 육십이 넘도록 집안일을 돌봐온 충복이라 했다.

노인은 그들을 팽립에게로 안내했다.

팽립의 안색이 좋지 못하다. 눈 주위에 그늘이 지고 미간에 은은하게 검은빛이 도는 것이 꽤 오랫동안 중병을 앓은 사람의 얼굴이었다.

그는 자신에게 절을 하려 하는 젊은이들을 제지했다.

"됐네. 다 늙어 쓸모없게 된 늙은이에게 무슨 예를 차리는가? 어서 앉게."

하도 완강하게 만류하는 바람에 그냥 가벼이 목례만 하고 일어선 홍염은 팽립의 얼굴에 가득한 병 기운을 보았다.

'팽련서는 아버지 팽립이 아직 정정하고 무공 또한 여전하다는 핑계로 가주 자리를 사양해 왔다는 것이 강호의 소문이었다. 하지만 저 얼굴은 몇 년간 병상에 누운 것 같은 얼굴이다.'

무언가 복잡한 사연이 있으리라. 소문과는 다른 집안 나름의 사정이…….

"그래, 소림사와 신창문에서 어인 일로 본 가에 사람을 보내었는 가?"

홍염은 옆을 바라보았다.

그의 시선을 의식한 허공이 고개를 가볍게 끄덕인다.

"소승이 말씀드리겠습니다."

콰쾅!

홍염과 허공은 놀란 눈으로 팽립을 바라본다.

시끄러운 소리가 난 곳에는 팽립이 방금 던진 벼루가 박살난 채 흩어져 있다.

"이놈들, 어디서 입을 함부로 놀리는 것이냐? 당장 본 가에서 떠나거라!"

팽립은 시뻘겋게 상기된 얼굴로 소리를 지른다.

하지만 병색이 완연한 그가 지르는 소리에서는 위엄도, 권위도 느껴지지 않는다.

"교수십이타가 확실했습니까?"

홍염이 굳은 목소리로 다시 묻는다.

하지만 팽립은 입을 다물고 씩씩거리기만 한다.

"……."

벼루가 부서지는 소리에 놀라서 달려온 종복들을 물리친 팽립은 잠시 생각에 빠졌다.

약간의 시간이 지난 후 팽립은 흐느끼기 시작한다.

허공은 나지막이 불호를 외우고 홍염은 그냥 바라본다. 그들 중 누구도 팽립을 위로하려 하거나 달래려 하지 않았다. 그저 울 수 있도록 놓아두었다.

"어디까지 알고 있는가?"

마침내 울음을 그친 팽립이 입을 열었다. 그의 눈동자는 붉게 충혈되어 몹시 피로해 보였다.

홍염은 반색하며 그의 질문에 답했다.

"소가주의 사인이 교수십이타로 인한 것이라는 정도 외에는 아는 것이 없습니다."

그의 이야기를 듣는 팽립의 표정이 아주 복잡해 보인다. 노년에 이르러 장성한 아들을 불귀의 객으로 보냈으니 그 기분이 오죽하겠는가.

"교수십이타… 내가 아는 범위 내에서는 그 무공이 확실했네. 물론 그가 직접 교수십이타를 쓴 일은 본 적이 없어서 완전하다고는 말하기 어렵지만……. 그런데 자네들이 찾아온 것은 교수십이타를 사용할 만한 사람이 그 외에 또 있다는 이야기겠지? 설마 그가 이런 일을 벌이지는 않았을 테니."

팽립의 지적에 홍염은 가슴이 뜨끔해졌다.

정말로 팽련서의 죽음이 교수십이타에 의한 것인지도 모르는 상황이다. 성급하게 결론을 짓다가 무고한 이들을 끌어들이고 싶지 않았다.

홍염은 침을 꿀걱 삼켰다.

지금껏 하고 싶었지만 참아왔던 말을 해야 할 때가 왔다.

"시신을 확인할 수 있겠습니까?"

옆에 함께 서 있던 허공의 눈이 휘둥그레진다. 이미 장례까지 다 치렀을 사람의 시신을 보여달라는 것이 대체 무슨 소린가? 아무리 순한 사람이라도 길길이 날뛸 만한 이야기를 하다니.

"꼭 보아야겠다는 말인가?"

의외로 팽립의 어조는 담담하다.

팽립이 이렇게 나오자 오히려 홍염이 쭈뼛거린다.

"무례하다는 것은 알고 있으나……."

"없네. 벌써 화장했어."

"네?"

"부모보다 먼저 간 불효자를 매장할 수 있는가. 불에 태워 흐르는 물에 뿌렸네."

이미 비어버린 지 오래인 찻잔을 손에 쥐고 빙글빙글 돌리던 팽립이 길게 한숨을 쉰다.

"껍데기는 걸레가 되었고 내부는 가루가 됐어. 처음엔 고문당하다가 마지막엔 교수십이타로 죽인 거겠지. 그만들 돌아가 보게."

노인의 얼굴에는 죽음의 그림자가 길게 드리워져 있다.

그는 힘없이 고개를 흔들며 손을 내저었다.

무언의 축객령이다.

더 이상 무언가를 알아낸다는 것은 불가능해 보였다.

그때 허공이 인사를 하고 물러나려 하는 홍염을 제지하며 나섰다.

"비안도법에 대해서 몇 가지 여쭤볼 것이 있습니다."

홍염은 어안이 벙벙한 얼굴로 허공을 바라보았다. 그리고 창백하게 질린 표정으로 입술 끝을 바르르 떨고 있는 팽립을 보았다.

"어떻게 알았나?"

팽립의 목소리는 신음 소리에 가까웠다.

하지만 그런 팽립을 바라보는 허공의 표정은 무표정하다.

“본 문의 사형 한 분이 정의맹에서 일을 하시지요.”

그의 말을 들은 홍염의 뇌리에 한 사람이 떠오른다. 왠지 느낌이 좋지 않았던 중의 얼굴이다.

‘일공… 그가 알려준 것이겠지. 하지만 비안도법이라니…….’

비안도법의 이름을 모르는 강호인은 없다. 그러나 당금에 비안도법의 실체를 목격한 강호인도 없다. 그저 강호의 전설로 떠돌아다니는 도법의 하나였는데 허공은 지금 그 비안도법에 대해 묻고 있는 것이다.

“알아볼 만큼 알아봤으니 그렇게 말하는 거겠지. 그래, 본 가에 있네.”

흔들리는 팽립의 목소리. 듣고 있던 홍염은 놀라움을 감추지 않았다. 그의 얼굴에 떠오른 경악의 표정을 슬쩍 본 허공은 불호를 외우며 이야기를 계속했다.

“나무아미타불… 소승의 사형께서는 팽 소가주의 죽음이 비안도법과 연관이 있을 거라 말씀하셨습니다만.”

“…….”

팽립은 대답하지 않는다. 창백한 얼굴은 쉼없이 경련하고 있다.

어느 순간부터 허공에게 주도권을 빼앗긴 홍염은 그를 다시 보았다.

우락부락한 용모에 시원하고 단순한 성격은 그를 수도자라기보다는 녹림의 호걸로 보이게 했다. 수호지의 노지심이 살아 있다면 영락없이 허공의 모습일 것이라는 생각이 들 정도로 말이다. 하지만 무공에 관해서는 천부의 재질을 지니고 있는지 신체적인 능력뿐만 아니라 오성(悟性)도 뛰어났다.

고작 이 정도가 그동안 허공을 관찰한 결과였다.

그러나 지금 팽립과 대화하고 있는 상대는 홍염이 알던 허공이 아니었다. 일공에게 느꼈던 까닭 모를 불쾌함이 그에게서도 느껴진다.

그것은 선이냐 악이냐 하는 문제와는 다른 하나의 느낌이었다.

일공과 허공이 모두 가지고 있는 것, 그리고 홍염은 가지지 못한 것. 바로 교활함이었다.

팽립의 손은 침상이 접해 있는 벽면을 쓰다듬었다.

가까이에서 자세히 보지 않아 정확하게는 모르겠지만 작은 손잡이 같은 것이 있었다.

손잡이를 찾아 잡아당기자 사람 머리 하나가 들어갈 정도의 크기인 작은 벽장이 드러났다. 그는 그곳에 고이 놓여 있던 양피지 책자를 꺼내어 탁자 위에 올렸다.

"이것이 내 아들의 목숨을 앗아갔단 말인가?"

팽립이 어떤 일을 겪었는지를 안다면 누구라도 지금 그가 억지로 담담한 척하고 있는 것을 알 수 있을 것이다.

홍염은 그의 시선을 외면하며 탁자 위의 책을 보았다.

낡은 양피 책자의 겉면에는 도결(刀訣)이라는 글자만이 초서체로 흘려져 있었다.

책을 사이에 놓아둔 채 머뭇거리던 두 사람은 누가 먼저랄 것도 없이 팽립을 쳐다보았다.

젊은이들의 시선을 대한 팽립은 복잡한 표정으로 한숨을 쉬었다.

그리고 고개를 끄덕였다.

손을 뻗은 것은 허공이었다.

허공의 손이 양피지 책장을 하나하나 넘긴다.

도해와 문장이 양피지(羊皮紙)를 빽빽하게 메우고 있지만 도법을 배우기 위해 책을 보는 것이 아니니 무공의 내용에 주목하지는 않았다. 팽련서의 죽음에 대한 단서를 발견하는 것이 지금 해야 할 일이다.

"이건……."

무언가를 먼저 발견한 듯 홍염이 나지막이 중얼거린다.

팽립과 허공의 시선이 홍염에게로 모인다.

"각 장이 두 장의 가죽을 붙여 만들어졌군요."

"그래서 어쨌다는 말인가?"

채륜이 종이를 발명한 이래로 보관하기 힘든 죽간(竹簡)이나 값이 비싼 비단 등은 잘 사용되지 않고 있다. 하지만 얇게 잘 가공된 가죽은 여타의 것들에 비해 훨씬 긴 시간을 편리하게 보관할 수 있어 아직도 특별한 책을 만드는 데 많이 사용되고 있다. 그리고 뛰어난 내구성을 얻기 위해 두 장의 가죽을 붙여 만드는 것도 그리 특별한 것은 아니었다.

"이 한 장이 이상합니다."

팽립의 상체가 쓰윽 앞으로 나왔다. 이미 홍염의 눈썰미가 보통이 아니라는 것을 잘 알고 있는 허공도 조용히 그의 손을 주목했다.

"뭐가 이상하다는 말인가?"

품에서 소도(小刀)를 꺼내며 팽립을 바라본 홍염이 조심스럽게 말한다.

"잠시 무례를 범하겠습니다."

가뜩이나 창백하던 팽립의 얼굴이 희다 못해 푸르게 변했다.

홍염은 소도로 심결의 양피지를 가르고 있었다.

"이게 무슨 짓인가?!"

주먹을 부들부들 떨며 힘없는 목소리를 내지르는 팽립과는 달리 허

공의 표정은 담담하다. 그가 아는 홍염은 확실한 곡절 없이 이런 일을
할 사람이 아니기 때문이다.

"바로 이것입니다."

홍염의 소도는 맞붙인 양피지 사이를 갈라놓았다.

"……."

입술만 바들바들 떨고 있는 팽립을 대신해 허공이 나섰다.

"뭐가 이상하다는 말이오?"

대답은 없다. 홍염은 다시 소도를 들어 다른 장을 떼어내어 처음의
작업을 반복했다.

"보십시오. 이것에 비해 너무 새것 같다는 느낌이 들지 않으십니
까?"

"음……."

팽립은 들릴락 말락 하게 신음성을 흘렸다.

"겉은 약물로 처리해 낡은 것처럼 보이게 하였으나 내부까지 그리하
지는 못했던 것입니다."

홍염의 말에 허공이 다급히 묻는다.

"그렇다면 누군가가 의도적으로 그 한 장을 빼돌렸다는 이야기인 거
요?"

"그렇습니다. 가죽 두 장을 붙여 책의 한 장을 이루는 제책(製冊) 방
식 때문에 이런 종류의 서적은 예로부터 은밀한 편지나 지도 등속을
숨기는 일에 많이 사용되어 왔습니다. 아니면 전체를 관통하는 비결을
숨겨두는 곳이기도 하고요."

"……."

가뜩이나 병색이 완연한 팽립의 인상이 더욱 불편해졌다.

처음에는 은원 때문에 일어난 일이라고 생각했다.

하지만 관과 무림을 통틀어 팽가의 소가주를 죽이고도 무사할 수 있는 사람은 없다. 음모가 있다고 생각할 수도 있다.

그리고 홍염의 말은 음모의 냄새를 짙게 풍겼다.

"뭔가 짚이는 구석이라도 있는가?"

갑자기 적극적으로 나서는 팽립을 바라본 홍염의 입가에 쓴웃음이 걸린다.

'내가 그렇게 쉽게 알 수 있는 거라면 저기 허공이 더 먼저 알았겠지. 아니, 어쩌면 벌써 이것만으로도 뭔가를 알아냈을지도……'

한편 허공은 홍염이 갈라놓은 양피지를 말없이 바라보며 무언가를 골똘히 생각하고 있었다.

"먼지가 없군요."

홍염의 말에 팽립이 흠칫 놀란다.

"얼마 만에 꺼내신 것입니까?"

"나는 잘 보지 않고 아들은 필사본을 보았으니… 마지막으로 열어 본 것이 석 달 전이었는데……."

그제야 알아차린 것인지 팽립은 더욱 절망한 표정이다.

그런 그를 보고 있는 홍염의 가슴은 답답해진다.

'늙고 병이 들어 감각이 둔해진 것인가? 아무리 그렇다 하더라도 산전수전 다 겪은 백전노장이 왜 이리 판단력이 흐려졌단 말인가?'

가만히 생각을 정리해 본다.

팽련서가 사라졌던 날의 상황에 따르면 상대는 일 개인이 아니었다. 뒤늦게 복면인과 팽련서를 따라갔던 호가십풍은 배를 한 척 보았다고 한다.

그리고 비급에 있던 무언가가 없어졌다.

허공이 무슨 근거로 그런 이야기를 한 것인지는 몰라도 만약 팽련서의 죽음이 비안도법과 관련이 있다면 사라진 양피지 한 장에 무엇이 들었던가를 아는 것이 급선무였다.

하지만 지금 분명하게 말할 수 있는 것은 아무것도 없다.

형량보와 한상욱에게 그런 세력이 있었던가?

아니면 교수십이타를 익힌 다른 사람이 있다는 말인가?

사라진 한 장의 양피지에 팽가와 원수가 될 만큼의 값어치가 있는가?

홍염의 이마에 굵은 주름이 잡힌다.

10. 검에는 눈이 없고 매에는 장사가 없다

나무통에선 더운 김이 무럭무럭 오르고 있다.

어찌나 큰지 성인 남자 두셋이 들어가도 넉넉할 만한 통이었다.

실제로 남자 둘이 통 안에 들어가 있기도 했다.

하나는 기를 쓰고 통에서 나가려고 하고 있고 나머지 하나는 나가려
는 사람을 억지로 붙잡아 씻기고 있다.

'제기랄!'

입 밖으로 소리낸 것은 아니다. 하나 눈 있는 사람이라면 누구든 그
가 불쾌해하고 있음을 볼 수 있을 것이다.

노산은 지금 목욕통에 든 연진우를 씻기고 있는 중이다. 감히 거역
할 수 없는 지엄하신 스승의 명에 따라서.

억지로 하고는 있으나 정말 기분이 더럽다.

가뜩이나 마음에 들지 않는 녀석인데 정신 이상에 온몸에 똥칠을 하

고 온 놈을 어찌 씻기라는 말인가? 그것도 같이 욕분(浴盆:목욕통)에 들어간 채로 말이다.

하지만 어쩌겠는가?

잘 돌보라 한 것은 스승의 명이었고 자신은 그 스승의 제자이니 아무리 불만이 있어도 따를 수밖에 없다.

"한 번 더 싸워볼 수 있을까 했는데……."

이번엔 입 밖으로 소리를 낸다.

연진우는 등을 밀던 사람이 갑자기 뭐라 중얼거리자 슬며시 뒤돌아보며 입을 열었다.

"우으으……."

사람 소리도 짐승 소리도 아닌 연진우의 이상한 소리를 들은 노산은 코방귀를 뀐다.

"흥!"

불평이 잔뜩 담긴 손놀림 덕에 연진우의 등판은 온통 시뻘겋게 달아올랐다. 물론 씻겨지는 것이 싫어 적극적으로 반항한 연진우에게도 책임이 있겠지만.

"가만히 좀 있어. 이제 곧 영감님들을 만나러 가야 하니까."

어느새 노산의 말투는 반말에 시비조로 변해 있다.

"우으……."

"알겠으니 제발 그 입 좀 닥쳐!"

노산은 조심조심 연진우를 인도해 걷고 있다.

이지(理智)를 상실한 연진우를 목적지까지 이끌고 가는 것은 보통 일이 아니다. 아무리 어르고 달래도 연진우가 말을 전혀 듣지 않자 노산의 얼굴엔 노기가 치밀어 오른다.

"제길, 나보고 어쩌란 말이야?!"

중얼거린 노산은 다리를 슬쩍 움직여 연진우의 정강이를 걷어찼다.

통증이 정강이에서 허벅지, 허리를 타고 머리에까지 전달되는 데 걸리는 시간은 아주 짧다. 그 짧은 시간이 지나자 연진우는 즉각 반응했다.

"으!"

노산을 노려보며 적의를 표시하는 연진우.

노산의 입술 한쪽이 비스듬하게 올라간다. 비웃는 얼굴과 비슷한 표정이다.

"한번 해보자는 걸로 받아들여도 되는 거지?"

비웃음을 잔뜩 머금은 채로 연진우에게 한마디 던진 노산은 주위를 둘러본다.

다행히 이 시간에는 이 길로 오가는 사람이 없다.

주변에 아무도 없는 것을 확인한 노산은 등에 짊어지고 있던 것을 뽑아 양손에 나누어 든다. 두 척(尺, 1척=약 30.3cm)이 조금 넘는 몸통에 삼 촌(寸, 10촌=1척)가량의 창두가 달린 단창이 두 자루다. 은빛의 창두는 햇빛을 받아 날카롭게 반짝거린다.

"웬만하면 이걸론 멀쩡한 놈을 두들겨 주고 싶었는데 말이야."

빙글빙글 웃기까지 하는 노산은 단창을 쥔 채 연진우에게로 한 발짝씩 다가간다.

하지만 연진우가 정상이 아니기는 하나 위기를 감지하는 능력은 여전했다. 눈앞의 존재가 자신을 싫어하고 해코지하려 한다는 것 정도는 충분히 알 수 있다.

"우어……."

"그래그래, 이제 곧 조용하도록 만들어줄게."

웃는 얼굴의 노산은 단창을 단곤처럼 휘둘러 연진우에게 날렸다.

처음에는 연진우가 몇 방을 얻어맞았다. 단순한 몽둥이질처럼 보이는 노산의 동작에는 유무용이 고심해서 창안한 상승무학의 요결이 녹아 있기 때문이다. 하지만 몇 수가 지나자 연진우도 열에 서넛은 막거나 피할 수 있게 되었다. 머리는 기억하지 못해도 몸은 기억한다. 피땀 흘려가며 했던 수련이 연진우를 보호해 주고 있는 것이다.

"제법이네."

비릿한 웃음을 얼굴 가득 머금은 노산. 갑자기 그의 양손이 빨라진다. 지금까지의 몽둥이질과는 어딘가 다른 손놀림이다.

'제기랄, 멀쩡한 저놈을 이기려고 이날까지 연마한 건데.'

연진우에게로 날아가고 있는 것은 단창을 몽둥이로 활용한 차원의 공격이 아니다.

그는 질투심과 승부욕 때문에 연진우에게 비무를 신청했다. 그러나 우스울 정도로 간단히 패배했었다. 비록 그 직후에 친형이 연진우를 가볍게 꺾기는 하였으나 그것은 형의 일이지 자신의 일이 아니었다.

그 일이 있은 후로 절치부심하며 무공을 닦았다. 근접전에 약한 장창의 단점을 보완하기 위해 단창을 쌍으로 잡고 무공을 연마했다. 비록 자세한 이유를 묻지는 않았지만 스승인 유무용도 막내 제자의 그런 고련이 기꺼웠는지 지나가는 말로 상승의 비결을 알려주곤 했다.

노산은 그때의 노산이 아니다.

형과 마찬가지로 타고난 재능은 오히려 연진우나 홍염보다 나으면 나았지 못할 구석이 없는 사람이다. 단지 그때의 패배는 수련의 공(功)

이 연진우에 비해 부족했을 뿐이다.

수련을 거듭할수록 자신감이 붙어 이제 슬슬 연진우를 찾아 재도전을 해볼 생각이었다.

그런데 눈앞에 갑자기 나타난 연진우의 몰골은 정상적인 대결을 할 수 있는 상태가 아니었다.

연진우에 대한 노산의 불만은 그것이 아니었을까?

단지 바보 천치처럼 구는 녀석을 시중드는 것이 귀찮아 그랬다기보다는 다시 한 번 겨뤄보고 싶었던 사람이 이리도 비참한 꼴로 나타난 것이 싫어서가 아니었을까?

"이얏!"

짤막한 기합 소리와 함께 창끝이 어지럽게 갈라진다.

유무용의 독문절기인 성진창(星辰槍) 제이식 은영성운(銀影星雲)이다. 창두가 각각 스물여덟 개의 방위로 연진우를 압박해 왔다.

다급해진 연진우는 몸을 굴러 은영성운의 공격권에서 벗어나는가 싶었다.

하지만 아주 짧은 그 순간 어디서 날아든 건지도 모를 섬전(閃電) 같은 일초가 연진우의 가슴팍을 찔렀다.

"……."

바닥에 주저앉은 연진우는 멍청하게 가슴에 놓인 창대를 본다.

창두는 반대 편에 있다.

창을 반대로 돌려 창끝이 없는 곳으로 가슴을 살짝 친 것이다.

노산은 얼굴을 찌푸린다.

성진창의 마지막 한 초식, 현천뇌전(玄天雷電)을 구사해 연진우를 제압했다. 그러나 그는 상태가 온전치 못한 상대를 꺾었다고 해서 자랑스러워할 수 있는 사람이 아니었다.

　게다가 기껏 씻겨놓은 연진우는 땅바닥에 주저앉아 오줌을 질질 싸고 있다.

　다른 누구도 아닌 자기 책임이니 노산의 얼굴은 일그러질 수밖에 없다.

　간신히 연진우를 다시 씻겨 다른 옷으로 갈아입히는 데 성공한 노산은 조금 전의 경험을 십분 활용해 연진우를 아주 부드럽게 인도했다.

　불행인지 다행인지 연진우도 방금의 교훈을 잊지 않고 노산의 통제를 순순히 따라주었다.

　연진우를 이끌고 한 건물에 들어선 노산은 양손을 겹쳐 포권하며 허리를 깊숙이 숙인다.

　"제자 노산이 명을 받들었습니다."

　그들의 정면에는 언극린과 유무용이 앉아 있다.

　언제나와 다름없이 언극린의 뒤에는 예의 백면인이 서 있다.

　'저건 분명히 면구(面具)일 거야. 사람 피부가 저렇게 희다는 것도 말이 안 되지만 얼굴 근육을 전혀 움직이지 않는다는 것도 정말 이상하거든. 하여튼 재수없어.'

　백면인의 얼굴을 볼 때마다 이상한 느낌이 드는 노산으로선 한시 바삐 이 자리를 벗어나고 싶은 마음뿐이다.

　다행히 유무용이 그의 마음을 알아주었는지 물러나라 말한다.

　노산이 조용하면서도 재빠른 동작으로 실내에서 사라지자 연진우는 불안한 눈으로 주위를 두리번거린다.

　유무용은 걱정스런 눈빛으로, 언극린은 재미있다는 눈빛으로 그를 쳐다본다. 그리고 백면인은 표정없는 얼굴에 어울리지 않는 맑고 깨끗한 눈동자를 반짝인다.

"이런, 이래서야……."

언극린이 애매하게 말끝을 흐리자 유무용이 입을 열어 연진우에게 말했다.

"몸이 많이 상한 모양이구나. 그동안 무슨 일이 있었던 것이냐?"

부드러운 유무용의 목소리에도 불구하고 연진우의 눈에 어린 불안한 기색은 사라지지 않는다.

"아무래도 이런 일은 우리처럼 거친 무부들보다는 다른 사람에게 맡기는 것이 더 좋을 것 같소."

언극린이 나직하게 말하자 유무용도 고개를 끄덕인다.

"맹주님의 뜻이 그리시다면 그렇게 해야겠지요."

―어떤 종류의 정신적 충격으로 인해 사물을 판단하거나 의사를 결정할 능력을 상실한 상태.

정의맹 군사 구양승이 연진우를 보고 내린 진단이었다.

"안정된 환경에서 거하도록 하며 좀 더 경과를 지켜보아야겠습니다."

구양승은 말을 하며 가볍게 헛기침을 했다.

함께 있던 언극린은 미소하며 고개를 끄덕였지만 유무용은 뭔가 못마땅한 얼굴이다.

"구양 군사께서 의술에도 조예가 있다는 이야기는 들은 적이 없소만… 어쨌든 지금 우리가 필요한 건 그런 상식적인 이야기가 아니지 않소."

유무용의 말에는 가시가 돋쳐 있다.

정의맹주 언극린이 맹의 힘과 권위를 상징한다면 실질적으로 정의 맹을, 아니, 백도무림 전체의 방향을 설정하고 세세한 계획을 세우는 것은 구양승의 몫이었다. 그래서 백도의 맹주는 언극린이 아니라 구양 승이라고 비꼬아 말하는 사람이 있기도 했다. 그러니 어떻게든 정의맹 의 영향력에서 벗어나 언극린과 대등한 관계를 맺으려 하는 유무용으 로서는 구양승이 눈엣가시나 마찬가지일 것이다.

하지만 구양승은 허허롭게 웃기만 했다.

그리고 천천히 말한다.

"물론 여러 가지 방법이 있고 하나씩 해볼 생각이외다. 빠르게 효과 를 볼 수 있는 방법도 물론 있지요. 하지만 빠르면 빠를수록 이 젊은이 의 몸과 마음이 더 많이 망가질 것인데 장문인께선 여기 이 젊은이가 완전히 망가지는 것을 바라시는 겁니까?"

유들유들한 구양승의 언변에 말문이 막힌 유무용은 가만히 입을 다 문 채 마음을 가다듬었다. 애초부터 논쟁할 생각은 없었다. 그저 가볍 게 한번 빈정거려 본 것인데 반격을 당해 버렸다. 유무용은 전 무림을 뒤져 보아도 말로 이 늙은이와 다투어 이길 수 있는 사람은 몇 되지 않 을 것이라고 자위하며 마음을 가다듬는다.

대답이 없자 구양승의 말은 계속된다.

"심신을 안정시키고 정기를 북돋워 주는 약재를 쓰면서 천천히 이야 기하다 보면 곧 말문을 열 것입니다. 너무 조급하게 생각하지 않아도 됩니다."

유무용은 언극린과 함께 고개를 끄덕였다. 일단 당분간은 노산에게 좀 더 연진우를 돌보라 해야겠다는 생각을 하며.

"제길, 그럼 이 짓거릴 얼마나 더 해야 한단 말야?"

노산은 투덜거리며 연진우를 자리에 뉘었다.

물론 연진우는 몸을 움직여 가며 그의 일을 방해했다. 하지만 결과
는 신통치 않았다. 이미 낮에 노산에게 뜨거운 맛을 본 터라 어느 정도
길이 들어버린 것처럼 되었다. 어정쩡한 모습으로 침상에 누운 연진우
는 노산이 자신의 혈도를 누르는 것을 쳐다보았다.

몇 곳의 혈도를 점한 후 노산은 안도의 한숨을 쉬며 나란히 놓인 옆
자리의 침상 위로 올라갔다.

"쳇! 잠까지 같은 방에서 자야 한다니……."

효과적인 감시와 시중을 위해 가장 가까이에서 돌보라는 것이 사부
의 명이기에 노산은 할 말이 없다. 그저 이렇게 연진우를 보며 불평불
만을 늘어놓는 것이 전부이다.

그는 눈을 감으며 억지로 잠을 청했다.

잠이 오지 않는다.

마냥 이렇게만 있을 수 없다는 생각이 든다.

눈을 감은 채로 시간이 꽤 지났다.

갑자기 노산의 입가에 흐뭇한 미소가 걸린다. 만약 말을 듣지 않으
면 낮에 했던 것처럼 또 두들겨 주리라는 생각이 든 것이다.

'이제는 두 다리 뻗고 편하게 잘 수 있겠군. 역시 사람은 마음먹기
에 따라 얼마든지 변할 수 있다니까.'

이미 연진우는 코를 골고 있다.

마음을 정하자 기분이 좋아진다.

기분 좋은 노랫소리와 향기로운 내음이 느껴지는 것만 같다.

노산도 그렇게 천천히 잠들어갔다.

갑자기 코끝으로 시큼한 냄새가 느껴졌다.

그리곤 귓전이 간질간질해진다.

무언가 보드라운 것이 귓바퀴를 스치고 지나간 것 같다.

따듯한 공기가 귓구멍 속으로 들어오는 것 같기도 하다.

"오라버니, 오라버니……."

이번에는 따듯한 공기만이 아니다. 아주 나지막한 소리지만 사람의 목소리가 분명한 어떤 소리가 귓속으로 흘러들어 온다.

그러나 안타깝게도 지금의 연진우에겐 말소리를 이해할 만한 능력이 부족하다.

"우으……."

"쉿!"

검은 그림자는 연진우의 입술 위에 손가락을 가져갔다.

어둠 속에 자그마한 검은 그림자. 나란히 붙어 있는 두 개의 침상 중에 연진우가 누워 있는 침상 위로 올라와 있다.

하지만 어두운 상태로 그냥 보아선 그림자를 발견하기 어려울 것이다. 그림자는 연진우의 몸에 착 달라붙어 있다. 포개진 채 누워 있는 두 사람의 모습은 덩치가 남달리 큰 한 사람으로 보인다.

"아무 소리 내지 말아요. 일단 몽혼향을 방 안에 뿌려두긴 했지만 소리를 냈다가 다른 사람들이 알게 되면……."

그림자는 연진우에게 올라탄 자세로 조심조심 속삭인다.

시키는 대로 소리는 내지 않았지만 연진우는 그림자가 말을 할 때마다 어디가 불편한 듯 얼굴을 찡그린다.

그림자의 얼굴에 한줄기 흰색 곡선이 반짝인다.

어둠 속에서 가볍게 미소할 때 드러난 이빨이 약간의 빛에 잠시 반짝인 것이다.

소리없이 웃었던 그림자가 연진우의 귓전에 입김을 불어넣는다.

연진우의 인상이 더욱 일그러진다.

"으……."

"조용히 하라니까요."

신기하게도 연진우는 그림자가 시키는 대로 입을 다문다.

잠시 동안 그저 가만히 연진우를 지켜보던 그림자가 다시 속삭인다.

"산 아래에서 기다린다고 했는데 바보같이 쌈질이나 하구……."

어둠 속에서 다시 무언가가 반짝인다.

이번에는 눈이 반짝였다. 그런데 그 반짝임은 눈에서 분리되어 연진우의 얼굴에 떨어졌다.

"아무리 그래도 그렇지 사람을 이렇게 가둬놓고 뭐 하자는 거야? 오라버니, 내가 도와줄 테니 같이 여길 빠져나가요."

나긋나긋한 목소리는 따듯한 숨결과 함께 그림자의 입에서 흘러나왔다.

이야기를 듣고 그러는 것인지 숨결이 귀와 목덜미를 간지럽혀서 그러는 것인지 연진우는 인상을 찡그리며 몸을 뒤튼다.

그림자는 천천히 연진우의 상체를 침상 위에 일으켜 세웠다.

그리곤 먼저 침상 아래로 내려가 연진우에게 손을 뻗으려 했다.

하지만 그는 연진우를 잡지 않고 재빠른 동작으로 뒤로 돌아 어둠을 향해 암기를 던졌다.

휙— 휙—

아주 미세한 파공음을 제외하고는 어떤 소리도 들리지 않게 날아간 암기였지만 그림자는 가볍게 떨고 있다.

"이야기가 어디까지 가는지 좀 더 들어보려구 했는데……."

목소리가 들리는 동시에 실내에 불이 밝혀졌다.

그림자의 모습이 드러났다.

검은색 경장을 입은 여인이었다. 특이하게도 다른 무기는 없이 양손에 권갑(拳甲)만을 착용하고 있다.

희미한 등잔불에 드러난 그녀는 소림사에서 연진우와 헤어진 설화였다.

노산은 손에 들고 있던 등잔을 내려놓으며 양손에 단창을 나누어 들었다.

"누군가 했더니 개파대연에 나타났던 아가씨로군. 처음부터 몽혼향을 너무 짙게 썼어. 안 그랬으면 꼼짝없이 당했을 텐데 말이야."

그는 말과 동시에 질풍 같은 연속 공격으로 그림자를 공격했다.

그러나 설화는 갑작스런 노산의 공격에도 당황하지 않으며 가볍게 몸을 날려 단창을 피한다.

그녀가 너무도 손쉽게 자신의 공격을 피해내자 노산의 얼굴이 딱딱하게 굳어진다.

'은영성운'은 그렇게 쉽게 피할 수 있는 공격이 아니다. 세 종류의 공격 방법을 모아 '성진삼식'이라고 부르고 있지만 성진삼식의 '유성만리', '은영성운', '현천뇌전'은 정형화된 초식이 아니다.

밤하늘을 가르는 한 가닥 유성의 움직임을 창끝에 옮겨온 유성만리, 이십팔수(二十八宿:하늘의 별자리를 스물여덟 개의 구역으로 구분한 것)의 공간을 차지하고 있는 무수한 별의 흐름과도 같은 연속 공격의 정수

은영성운, 그리고 하늘과 땅을 찢어발기는 뇌전을 담은 현천뇌전. 성진삼식은 유무용이 추구하는 창법의 정수를 형상화한 것이다.

특히 방금 노산이 구사한 은영성운은 하늘에 떠 있는 별의 크기와 밝기가 모두 제각각이듯 공격 하나하나의 방향과 세기가 모두 다르다. 일단 은영성운을 자유롭게 구사할 수 있는 수준이라면 아무리 상대가 고수라고 해도 완전히 피해내는 것은 어렵다.

그런데 설화는 너무도 쉽게 피해 버렸다.

노산의 이마에 굵은 힘줄이 솟아오른다.

"내 창(槍)에는 눈이 없다. 당한 후에 내 손속이 잔인하다고 원망하지 마라."

분기를 억누르고 냉정하게 말한 노산을 빤히 쳐다보던 설화의 얼굴에 빙그레 미소가 떠오른다.

"원래 창이 아니라 검 아닌가요? '검에는 눈이 없다' 말예요."

"……."

하지만 설화의 도발에도 노산의 냉정은 깨어지지 않는다.

오히려 더욱 냉정한 표정을 지은 노산은 설화를 향해 비릿한 웃음을 지어 보였다.

그러자 설화는 약간 도도한 표정을 지으며 말했다.

"당신 창은 어떤지 잘 모르겠지만… 원래 검에는 눈이 없고 매에는 장사가 없는 법이죠."

말을 마침과 동시에 설화의 주먹이 노산을 향해 날아들었다.

노산은 단창을 교차시켜 그녀의 주먹을 막았다.

쉬익—

주먹의 궤도가 기묘하게 변했다.

퍼억!

공중에서 몇 번을 연거푸 방향을 바꾼 설화의 주먹은 어느새 노산의 아랫배에 박혀 있었다.

노산의 눈에 경악의 빛이 떠올랐다.

기묘한 초식으로 방어를 뚫은 것도 놀랍고 주먹에 실려 있는 묵직한 힘도 놀라웠다.

'하지만 이 정도 힘으론 나를 제압할 수 없어!'

소녀나 자신이나 나이는 비슷해 보인다. 그러나 공력에서는 제법 차이가 나는 듯했다.

싸울 땐 나의 강함으로 상대의 약함을 공격하는 것이 기본이다. 유무용이 제자들에게 그렇게 가르쳤고 한상욱이 연진우에게 그렇게 가르쳤다. 그리고 그들은 형량보에게서 그것을 배웠다.

노산은 창을 휘두르며 지구전으로 들어갔다.

상대의 초식이 워낙 기묘해 정면으로 부딪쳐서 위험을 초래하기 십상이다. 그래서 빙빙 돌아가며 공력을 소진시키려 든 것이다. 그리고 이렇게 하는 와중에 소란한 소리를 듣고 다른 이들이 달려올 것을 염두에 둔 행동이기도 하다.

점점 초조해진 설화는 주먹을 성급하게 휘두르기 시작했다. 일이 노산의 의도대로 되어가고 있다.

시간이 얼마 지나지도 않아 설화의 얼굴에 피로한 기색이 떠오른다. 그것을 눈치 챈 노산은 그녀를 향해 창을 찔러 들어갔다.

'흑······.'

어깨가 화끈거린다. 두 자루의 단창 중 하나가 왼쪽 어깨에 꽂힌 채 대롱대롱 매달려 있다.

비명이 목구멍까지 치밀어 올라왔지만 도로 집어삼켰다.

소리를 질렀다간 당장에 사람들이 몰려올 것이다. 솔직히 노산이 지금까지 큰 소리 내지 않고 일 대 일의 대결에만 집중해 준 것이 고마울 지경이다.

"그만 하지? 두 손으로 해도 안 되는데 한 손만 가지고 뭘 어쩌겠다는 거야?"

노산이 비웃으며 말했지만 설화는 여전히 대답하지 않는다. 그녀는 이를 악물고 어깨에 꽂힌 단창을 뽑아 바닥에 내동댕이쳤다. 그저 아랫입술을 꼭 깨물며 남은 오른팔과 양다리, 그리고 나머지 모든 부위를 무기로 활용해 노산을 공격할 뿐이다.

하지만 노산은 여유만만하다.

자신에 비해 공력이 부족할 뿐만 아니라 어깨에서 피를 너무 많이 흘린 탓에 설화의 움직임은 갈수록 둔해지고 있다. 굳이 귀찮게 손을 쓰지 않더라도 그냥 내버려 두면 제풀에 쓰러질 가능성이 커 보인다.

"우아……."

갑자기 괴성이 들려온다.

노산과 설화의 시선이 일시에 괴성의 진원지를 향한다.

그곳엔 연진우가 서 있다.

노산의 표정이 복잡해진다. 분명히 점혈을 했는데 어떻게 저 자리에 서 있을 수 있는 걸까? 그리고 절대로 남의 말을 안 들으려 하던 저 말썽꾸러기가 조금 전 어둠 속에서 소녀의 말을 순순히 따르던 것도 이상하다.

반면에 설화의 얼굴은 기쁨으로 빛났다.

위기에서 구출받았다는 것보다 연진우가 자신을 기억하고 극적인 시점에서 떨치고 일어선 것이 기쁘다.

잠시 연진우와 설화 사이에서 눈동자를 굴려본 노산은 히죽 웃으며 연진우를 공격했다.

타탁!

팽이처럼 몸을 회전시키며 노산의 창을 받아낸 연진우의 얼굴.

그 얼굴 아래쪽에 있는 입이 열리며 목소리가 흘러나온다.

"캬오!"

여전히 말을 제대로 하고 있지는 못하다.

연진우는 도저히 의미를 짐작하기 힘든 괴성을 연이어 내뱉으며 노산과 어우러졌다.

바로 옆에서 처음부터 계속 이 싸움을 지켜보고 있던 설화는 말도 못하게 초조해졌다.

'여기서 시간을 더 허비하면 안 되는데……. 곧 사람들이 들이닥칠 텐데…….'

파앗!

날아오는 창을 몸을 뒤로 뉘여 간신히 피하는가 싶었는데 완전히 피하지는 못한 모양이다. 연진우의 옷 가슴팍이 찢어졌다.

노산이 구사하고 있는 것은 단순한 창법이 아닌 다양한 변칙 기술을 포함한 독특한 단창술이다. 그의 몸놀림에는 찌르기와 치기, 밀기 따위의 기술 외에도 다양한 기술이 존재했다.

"우어……."

조금씩 밀리던 연진우의 입에서 다시금 괴성이 터져 나온다.

그와 동시에 그의 몸이 엄청나게 빠른 속도로 움직이기 시작했다.

노산도 거기에 호응해 고함을 지르며 하나 남은 단창을 휘둘렀다.

실내에는 굉음이 가득하고 돌개바람이 어지럽게 불었다. 귀머거리
가 아닌 이상 아무리 깊게 잠들었다고 하더라도 누구나 들을 수 있을
만큼 큰 소리였다.

"찻!"

노산의 손에서 단창이 사라졌다.

무기를 던져 버린 것이다.

그리고 그와 동시에 몸을 날려 손발로 연진우를 공격했다.

손에서 떠난 단창은 연진우를 향해 쾌속하게 날아갔다. 그냥 있으면
창에 찔려 꼬치가 될 테고 피하려 하다간 방어가 허술해져 노산의 육
탄 공격에 당할 수도 있다.

하지만 연진우는 고민하지 않았다.

지금 그는 감각으로만 싸우고 있다. 그의 몸 안에는 혼원기공의 공
력과 초목수호신군이 전수해 준 공력이 꿈틀거리고 있다. 비록 그것을
의식적으로 조절하고 있지는 않지만 분명히 존재하고 있는 양대 기공
이 연진우를 지켜주고 있다.

"생각해야 움직일 수 있는 것은 아직도 수련이 부족하기 때문이다."

갑자기 연진우의 머리 속에 벽력과도 같은 음성이 스치고 지나간다.

과연 그는 알고 있을까, 방금 우렁차게 울린 그 음성의 주인공이 바
로 자신의 스승이라는 것을?

갑자기 연진우의 동작이 조금 전에 비해 몇 배는 빨라졌다.

지금껏 가진 능력을 초월한 힘을 발휘하고 있던 노산은 더 이상 연
진우의 속도를 따라가지 못했다.

일권(一拳), 이권(二拳). 공격은 차근차근 적중되어 노산의 신체 기능을 하나씩 마비시켰다.

노산은 더 이상 공격을 하거나 연진우의 움직임을 따라갈 생각을 하지 못한 채 속도를 떨어뜨렸다.

그러나 연진우의 손은 멈추지 않는다. 오히려 더욱더 빨라진다.

급기야는 눈에 잘 보이지 않을 정도로 빠르고 급하게 손발을 놀렸다.

싸움은 이미 끝났다. 지금 진행되고 있는 것은 일방적인 구타일 뿐이다.

노산은 허공에 붕 떠 있다.

일방적으로 내지르는 연진우의 주먹이 그를 땅 위에 내려오도록 하지 못하게 하고 있다. 바닥에 떨어지려 하면 일권을 날려 올려 보내고 다시 떨어지려 하면 또 일권을 날려 올려 보냈다.

연진우를 보는 설화의 눈에 뭐라 표현하기 힘든 복합된 감정이 그려진다. 그리고 연진우의 눈에는 육식 동물의 살기가 그려져 있다.

"……."

연진우는 망연자실한 얼굴로 방바닥을 바라본다.

노산은 꼼짝도 하지 않은 채 바닥에 엎드려 있다.

자못 두려운 표정을 한 연진우가 주저앉아 노산을 툭툭 건드려 보지만 꼼짝도 하지 않는다.

"우으……."

뭔가를 저질러 놓고도 도대체 자신이 무슨 일을 한 것인지 도통 이해하지 못하고 있는 연진우. 가까스로 정신을 수습한 설화가 가까이

다가와 노산을 살펴보았다.

그녀는 노산의 목덜미에 손을 가져가 보더니 연진우의 눈을 똑바로 보며 짤막하게 내뱉었다.

"죽었어요."

"응?"

창백한 얼굴의 설화가 노산의 상태를 이야기했다. 하지만 연진우는 여전히 이해하지 못한 듯 그의 어깨를 잡고 흔든다.

"그만 해요."

"으으……."

"그만 하라니까요!"

설화가 신경질적으로 소리를 질렀다.

그때까지 멈추지 않고 노산의 몸을 흔들던 연진우의 움직임이 일순 정지되었다.

그나마 소리라도 지르자 말을 듣는 것 같다. 설화는 아주 약간 안심을 했다.

"가요. 조금 전의 소리를 듣고 사람들이 올 거예요. 어서 달아나야 해요."

"……."

연진우의 눈빛이 차가워진다.

그는 아무 소리도 내지 않고 다만 차가운 눈으로 설화를 노려보며 고개를 설레설레 흔든다.

설화는 심장이 얼어붙을 것만 같은 느낌을 받았다.

이지를 상실해 어리석을 것이라고만 생각했던 연진우의 눈빛이 예사롭지 않다.

"왜 그러는 거예요? 죽자사자 달아나도 도망치기 어려운데 왜 이러는 거냐구요?"

"……."

연진우는 여전히 대답은 않고 차가운 눈빛만을 쏘아낸다. 보는 사람의 심장을 얼어붙게 만들고 마주 대하는 눈동자를 깨뜨릴 것만 같은 차가운 눈빛을.

억겁처럼 느껴지던 찰나의 적막이 흘러가고 그의 입술이 천천히 열린다.

"다시는… 도망치지 않는다."

발음은 어눌했지만 설화는 분명히 알아들을 수 있었다.

설화의 얼굴에 감격의 기운이 떠올랐다.

말을 하기 시작한 것이다. 완전히 바보 천치가 된 줄만 알았던 연진우의 입에서 다시 말이 흘러나오기 시작한 것이다.

잠시 감격했던 설화의 안색은 이내 무거운 쪽으로 돌아갔다.

정신을 차리게 되어 기뻐했는데 입을 열고 첫 번째로 한 말은 별로 듣고 싶은 말이 아니었다.

지금 상황에서는 달아나야 한다.

죽은 자는 신창문의 제자이다. 유무용이 아무리 형량보, 한상욱에 걸친 친분을 가지고 있어도 자신의 제자를 죽인 자를 그냥 내버려 둘 턱이 없다.

물론 그녀에게는 무사할 수 있는 방법이 있다. 하지만 연진우에게는 그런 것이 없다. 하북팽가의 소가주가 교수십이타에 죽었다는 소문이 강호에 떠돌기 시작했다. 교수십이타의 창시자인 형량보와 그의 제자 격인 한상욱이 강호에서 실종된 이때 연진우가 사람을 죽였다. 유야무야 넘어갈 수 있는 일이 아니다.

"……."

거기까지 생각이 미치자 설화의 머리 속에 뭔가가 스치고 지나간다.

기분 나쁜 느낌이 든 그녀는 손가락을 빳빳하게 세워 노산의 몸 몇 군데를 꾹꾹 눌러본다.

설화의 안색이 더욱 창백해진다.

이번에는 손바닥으로 무릎과 어깨 등 큼직한 관절을 눌러본다.

부드럽다!

마치 뼈 없는 연체동물처럼 부드럽다. 누르면 누르는 대로 푹푹 파여 들어간다.

내심 한 가지를 확신한 그녀의 눈빛이 암울해진다.

"교수십이타를 익혔나요?"

암울한 설화의 눈빛 앞에 연진우는 어눌한 발음으로 대답한다.

"아니."

"그럼 이건 뭐죠?"

"이거라니?"

차갑기만 하던 연진우의 눈빛에 어느새 흐릿한 기운이 침범해 있다.

설화는 한숨을 쉬며 엎드려 있는 노산의 팔을 그대로 들어 올렸다.

시체의 팔은 괴이한 모양으로 그대로 들렸다. 살아 있는 사람이든 죽은 사람이든 그것이 정상적인 상태라면 저런 식의 움직임은 불가능하다. 설사 유가술(踰跏術)을 익힌 몸이라 할지라도 죽어서 저렇게 한다는 건 불가능하다.

팔을 이리저리 다양한 각도로 돌려보던 설화가 그것을 내려놓으며 말했다.

"겉은 멀쩡해서 전혀 표시가 나지 않지만 이 사람의 내부는 완전히 박살이 났어요. 아니, 박살이 났다기보단 아주 고운 입자로 가루를 만들었다는 게 더 정확하겠네요."

"그게 어쨌다는 거지?"

느릿하면서 묵직한 연진우의 목소리.

설화는 대답을 하지 않고 다른 이야기를 한다.

"일단은 이 자리에서 떠나야 해요."

갑자기 창백하던 그녀의 얼굴 위로 당황한 기색이 어린다.

그녀의 시선은 연진우의 등 뒤를 향하고 있었다.

"누구도 이 방을 떠나서는 안 된다."

목소리가 설화의 귀에 도달한다.

눈을 감아도 누군지 구별할 수 있는 목소리다.

발가벗고 같이 놀던 시절에는 무서운 줄 몰랐는데, 그땐 그저 정겹기만 했는데… 지금은 너무 많이 변해 버린 사람의 목소리다.

언제부터 변해 버린 걸까?

공동파에 입문한다며 떠났을 때였던가?

"오라버니……."

설화는 떨리는 목소리로 남자를 불렀다.

남자는 희고 무표정한 얼굴로 설화를 쳐다보고 있다. 진짜 얼굴이 아니라 가면이긴 하지만 무표정한 저 얼굴을 보고 있으면 왠지 섬뜩해진다.

"다른 사람들이 올 거다. 그때까지는 아무도 여기서 나갈 수 없다."

백면인의 입술이 달싹거리자 설화는 땅이 꺼질 듯 한숨을 내쉬었다.

하필이면 제일 먼저 나타난 게 이 사람이라니…….

설화의 한숨이 못마땅한 듯 백면인은 느릿하게 말했다.

"형님께서 많이 걱정하신다."

밤바람이 제법 차갑다.

차가운 바람이 열린 창문으로 들어와 방 안을 가득히 메운다.

집기가 부서져 사방에 흩어진 어지러운 방 안.

시체 한 구가 걸레인 양 널브러져 있다.

그리고 세 사람이 팽팽하게 대치하고 있다.

"형님께서 많이 걱정하신다."

설화는 백면인의 입에서 나온 목소리에 어깨를 움찔한다.

하지만 그녀는 이내 정색을 하며 쌀쌀맞게 말했다.

"힘으로 데려가려는 게 아니라면 돌아가요. 난 안 따라갈 테니……."

"안 그래도 그럴 생각이었다."

백면인의 대답은 신속하게, 그리고 짧게 이루어졌다.

그는 한 걸음 앞으로 나서며 이야기를 계속했다.

"우선 이 친구를 먼저 얌전하게 만들어야겠군."

설화와 더불어 이야기하던 백면인의 목소리를 듣던 연진우는 그의 목소리가 귀에 익다는 느낌이 들었다. 물론 이지(理智)가 마비된 상태에서 막 벗어난 터라 모든 것이 어리벙벙하지만.

"누구요?"

설화에게 했던 백면인의 대답보다 더 짧은 목소리가 조금 어눌한 말투로 흘러나왔다. 어린아이의 혀 짧은 발음과는 다른, 마치 외국인이 갓 배운 서툰 한어(漢語)와 흡사하다.

쉬릭—

백면인은 대답 대신 검을 뽑아 들었다.

검면이 좁아 호리호리하게 생긴 송문고검이다. 무사의 검이라기보다는 도사의 패검 같은 인상을 주는 그런 검이었다.

하지만 연약해 보이는 검을 쥔 그의 기도는 전혀 약해 보이지 않는다. 아니, 외려 가느다란 검 한 자루에 몸을 완전히 숨겨 버린 놀라운 수행에 감탄할 정도였다.

"혈도를 제압하겠다. 반항하지 않는다면 그 이상은 하지 않을 테니 가만히 있거라."

낮고도 부드러운 백면인의 목소리는 강철 같은 의지를 담고 연진우에게로 전해졌다.

연진우의 안색이 침중해진다.

저 정도의 고수와 상대할 준비가 되어 있지 않다, 적어도 지금은.

기의 흐름에는 별문제가 없다. 가만히 있어도 알아서 움직이며 더 깊은 단계로 조금씩 나아가는 혼원기공이다. 미미하지만 오히려 이전보다 조금은 진보했을 것이다.

하지만 근골은 다르다.

연진우는 근육이 굳어 있는 것을 느꼈다.

내력으로 근력을 뛰어넘는 힘을 낼 수 있는 것은 사실이지만 그것 역시 근육을 통해 발현되는 것이다.

아무리 발경(發勁)을 하려 해도 사지의 근육이 가닥가닥 잘려 있다면 무슨 수로 기를 발하겠는가?

그리고 무공의 초식을 펼치기 위해선 평소에 잘 쓰지 않는 근육의 움직임이 어느 정도 필요하다.

물론 육체적인 수련으로 얻을 수 있는 것은 한계가 있다.

그것은 나이가 들면 들수록 더욱 분명해진다.

그리고 절정의 고수들은 도약을 위해 육체적 수련보다 찰나의 깨달음을 더욱 중시한다.

하지만 그렇다고 해서 그들이 육체의 수련을 아예 놓아버리는 것은 아니다. 나이가 들면 그 나이에 맞는 정도의 수련을 계속해서 한다. 깨달음을 바란다고 종일 참선만 하고 앉아 있지도 않는다.

생각해 보라.

막상 무예의 극의를 깨달았는데 그것을 펼치려고 하니 뼈마디가 다 굳어 있으면 어떻게 되겠는가?

벌써 꽤 오랫동안 제.대.로. 움직이지 못했기에 연진우의 근골은 적잖이 굳어 있었다.

조금 쓰다 보면 풀리겠지만, 지금 연진우가 닥친 상황은 한가하게 몸을 풀어가며 싸울 수 있는 상황이 아니었다. 상대는 검에 몸을 온전히 담는 경지에 이른 절정고수이다. 최상의 상태에서 싸워도 이길 자신이 없는 그런 자를 앞에 두고 몸을 푼다는 것은 꿈도 꿀 수 없는 일이다.

그리고 하나 더, 결정적으로 아직 연진우의 두뇌가 온전하게 깨어나지 못했다.

지금의 어리둥절함은 싸움 중의 정확한 판단력을 마비시킬 수 있을 것이다. 그리고 그것이 치명적인 결과로 이어질 가능성은 매우 높다.

'뭐가 어떻게 돌아가는 거지?'

연진우는 한숨을 쉬며 속으로 중얼거린다.

하지만 어떤 방법을 선택할 것인가는 이미 결정했다.

……

아무런 기척도 없었다.

굳은 몸으로 그 정도의 움직임을 보일 수 있다는 것이 대단하게 여겨질 정도다.

하지만 그가 야수와 같은 본능을 발산하며 노산을 때려죽이는 것을 본 백면인은 전혀 당황하지 않고 그의 공격을 비껴냈다. 이미 예측하고 있었다는 듯 자연스러운 움직임이다.

한 번의 공격이 실패하자 연진우의 몸 중심이 크게 휘청거린다.

모름지기 상승 무공은 조화(調和)를 대원칙으로 삼는다. 상승 무공의 모든 초식에는 균형과 조화의 안배가 숨어 있다. 지금 연진우가 보여주는 꼴사나운 휘청거림과는 거리가 멀다.

절정의 검객인 백면인이 그것을 놓칠 리가 없다. 그의 검은 극히 단순한 괘도로 연진우의 요혈을 향해 날아들었다.

카앙!

단단한 것끼리 부딪치는 소리가 났다.

설화의 권갑(拳甲)이 백면인의 검을 막아낸 것이다.

"물러나라."

백면인의 눈꼬리가 올라간다.

"힘으로 데려갈 거라면서요? 빨리해 봐요."

"물러나라고 했다."

"안 그럼 난 이 사람이랑 그냥 나갈 거예요."

설화는 백면인을 똑바로 노려보고 이야기를 하며 은근히 연진우에게 나가라는 손짓을 한다.

"그래 봐야 소용없다. 넌 정의맹을 너무 우습게 여기고 있는 모양이구나.”

백면인의 말에 권갑을 낀 설화의 손이 흔들린다.

아직까지 아무도 방 안에 나타나지 않았다고 해서 정의맹의 사람들이 이 소동을 모르고 있을 거라고 판단하는 것은 말도 안 되는 일이다. 아마도 그들은 백면인을 존중해 주는 뜻에서 이 주위를 둘러싸고 안의 상황을 관망하고 있는 것이리라.

다시 말해 이 상황에서 벗어나는 데 성공하더라도 맹을 탈출하는 것은 불가능하다는 것이다.

“비켜……”

갑자기 연진우가 설화를 제치며 앞으로 나섰다.

설화의 어깨를 잡는 그의 손에 강한 힘이 담겨 있다.

그녀는 고개를 돌려 연진우를 바라보았다.

짐승의 눈알처럼 이글거리는 불덩이 두 개가 그의 얼굴에 박혀 있다.

“더 이상은 도망치지 않는다고 했다.”

느리지만 또박또박한 목소리.

아까까지의 어눌한 어조와는 많이 다르다.

어느새 연진우의 눈빛은 차갑게 가라앉았다.

“과연……”

백의인의 입에서 미미한 감탄의 소리가 흐른다.

그와 동시에 그의 검끝이 뿌옇게 흐려지며 연진우의 서른여섯 군데 혈도를 제압하려 들었다.

순간 연진우의 몸이 앞으로 엎어진다.

아니, 엎드렸다.

백면인의 눈에 처음으로 당황한 기색이 어린다. 피하기 위해 여러 방법을 쓸 것이라고는 생각했지만 엎드릴 것이라고는 미처 생각하지 못했다.

잠시의 흔들림이 기회를 만들어주었다.

엎드렸던 연진우가 물구나무서기를 하듯 다리를 차올렸다.

그의 뒤꿈치는 정확하게 백면인의 얼굴을 겨냥하고 날아들었다. 하지만 백면인이 간발의 차이로 고개를 젖혀 그 공격은 무위로 돌아갔다.

바로 그때, 연진우의 양 다리는 백면인의 목을 옥죄었다. 그리곤 빠른 속도로 상체를 일으켰다.

순식간에 연진우가 백면인의 얼굴을 감싸 안고 그의 어깨 위에 올라탄 형세가 되어버렸다.

빠각!

돌덩이 같은 주먹이 백면 위로 꽂혔다.

뼈가 부러지는 소리가 나며 백면은 붉게 붉든 혈면(血面)이 됐다.

빠각!

한 번으로 그치지 않았다.

연진우는 재차, 삼차 주먹을 날렸다.

백면인은 상반신을 신경질적으로 털어보았지만 연진우는 절대 떨어지지 않았다.

주먹에 연신 얼굴을 얻어맞으면서도 굳건히 서 있던 백면인이 갑자기 뒤로 넘어졌다.

아니, 스스로 넘어진 것이다.

그의 넘어지는 모양은 상체를 한껏 뒤로 젖히며 넘어지는 모양을 하고 있었다.

그대로 넘어지게 되면 자신보다 자신에게 매달려 있는 연진우의 머리가 먼저 땅바닥과 만나게 되는 형세다.

넘어지는 백면인에게 매달려 있던 연진우의 상체가 들렸다. 그 순간 백면인은 허공에서 몸을 휙 뒤집으며 연진우를 아래로 깔아뭉갰다.

바닥에 누운 사내와 그 위에 걸터앉은 사내.

백면인의 주먹이 연진우의 안면을 사정없이 강타한다.

빠각!

아까와는 정반대의 상황, 어쩌면 아까보다 더 심한 상황이 펼쳐진다.

설화가 비명을 지른다.

하지만 백면인은 손을 멈추지 않았다.

그의 주먹을 고스란히 받아내고 있는 연진우의 얼굴에 무심하게 빛나는 눈동자 때문이다.

주먹질은 계속되고, 연진우의 얼굴이 피로 얼룩진다.

평범한 사람의 주먹이라도 저렇게 계속해서 맞으면 감당할 수 없다. 하물며 무림고수의 주먹은 어떻겠는가?

"주먹 다치겠다. 그만 해라!"

갑자기 들려온 목소리에 백면인의 움직임이 멎었다.

아닌 게 아니라 왼손 새끼손가락의 마디가 은근히 아파온다. 부러지진 않았겠지만 삔 것만은 확실하다. 가전의 무예를 익혔더라면 적어도 이 정도 주먹질에 손을 다치는 일 따위는 없었을 것인데…….

백면인은 주먹질을 멈추고 목소리가 들려온 방향을 향해 고개를 돌렸다.

칠 척 장신의 거구가 서 있다.

시커먼 얼굴에 어울리지 않는 도사(道士) 복장을 하고서.

"음……."

그를 본 백면인의 입에서 신음 소리가 흘러나온다.

설화가 눈을 동그랗게 떴다.

그녀가 알고 있던 백면인은 어떤 일에든 감정의 동요가 극히 적은 사람이었다. 처음부터 그런 것은 아니었다. 새로운 스승을 만나 집을 떠난 이후로 그는 그렇게 변했던 것 같다.

여하튼 설화가 보기에 백면인의 저 신음 소리는 대단한 것이다. 입 밖으로 소리를 흘려낼 정도라는 것은 그가 대단히 당황했다는 것을 말해 주고 있다. 대체 저 사람이 누구이길래?

그런 생각을 하며 거구의 도사를 본 설화는 그와 눈이 마주치는 순간 무시무시할 정도로 형형한 광채가 그의 눈에서 쏟아지는 것을 깨닫고 자기도 모르게 고개를 돌려 버렸다.

"주먹을 놀리는 게 제법 매섭더군. 언가(彦家)의 아가씨인가?"

도사의 물음에 설화는 맥없이 고개를 끄덕였다. 왜 그의 말에 그렇게 선뜻 긍정했는지는 자기 자신도 모른다. 그저 그가 풍기는 막강한 기도가 그렇게 만들었으리라는 것밖에는.

이어지는 질문은 백면인을 향했다.

"수상쩍은 걸로 얼굴을 가리고 있기는 하지만, 칼 쓰는 걸 보니 공동산에서 밥술깨나 얻어먹은 놈인 것 같더구나. 나를 모르나?"

"……."

백면인은 대답없이 그를 쳐다보기만 했다.

거구도사가 하늘을 바라보며 껄껄 웃었다.

"다행히 아직 나를 완전히 잊어버리지는 않은 것 같군. 다행이야, 정말로 다행이야.”

다행이라는 말을 몇 번이고 중얼거리던 도사는 웃음을 멈추곤 태산 같이 묵직하게 백면인을 향해 입을 열었다.

“네가 공동파의 문도라면 그 녀석을 나에게 넘겨라. 나 역시 공동의 인연으로 너를 살려주겠다.”

백면인의 눈빛이 떨리고 있다.

그는 눈앞의 도사가 누군지 알고 있다. 비록 그는 자기를 알아보지 못한다 할지라도.

절대로 자신이 대적할 수 있는 인물이 아니다.

무공 실력 때문에 대적할 수 없다는 말이 아니다.

그와 자신의 관계, 그리고 자신이 그에게 한 일 때문에 그의 앞에 서 있을 자신이 없다.

백면인은 힘없이 연진우 위에서 일어섰다.

그리곤 침중한 말투로 도사에게 말했다.

“정의맹의 무사들이 건물 주위를 겹겹이 둘러싸고 있을 겁니다. 물론 당신이라면 아무 문제 없겠지만…….”

휘청거리며 자리에서 일어선 연진우의 뒷덜미를 잡아챈 도사는 기분 좋은 미소를 지으며 고개를 크게 주억거린다.

“목소리가 귀에 익군. 내가 아는 사람이 분명해.”

그 말과 동시에 도사는 사라졌다.

연진우를 데리고…….

분명 얼마 전까지도 한밤중까지 무더위가 기승을 부렸다. 하지만 얼마 전부터 갑자기 쌀쌀해졌다.

여름이 가고 가을이 온 것이다.

겨울이 되면 지금보다 더 하겠지만, 어쨌든 가을밤은 여름 밤보다 길다.

도망자에겐 당연히 여름보다 좋은 계절이다.

“너는 돌아가라.”

거구의 도사가 무뚝뚝하게 내뱉는다.

그의 어깨에 축 늘어진 채로 들쳐 업힌 연진우는 기절이라도 한 듯 꼼짝도 하지 않고 있다.

설화의 고운 눈썹이 일그러진다.

“왜……”

질문은 거기서 멈춘다.

도사의 눈에서 강렬한 빛이 일렁인 까닭이다.

단순히 눈빛이 강해서 사람을 압도하는 그런 것이 아니다. 그의 눈빛에는 심령(心靈)을 진동시키는 독특한 힘이 있었다.

‘섭혼술(攝魂術)……’

그가 내뿜는 눈빛의 정체를 알아차린 설화는 마음을 가다듬었다.

세인들은 섭혼술을 최면술과 같은 것으로 여긴다.

하지만 섭혼술은 최면술과 비슷한 듯하면서도 또 다른 것이다.

최면술(催眠術)은 문자 그대로 사람을 잠들게 하는 것이다. 육체와 정신 모두 잠들게 하는 수도 있고, 정신은 잠들고 몸만 깨어 있게 할 수도 있다.

어떻게 그런 것이 가능하냐고?

그것은 암시(暗示)에 의해 가능해진다.

인간의 정신이 지닌 힘은 무궁무진하다.

특히 외부가 아닌 자신의 내면을 향해 가질 수 있는 힘은 정말로 엄청난 것이어서 우리가 상상도 하지 못했던 일을 정신의 힘만으로도 할수 있다.

그런 틀 안에서 생각해 본다면 정신과 육체가 따로 놀게 하는 것도 전혀 불가능하지는 않을 것이다.

암시는 바로 그 정신을 움직이게 한다.

그렇다면 섭혼술은 무엇인가?

섭혼(攝魂). 혼을 끌어당기는 것이다.

단순히 잠시 잠들게 하여 이지를 마비시키고 행동을 조절하는 최면과는 차원이 다르다.

멀쩡한 사람의 넋을 나꿔채어 상대를 완벽하게 통제하는 기술이 바로 섭혼술이다.

그래서 무림의 명숙들은 섭혼술을 사마외도(邪魔外道)의 술법이라고 하며 섭혼술을 쓰는 사람 또한 사마의 무리로 취급한다.

그러나 그것은 사실과 다르다.

어느 정도 수준의 최면술은 누구든 익힐 수 있다. 그가 정상적인 정신을 가지고 있다면.

하나 섭혼술은 그렇지 않다.

고명한 정신 수련 없이는 결코 섭혼의 재주를 부릴 수 없다.

자신의 영혼을 구리 거울처럼 반질거리게 갈고닦아야만 한다.

또한 영안(靈眼)이 뜨여야만 한다.

이것은 단순한 수행으로 가능한 것이 아니다.

한순간에 찾아오는 황홀한 만남!

영안이 뜨이는 순간은 불가에서 말하는 돈오(頓悟)와 같은 깨달음의 순간이다.

　무림 중에 이런 수행을 할 수 있는 문파가 얼마나 되겠는가?

　검을 휘두르기에 바쁘고 몸을 단련하기에 바쁜 무림에서 내놓고 마음을 닦는다고 하면 웃음거리가 되기 십상이다. 그렇다고 섭혼술을 익히기 위해 마음 공부를 한다고 하면 대번에 무림공적 취급을 받을지도 모른다.

　하지만 그럼에도 불구하고 많은 무림인들이 마음 공부를 하고 있는 것 또한 사실이다.

　특히나 불가나 도가 계열의 문파에서는 마음 공부가 필수다.

　오늘 날에 와서 많이 퇴색되기는 하였으나 본래 그들이 추구하는 것은 법(法), 혹은 도(道)라고 불리는 것이다. 무(武)는 그에 도달하기 위한 방편에 지나지 않는다.

　설화는 눈을 감고 마음을 모았다.

　섭혼의 재주가 아무나 할 수 없는 것이 아니며, 그래서 더욱 무서운 것이라는 사실도 알고 있다.

　그러나 그녀 또한 명가의 후예이다. 비록 나이가 어려 깊이 익힌 것은 적었지만, 어린 시절부터 명사의 지도를 받아 천하의 각종 기예에 대해 두루 알고 있다. 섭혼술에 대응하는 방법에 대해서도 모르는 바가 아니다. 다만 그것이 실제로 얼마나 통할 것인지…….

　"눈을 떠라."

　도사의 목소리가 고막을 찢을 듯 강렬하게 귀 안을 파고든다. 실제로는 그리 크지 않은 목소리인 것 같은데 이상하게 강하게 들린다.

　설화는 자신의 의지와는 전혀 상관없이 눈꺼풀이 열리려는 것을 느끼곤 소스라치게 놀랐다.

그녀는 그 즉시 중얼중얼 구결을 외웠다. 구결을 암송하자 귓전에서 쨍쨍거리던 도사의 목소리가 더 이상 고통스럽게 들리지 않는다. 손가락으로 억지로 눈을 뜨게 하려는 것 같던 힘도 훨씬 약하게 느껴진다.

막 외우기 시작한 구결의 효능이다.

본신에 지닌 공력의 수준은 도사에 비해 훨씬 천박한 설화였지만, 지금 그녀가 외우고 있는 구결은 불문 정종의 금강항마주(金剛降魔呪)였다. 섭혼의 재간이 명경지수(明鏡止水)처럼 닦은 자신의 마음에서 비롯되는 것이라면, 금강항마주는 스스로 금강신을 이루어 마를 굴복시키는 주문이었다.

"눈을 떠라!"

이번에는 그의 목소리에 경맥이 뒤흔들린다.

조금 전과 마찬가지로 결코 큰 목소리는 아니다. 정의맹의 구역에서 사람을 빼돌려 도망치면서 큰 소리를 칠 수 있는 사람은 없다.

하지만 첫 번째의 목소리에는 고막을 찢고 심령을 가를 듯한 힘이 담겨 있었으며, 이번의 목소리에는 막강한 내공의 힘이 실려 있어서 경맥을 직접적으로 진탕시켰다.

대적의 경험이 상대적으로 적은 탓이었을까?

설화가 금강항마주로 섭혼술에 대항하자 노련한 도사는 재빨리 내공 공격으로 방법을 바꾼 것이다.

울컥!

설화의 입가로 피분수가 솟구쳐 오른다.

그녀는 똑바로 서 있지 못하고 흐느적거렸다.

"눈을 떠라!"

세 번째 목소리가 날아왔다.

피를 토하며 휘청거리는 탓에 구결을 외우지 못했다.

자연히 마음 또한 분산되었고, 이번의 목소리에 자신도 모르게 순종하게 되었다.

"……."

설화는 멍한 표정으로 도사를 바라보았다.

흐릿하니 초점이 없는 눈이다.

"가만히 서 있어라!"

도사의 말에 설화는 부동 자세로 섰다.

초점이 사라진 눈동자. 꼿꼿한 부동 자세.

달빛 아래에 드러난 그녀의 모습은 마치 강시(殭屍)처럼 보인다.

…….

그런 그녀를 잠시 바라보던 도사는 손가락을 퉁겨 어깨에 들쳐 업고 있던 연진우의 몸 몇 군데를 눌렀다. 그리곤 연진우를 땅 위에 세웠다.

연진우의 눈이 뜨였다.

온통 깨어지고 찢어져서 엉망인 얼굴에 달린 두 눈알이 꿈뻑거린다. 지금 자신이 왜 여기에 있는지 알지 못하는 표정이다.

고개를 갸웃거리다가 도사의 얼굴을 본 연진우의 표정이 달라졌다.

"…신군(神君)? 하지만 그 옷은……."

"하! 이제야 늑대새끼가 깨어났구나."

여전히 어리둥절해하는 연진우 앞에서 도사는 기분 좋은 미소를 지었다.

그렇다.

도사의 복색을 하고 있는 저 거구의 사내는 바로 월아산의 초목수호신군인 것이다.

연진우는 여전히 상황이 파악되지 않는 모양이다.

계속해서 두리번거리던 그의 눈에 멍청하게 서 있는 한 여인이 들어왔다.

"너는……."

그가 그녀에게로 다가가려 하자 초목수호신군이 그를 제지한다.

"기다려 봐, 이제부터 알아내야 할 게 있으니까."

그렇게 말하곤 자기가 설화의 앞으로 성큼성큼 걸어갔다.

"이름이 뭐지?"

무뚝뚝한… 평소의 말투 그대로 묻는다. 방술사(方術士)처럼 목소리를 깔고 하는 말투는 절대 아니었다. 진정한 섭혼술은 심령의 교통(交通)으로 이루어지는 것이다. 목소리를 내리깔고 어깨에 힘을 주는 것은 자기를 강조하려고 하는 길거리의 방술사들이나 하는 것이다.

연진우는 지금 무슨 짓을 하고 있는 거냐고 묻고 싶었다. 그러나 초목수호신군의 단단한 뒷모습은 그에게 가만히 있으라고 말하고 있었다.

"언설화……."

"역시 그렇군. 진주언가가 맞나?"

"네……."

"정의맹주 언극린과는 어떤 사이냐?"

"……."

"말하라!"

묵직한 목소리가 고막을 때리자 설화는 인상을 찌푸리며 다시 입을 열었다.

“이복 남매……."

연진우의 눈이 휘둥그레진다.

하지만 초목수호신군은 그럴 줄 알았다는 듯한 표정을 지으며 질문을 계속했다.

“정의맹주의 동생께서 왜 우리를, 아니, 저 늑대새끼를 따라가려는 거지?”

“늑대새끼?”

초목수호신군의 미간에 굵은 주름살이 생긴다. 그는 이내 고개를 돌려 연진우에게 물었다.

“늑대새끼야, 니 이름이 뭐지?”

질문을 들은 연진우는 기도 안 찬다는 표정으로 억지로 입을 열었다. 한 글자를 내뱉을 때마다 얼굴의 살갗과 근육이 비명을 질렀지만 억지로 참으며 퉁명스럽게 내뱉었다.

“아직 내 이름도 몰랐단 말입니까? 내 이름은 연진우입니다.”

대답을 내뱉고 보니 문득 연진우 자신도 초목수호신군의 이름을 모른다는 생각이 들었다. 이름뿐 아니라 다른 것에 대해서도 아는 것이 전혀 없다는 생각도 연이어 들었다.

“연진우, 연진우……."

한편 퉁명스런 연진우의 대답을 몇 번 뇌까리던 초목수호신군이 다시 설화에게 묻는다.

“너는 왜 연진우를 따라가려 하느냐?”

“그것은……."

또다시 설화의 대답이 흐려진다.

하지만 그렇다고 해서 대답을 듣지 못할 초목수호신군이 아니었다.

다시 한 번 나지막하게 그녀에게 외치자 그녀의 입에서 대답이 술술 흘러나온다.

"연진우… 저 사람이 마음에 들어서……."

섭혼술에 걸린 상태임에도 불구하고 설화의 얼굴은 붉게 달아올랐다.

초목수호신군이 못생긴 얼굴 가득 짓궂은 미소를 머금고 연진우를 쳐다보며 말한다.

"축하해야 하겠군. 정의맹주의 매제(妹弟)가 되고, 천하제일권가의 사위가 되게 생겼으니……."

그러나 연진우는 그의 말을 듣지 않고 고개를 휙 돌린다.

연진우로서도 뜻밖의 소리를 들은 것이다. 설화에 대한 기억이라고는 자신을 희롱하던 기억밖에 남아 있지 않는데 갑자기 저런 이야기를 하다니… 그녀를 생각하면 언제나 떠오르던 것은… 자신도 이해할 수 없던 미묘한 감정이었다.

더 이상 참을 수 없게 된 연진우가 앞으로 성큼 나섰다.

"그렇다면 왜 그동안 나를 희롱한 거냐?"

"……."

"이런……."

연진우가 흥분한 어조로 물었을 때 설화의 눈빛이 정상으로 돌아왔다. 그리고 초목수호신군이 당황한 듯 신음 소리를 흘렸다.

설화의 입이 열렸다.

"지금 뭣들 하는 거죠?"

질문을 해오는 그녀의 모습을 본 초목수호신군이 한숨을 쉬며 연진우에게 말했다.

“이놈아, 간신히 내가 혼을 제압하고 있었는데 니놈이 끼어들어서 산통이 다 깨졌다. 가만히 있으면 지놈한테 좋을 것을… 응?”

초목수호신군의 표정이 변했다.

“이런…….”

그는 중얼거리며 손가락을 퉁겼다.

순식간에 혈도를 제압당한 설화는 눈만 멀뚱히 뜨고 그들을 쳐다보다 아혈까지 마비되어서 소리도 내지 못했다.

“사람들이 많이 왔군. 넌 여기 있다가 저놈들이 구해주거든 집으로 돌아가라.”

자신을 향해 눈알을 부라리는 설화를 향해 빠르게 몇 마디를 내뱉은 초목수호신군은 연진우를 보며 계속해서 말한다.

“움직일 수 있겠지?”

“네? 네…….”

연진우의 대답이 완전히 끝나기 전에 초목수호신군의 입이 열렸다. 어지간히 다급한 상황인가 보다.

“그럼 뛰어!”

그 말을 끝으로 초목수호신군의 모습이 사라졌다.

연진우는 그가 사라진 방향을 보다가 설화를 향해 잠시 고개를 돌렸다.

하지만 이내 다시 고개를 돌리고는 초목수호신군이 간 방향으로 몸을 날렸다.

그 둘이 사라진 방향을 응시하던 설화의 얼굴에 씁쓸한 미소가 떠올랐다.

만약 아혈을 제압당하지 않았다면 지금 그녀는 무슨 말을 했을까?

‘다시는 도망치지 않는다더니 도망치는 사람 뒤는 잘만 따라가네.
쳇! 갈 테면 가라지. 가는 사람은 붙잡지 않는다구.’
설화의 눈가가 반짝거린다.
아름다운 눈망울이 젖어가고 있다.

『천년지로』 3권으로 이어집니다.